Lawrence Block

Ein Philosoph mit langen Fingern

SERIE PIPER
Band 5549

Zu diesem Buch

Bernie Thodenbarr betreibt ein kleines Antiquariat in New York – das bringt ihm leider außer ausreichender Muße zur Lektüre Spinozas und anderer Geister der Vergangenheit wenig ein. Und so gibt er ab und an den Geistern seiner eigenen Vergangenheit nach und öffnet ein paar Schlösser, hinter denen er gewinnträchtiger zu veräußernde Ware vermutet als die Lyrikbände in seinen Regalen. Eines Morgens steht die Polizei vor seiner Tür: Mord – aber Bernie weiß genau, daß er nur eine wertvolle Münze mitgenommen hat. Guter Rat ist teuer, und Spinoza jedenfalls weiß keinen.

Lawrence Block, geboren 1938 in Buffalo/New York, lebt in Boston. Schrieb in 25 Jahren mehr als 30 Kriminalromane. Kolumnist beim »Writer's Digest«.

Lawrence Block

Ein Philosoph mit langen Fingern

Roman

Aus dem Amerikanischen
von Hardo Wichmann

Piper
München Zürich

SERIE PIPER
SPANNUNG
Herausgegeben von Friedrich Kur

Von Lawrence Block liegt in der
Serie Piper Spannung außerdem vor:
Alte Morde rosten nicht (5523)

Die Originalausgabe erschien 1980 unter dem Titel
»The Burglar Who Studied Spinoza« bei
Random House, New York.

ISBN 3-492-15549-9
Februar 1990
R. Piper GmbH & Co. KG, München
Lizenzausgabe mit Genehmigung des Scherz Verlags
Bern und München

Umschlag: Federico Luci,
unter Verwendung einer Zeichnung von Beate Brömse
Satz: Ebner Ulm
Druck und Bindung: Clausen & Bosse, Leck
Printed in Germany

1

Um halb sechs legte ich das Buch hin, in dem ich gelesen hatte, und begann, die Kunden aus dem Laden zu scheuchen. Das Buch war von Robert B. Parker, sein Held ein Privatdetektiv namens Spenser, der den fehlenden Vornamen wettmachte, indem er sich entsetzlich physisch gab. Alle zwei Kapitel joggte er in Boston herum, stemmte Gewichte oder fand eine andere Beschäftigung, die Herzanfall oder Leistenbruch heraufbeschwört. Ich fand schon die bloße Lektüre erschöpfend.
Meine Kunden ließen sich leicht genug verscheuchen – einer erstand den Lyrikband, in dem er geblättert hatte, der Rest schmolz dahin wie dünner Rauhreif an einem sonnigen Morgen. Ich schleppte meinen Ramschtisch hinein (»Jeder Titel 40 Cent, drei nur einen Dollar«), knipste das Licht aus, trat hinaus, zog die Tür zu, verschloß sie, ließ die Stahljalousien vor Schaufenstern und Ladentür herunter, sicherte sie – und die Barnegat-Buchhandlung war zu Bett gebracht.
Bei mir war also Ladenschluß. Zeit, ans Geschäft zu denken.

Der Laden liegt in der östlichen 11. Straße, zwischen University Street und Broadway. Zwei Türen weiter östlich steht die Poodle Factory. Feierliches Türgeläut verkündete mein Eintreten, und Carolyn Kaisers Kopf tauchte hinter einem Vorhang auf. »Hallo, Bernie«, rief sie. »Mach dir's bequem. Bin gleich soweit.«
Ich plazierte mich auf einem weichen Sofa und begann, im *Journal für den Rassehund* zu blättern, das enthielt, was der Titel androhte. Ich hoffte, auf die Abbildung eines Bouvier des Flandres zu stoßen, hatte aber Pech. Ich suchte noch immer, als Carolyn hereinkam und einen winzigen Hund von der Farbe verwässerten Whiskys auf dem Arm hatte.
»Soll das etwa ein Bouvier des Flandres sein?« fragte ich.
»Unsinn«, gab Carolyn zurück. Sie setzte das kleine Vieh auf den Tisch und begann, ihm das Fell aufzutoupieren. Ich fand, daß es auch so schon flauschig genug ausgesehen hatte. »Das ist Prinz Eisenherz, Bernie, ein Pudel.«
»Ich wußte gar nicht, daß es so kleine Pudel gibt.«
»Man züchtet sie immer kleiner. Dieser hier ist zwar ein Zwergpudel, aber in Wirklichkeit noch kleiner als gewöhnliche Miniaturrassen. Sieht so aus, als betätigten sich die Japaner auf diesem Gebiet. Ich glaube, die stellen etwas Raffiniertes mit Transistoren an.«

Carolyn reißt gewöhnlich keine Witze über kleine Leute, weil sie selber sozusagen im Glashaus sitzt. Mit hohen Absätzen, die sie niemals trägt, mag sie gerade an die einsfünfundfünfzig heranreichen. Sie hat kurzes, dunkelbraunes Haar und porzellanblaue Augen und ist kräftig gebaut, was ihr als Hundepflegerin durchaus zupaß kommt.
»Armer Prinz«, sagte sie, »immer wieder wählen die Züchter Schwächlinge aus und kreuzen sie, bis am Ende so etwas herauskommt. Natürlich wird auch auf Farbe hingezüchtet. Prinz Eisenherz ist nicht bloß ein Zwergpudel, sondern ein aprikosenfarbener Minipudel. Und wo steckt eigentlich sein Frauchen? Wie spät ist es?«
»Viertel vor sechs.«
»Sie ist schon fünfzehn Minuten zu spät dran. Noch eine Viertelstunde, dann mache ich hier dicht.«
»Und was fängst du dann mit Prinz Eisenherz an? Nimmst du ihn mit heim?«
»Soll das ein Witz sein? Den würden die Katzen zum Frühstück verspeisen. Mit Ubi könnte es vielleicht noch gehen, aber Archie würde ihm die Eingeweide herausreißen, bloß um im Training zu bleiben. Nein, wenn sie bis sechs nicht auftaucht, kommt der Prinz ins Verlies. Die Nacht kann er im Käfig verbringen.«
Auf dieses Stichwort hin hätte Eisenherz eigentlich so etwas wie ein Protestgekläff ausstoßen sollen, aber er stand bloß da wie ausgestopft. Ich merkte an, sein Fell sei weniger aprikosen- als whiskyfarben, woraufhin Carolyn stöhnte: »Mann, erinnere mich bloß nicht daran, sonst fang ich an zu geifern wie Pawlows Prachtexemplar.« Dann ertönte das Türgeläut, und hereinstolziert kam eine Dame mit blaugetöntem grauem Haar, um ihr Schoßhündchen abzuholen.
Ich wandte mich wieder dem Hundejournal zu, während Eisenherzens Rechnung beglichen wurde. Dann hakte seine Besitzerin eine mit Bergkristall besetzte Leine an sein Halsband, verließ den Salon und wandte sich draußen nach Osten, vermutlich in Richtung Stewart House, einem feinen Apartmentblock, der vorwiegend blaugetönte Matronen beherbergt, mit oder ohne aprikosenfarbene Pudel.
»Meine Güte, Pudel!« seufzte Carolyn. »Wegen der Katzen kann ich mir keinen Hund halten, und selbst wenn ich sie nicht hätte, wollte ich keinen, aber einen Pudel würde ich mir zuallerletzt anschaffen.«
»Sind Pudel denn so greulich?«

»Normale Pudel sind eigentlich ganz in Ordnung. Große, schwarze, normale, ungetrimmte Pudel sind sogar hübsch. Wenn aber jedermann so eine Töle hätte, könnte ich meine Schere an den Nagel hängen und das Geschäft aufgeben, was vielleicht gar kein Unglück wäre, wenn man es recht bedenkt. Könntest du denn mit einem Zwergpudel leben, Bernie?«
»Fiele mir nicht im Traum ein.«
»Eben. Es gibt nur zwei Sorten Menschen, die sich so einen Hund zulegen, und diese beiden Abarten habe ich nie verstehen können.«
»Und die wären?«
»Schwule Männer und nichtschwule Frauen. Komm, laß uns verschwinden. Ich könnte mir vielleicht einen Apricot Brandy Sour genehmigen. Hatte mal eine Freundin, die darauf schwor. Oder ich könnte den Whisky trinken, den du erwähnt hast. In Wirklichkeit aber habe ich Lust auf einen Martini.«
Am Ende trank sie Mineralwasser mit Limonensaft.
Nicht ohne Protest allerdings, den sie überwiegend der frischen Luft mitteilte, denn als wir an unserem Stammtisch in der »Letzten Instanz« an der Ecke saßen, war sie friedfertig, wenngleich nicht ganz glücklich. Die Kellnerin fragte, ob wir das Übliche wollten, woraufhin Carolyn eine Grimasse zog und Perrier bestellte, was für sie unter allen denkbaren Umständen unüblich war. Auch ich trank nach getanem Tagwerk gewöhnlich etwas Schärferes, aber da der Arbeitstag noch nicht vorbei war, bestellte ich ebenfalls Mineralwasser. Die Kellnerin entschwand und kratzte sich am Kopf.
»Siehst du, Bernie? Untypisches Verhalten. Das erregt Verdacht.«
»Macht mir keinen Kummer.«
»Ich sehe nicht ein, weshalb ich mir keinen anständigen Drink genehmigen darf. Es sind doch noch Stunden hin bis zu dem Ding heute nacht. Bis dahin wäre die Wirkung doch längst verflogen.«
»Du kennst die Regeln.«
»Pah, Regeln.«
»Ohne sie bräche die Gesellschaft zusammen. Wir hätten Anarchie, Verbrechen auf offener Straße.«
»Bernie –«
»Andererseits aber«, fuhr ich fort, »könnte ich heute nacht auch solo arbeiten.«
»Kommt überhaupt nicht in Frage.«
»Der Job wäre kaum härter, wenn ich ihn allein erledigte.«
»Und wer hat ihn überhaupt ausbaldowert?«

»Du«, gestand ich zu, »und du bist auch zu fünfzig Prozent beteiligt, ob du nun mitkommst oder nicht. Warum also ein Extrarisiko eingehen? Auf diese Weise kämst du zu deinem Martini, vielleicht sogar zu dreien oder vieren, und –«
»Danke, das genügt.«
»Ich dachte halt nur –«
»Danke, das genügt, Bernie.«
Wir schwiegen, während die Kellnerin zwei Gläser Perrier an den Tisch brachte. In der Musikbox besangen Loretta Lynn und Conway Twitty im Duett eine Frau aus Mississippi und einen Mann aus Louisiana. Vielleicht war es auch anders herum. Kam nicht drauf an.
Carolyn schlang eine Hand um ihr Glas und starrte mich finster an.
»Ich komme mit.«
»Wenn du meinst...«
»Und ob ich das meine. Wir sind Partner, vergiß das nicht. Ich bin voll und ganz dabei. Du denkst wohl, ich soll zu Hause hocken und das Herdfeuer hüten, bloß weil ich eine Frau bin.«
»Hab ich nie behauptet –«
»Ich brauche keinen Martini.« Sie hob ihr Glas. »Verflucht noch mal, aufs Verbrechen!« Sie kippte das Zeug wie Gin.

Das ganze Projekt war in der »Letzten Instanz« in Gang gekommen, an diesem Tisch. Carolyn und ich, wir treffen uns gewöhnlich nach der Arbeit auf ein Glas, wenn nicht der eine oder andere etwas vorhat, und vor zwei Wochen hatten wir hier Gläser gehoben, die kein Mineralwasser enthielten.
»Komisch, wie sich die Leute ihre Hunde aussuchen«, hatte Carolyn bemerkt. »Ich habe da eine Kundin, die Wanda Colcannon heißt und einen Bouvier hat.«
»Klingt allerdings komisch.«
Sie sah mich scharf an. »Interessiert dich das nicht, Bernie?«
»Entschuldige.«
»Paß auf, als sie hereinkam, fand ich, daß die beiden eine natürliche Kombination darstellten. Sie ist eine hochgewachsene, strenge Blondine, Traum jedes Masochisten. Backenknochen direkt aus dem Adelsregister. Massenhaft Klasse, klar?«
»Jaja.«
»Und der Bouvier ist ein sehr rassiger Hund, derzeit groß in Mode. Erst seit zwei Jahren vom Züchterverband anerkannt. Bouviers kosten allerhand und sehen teuer aus, selbst wenn man nicht weiß,

wie kostspielig sie sind. Und da kommt diese langbeinige Blondine hereingeschneit, hat einen kohlschwarzen Bouvier dabei, und die beiden sehen aus, als wären sie füreinander geschaffen.«
»Und?«
»Den Hund hat sie sich wegen des Namens ausgesucht.«
»Wie hieß er gleich?«
»Ihres Namens, nicht seines. Der Hund ist eine Hündin und heißt Astrid, aber diesen Vornamen hat Wanda ihr verpaßt. Gewählt hat sie das Tier, weil ihr der Name des Zwingers gefiel.«
»Und wieso?«
»Weil sie mit Mädchennamen Flanders heißt.«
»Jackie Kennedy ist eine geborene Bouvier«, wandte ich ein. »Ich weiß nicht, was sie für einen Hund hat, und kümmere mich auch keinen Deut darum. Irgendwie komme ich nicht mehr mit. Was hat Flanders mit Bouvier zu tun?«
»Oh, ich dachte, du wüßtest das. Der Bouvier wurde erstmals in Belgien gezüchtet. Der volle Name der Rasse lautet Bouvier des Flandres.«
»Aha.«
»Das weckte ihr Interesse. Vor zwei Jahren kaufte sie sich einen Welpen, der zum perfekten Begleiter heranwuchs. Wanda ist verschossen in Astrid, der Hund hängt unglaublich an ihr und ist nicht nur ein Rassetier, sondern auch äußerst intelligent und ein vorzüglicher Wachhund.«
»Das freut mich aber für die beiden.«
»Gehört sich auch so. Ich pflege Astrid jetzt seit einem Jahr. Alle zwei Monate wird sie vorbeigebracht, bekommt ihr Standardbad und wird getrimmt; vor jeder Hundeschau muß sie sich einer Vollbehandlung unterziehen. In letzter Zeit wurde sie nicht mehr so oft zu Ausstellungen gebracht, aber wenn sie hin und wieder mal auftritt, nimmt sie ein paar Auszeichnungen mit, ein oder zwei erste Preise inklusive.«
»Da freut sie sich aber bestimmt.«
»Wanda und Herb auch. Wanda geht für ihr Leben gern mit dem Hund spazieren. Sie fühlt sich auf der Straße sicher, wenn sie Astrid dabeihat. Und sie und ihr Mann fühlen sich sicher, weil der Hund das Haus bewacht. Vor Einbrechern brauchen sie keine Angst zu haben.«
»Kann ich mir denken.«
»Tja, Astrid ist ihre Einbruchsversicherung. In zwei Wochen wird sie läufig und soll diesmal gedeckt werden. Wanda befürchtet zwar,

das Mutterschaftserlebnis könnte ihre Fähigkeiten als Wachhund beeinträchtigen, will das Experiment aber trotzdem wagen. Der Rüde ist ein berühmtes, preisgekröntes Exemplar. Er wohnt auf einem Landgut in Berks County, Pennsylvania. Muß irgendwo bei Reading liegen. Aus dem ganzen Land bekommt er Hündinnen geschickt und wird auch noch dafür bezahlt. Der Besitzer, meine ich.«

»Trotzdem, für ein Hundeleben nicht unangenehm.«

»Kann man wohl sagen. Wanda will Astrid aber nicht verschicken, sondern mit ihrem Mann selbst hinfahren. Wenn man Hunde paaren will, steckt man die beiden zwei Tage lang zusammen in einen Käfig, damit man auch mit Sicherheit die Ovulation erwischt. Sie haben also vor, mit Astrid nach Berks County zu fahren, über Nacht dort zu bleiben, am nächsten Tag der zweiten Kopulation beizuwohnen und dann zurückzukommen.«

»Wird bestimmt eine fröhliche Fahrt für die drei.«

»Besonders, wenn schönes Wetter ist.«

»Immer ein wichtiger Faktor«, stimmte ich zu. »Ich habe so eine Ahnung, daß du mir das alles aus einem bestimmten Grund erzählst.«

»Sehr schlau von dir. Die beiden sind also eine Nacht lang nicht daheim, und Astrid, ihre Einbruchsversicherung, ebenso. Sie haben genug Geld, um sich Designer-Kleider und Modehunde leisten zu können. Und Männes kleines Hobby.«

»Was wäre das?«

»Er sammelt Münzen.«

»Aha.« Ich runzelte die Stirn. »Du hast seinen Namen genannt. Nicht Flanders, das war ihr Mädchenname, identisch mit dem der Hündin. Seinen Vornamen hast du mir aber nicht gesagt. Warte mal – ah ja. Er heißt Herb.«

»Du hast aber ein feines Gehör für Details, Bernie.«

»Herb Colcannon. Herbert Franklin Colcannon. Ist er etwa *der* Herbert Colcannon?«

»Wie viele soll es denn sonst noch geben?«

»Letzten Herbst ersteigerte er beim Auktionshaus Bowers & Rud goldene Probeprägungen und las vor ein paar Monaten auch bei Stack etwas auf. Was es war, habe ich vergessen, aber es stand in der *Coin World*. Wahrscheinlich ist jedenfalls, daß er seine Sachen im Banktresor aufbewahren läßt.«

»Die Colcannons haben einen Wandsafe. Verbessert das unsere Chancen?«

»Kaum. Woher weißt du das?«
»Sie erwähnte es einmal. Sie wollte eines Abends ein bestimmtes Schmuckstück tragen und kam nicht dran, weil er verreist war. Beinahe hätte ich ihr verraten, daß ich jemanden kenne, der ihr helfen könnte, dachte mir aber dann, es sei besser, wenn sie nichts von dir weiß.«
»Weiser Entschluß. Mag sein, daß er nicht alles auf der Bank hat. Vielleicht leisten ein paar Münzen ihrem Schmuck Gesellschaft.«
Meine Gedanken begannen zu rasen. Wo wohnten sie? Welche Sicherheitsvorkehrungen hatten sie getroffen? Wie konnte ich die knacken? Was würde ich erbeuten, und durch wessen Vermittlungsdienste war es am zweckmäßigsten in sauberes, anonymes Bargeld zu verwandeln?
»Sie wohnen in Chelsea«, fuhr Carolyn fort. »In einer ehemaligen herrschaftlichen Stallung, prächtig umgebaut und von der Straße zurückgesetzt. Sie stehen zwar nicht im Telefonbuch, aber ich habe Nummer und Adresse.«
»So was ist immer nützlich.«
»Sie haben das ganze Haus für sich allein. Es gibt weder Kinder noch Dienstboten.«
»Interessant.«
»Fand ich auch. Könnte fast ein Job für das Dynamische Duo sein, dachte ich mir.«
»Gut gedacht. Daraufhin spendiere ich dir einen«, meinte ich.
»Wird auch Zeit.«

2

Unbefugter Zutritt fällt unter dem warmen, milden Blick der Sonne längst nicht so auf. Neugierige Nachbarn, die gleich das Überfallkommando alarmieren, sowie sie einen nach Einbruch der Dunkelheit ausmachen, nehmen tagsüber schlicht an, daß man endlich aufgetaucht ist, um den tropfenden Wasserhahn zu reparieren. Man gebe mir einen Blockhalter oder einen Werkzeugkasten und zwischen zwölf und vier Uhr nachmittags eine Stunde Zeit, und selbst der verbissenste Verfechter von Recht und Ordnung wird mir die Tür aufhalten und einen guten Tag wünschen. Unter sonst gleichen Umständen ist der Nachmittag die günstigste Zeit für Hauseinbrüche.

Wann aber sind alle Umstände immer gleich? Der Deckmantel der Finsternis ist weniger dem Hausherrn als dem Einbrecher ein behagliches Gewand; und wer ein rechtmäßiges Geschäft betreibt, wird zögern, es mitten am Tag ohne guten Grund zu schließen. Zudem begünstigten die Pläne der Colcannons einen nächtlichen Besuch. Wir wußten, daß sie über Nacht wegblieben und daß das Anwesen von Reinigungs- und Pflegepersonal frei sein würde, sobald die Sonne erst einmal tief stand.

Als wir aufbrachen, war die Sonne längst irgendwo in New Jersey verschwunden. Von der »Letzten Instanz« aus hatten wir die U-Bahn genommen, waren einmal umgestiegen und zu meinem Haus Ecke 71. Straße und West End gegangen, wo ich aus Jeans und Pulli schlüpfte, die ich im Laden getragen hatte, und mich in Flanellhosen, Hemd mit Krawatte und Sportsakko warf. Meine Taschen füllte ich mit nützlichem Kleinkram, packte weitere Utensilien in meinen wildledernen Aktenkoffer und schnitt schließlich mit einer Nagelschere die Handflächen aus einem Paar neuer Gummihandschuhe. In Gummihandschuhen hinterläßt man keine verräterischen Fingerabdrücke, und ohne die Handflächen bekommt man nicht so rasch das Gefühl, seine Hände in einer Sauna zu haben. Feuchte Hände sind schon beim Fummeln peinlich genug; beim Einbrechen sucht man sie nach Möglichkeit zu vermeiden. Natürlich besteht immer die Gefahr, daß man verräterische Handflächenabdrücke hinterläßt, aber ohne das gelegentliche Risiko wäre es halt kein zünftiger Bruch.

Fast hatten wir uns schon wieder auf den Weg gemacht, als mir einfiel, andere Schuhe anzuziehen. Im Laden hatte ich alte Mokassins getragen, nur so aus Nostalgie und weil sie so schön ausgelatscht sind, stieg aber nun auf fähig aussehende Pumas um. Zwar hatte ich nicht vor, mich rascher als in mäßig forscher Gangart zu bewegen, aber man weiß ja nie, welche Überraschungen das Leben bereit hält, und in den Pumas mit ihren Gummisohlen und dem elastischen Fußbett schlich ich so geräuschlos wie ... na, sagen wir mal, ein Panther.

Carolyn wohnt in Arbour Court, einer kleinen, schiefen Gasse im Westen von Greenwich Village, deren Planer etwas Gehaltvolleres als Perrier getrunken haben mußte. Bis vor zwei Monaten hatte sie formlos mit einer anderen Frau namens Randy Messinger zusammengelebt, doch diese Randy war nach einer letzten, denkwürdigen Schlacht im Februar mit ihren Sachen in die Morton Street

gezogen. Inzwischen hatten wir Ende Mai, aber nichts wies darauf hin, daß der Bruch heilte. Carolyn lernte zwar hin und wieder bei Paula oder der Duchess ein tolles Weib kennen, aber die wahre Liebe war bisher noch nicht erblüht, was sie nicht sonderlich zu stören schien.
Sie kochte Kaffee, machte einen Salat zurecht, wärmte die Reste einer Quiche auf. Wir aßen nur wenig und tranken eine Menge Kaffee. Die Katzen putzten ihr Abendmahl weg und gingen uns so lange um die Waden, bis sie die Überreste der Quiche bekamen, die sie prompt verschlangen. Ubi, ein blauer Russe, machte es sich auf meinem Schoß bequem und begann ein ernsthaftes Geschnurr. Archie, sein burmesischer Kumpan, stolzierte umher und reckte sich, um mit seinen Muskeln zu protzen.
Um acht Uhr herum ging das Telefon. Carolyn hob ab und begann ausgedehnt zu tratschen. Ich holte mir ein Taschenbuch und blätterte darin herum, nahm aber die Wörter kaum wahr. Hätte genausogut im Telefonbuch lesen können.
Als Carolyn auflegte, las ich im Telefonbuch, lange genug jedenfalls, um eine Nummer herauszusuchen. Ich wählte, und Abel Crowe nahm mitten im vierten Läuten ab. »Hier Bernie«, sagte ich. »Bin auf ein Buch gestoßen, das dich vielleicht interessiert. Bist du heute abend daheim?«
»Ich habe nichts vor.«
»Gut, ich dachte mir nämlich, ich schaue so um elf, zwölf mal vorbei.«
»Vorzüglich. Ich gehe zur Zeit spät zu Bett.« Am Telefon war sein mitteleuropäischer Akzent nicht zu überhören. Wenn man mit ihm persönlich sprach, war er kaum erkennbar. »Bringst du deine charmante Freundin mit?«
»Wahrscheinlich.«
»Gut, ich werde entsprechende Vorkehrungen treffen. Alles Gute, Bernie.«
Ich legte auf. Carolyn saß auf dem Bett, hatte einen Fuß untergeschlagen und schnitt pflichtbewußt die Handflächen aus ihren Gummihandschuhen. »Abel erwartet uns«, sagte ich.
»Weiß er, daß ich mitkomme?«
»Er hat sich eigens nach dir erkundigt. Ich sagte, du würdest wahrscheinlich mit auftauchen.«
»Was soll das heißen, wahrscheinlich? Ich finde Abel reizend.«
Sie erhob sich vom Bett und stopfte die Handschuhe in die Hüfttasche. In schiefergrauen Jeans, einer grünen Velourbluse

und einem Blazer sah sie umwerfend aus, was ich ihr auch sagte.
Sie bedankte sich für das Kompliment und wandte sich dann an die Katzen. »Paßt schön auf, ihr zwei«, mahnte sie. »Wenn jemand anruft, schreibt seinen Namen auf und richtet aus, daß ich mich später melde.

Herbert und Wanda Colcannon residierten in der westlichen 18. Straße zwischen Ninth Tenth Avenue. Bis vor kurzem war das ein vorzügliches Viertel gewesen, wenn man überfallen werden wollte, aber irgendwann war aus Chelsea eine gefragte Gegend geworden. Leute kauften die alten Natursteinhäuser und richteten sie wieder her, bauten Wohnheime zu Apartmenthäusern um, in denen eine Wohnung ein ganzes Geschoß einnahm, und verwandelten Mietskasernen in Einfamilienhäuser. Die Straßen säumten neu angepflanzte Ginkgos, Eichen und Platanen; vor lauter Bäumen sah man langsam die Straßenräuber nicht mehr.
Nummer 442 war ein attraktives dreistöckiges Haus mit Sandsteinfassade, Mansardendach und einem Erkerfenster in der Beletage. Nummer 444, unmittelbar links daneben, war abgesehen von ein paar Fassadendetails und zwei Kutschlaternen aus Messing beiderseits der Haustür sein genaues Gegenstück. Zwischen den beiden Gebäuden öffnete sich ein Bogengang mit schwerem schmiedeeisernem Tor, über dem die Hausnummer 442½ prangte. Ein blaues Kunststoffschild unter dem Klingelknopf trug den Namen Colcannon.
Im Haus der Colcannons hatte ich schon zuvor von einer Zelle in der Ninth Avenue angerufen. Ein Anrufbeantworter hatte mich aufgefordert, meinen Namen und meine Rufnummer zu nennen – was Wunder, daß ich diese Einladung überging? Nun drückte ich lange und kräftig auf den Klingelknopf und wartete eine volle Minute lang auf eine Reaktion. Carolyn stand mit den Händen in den Taschen neben mir, machte einen Buckel und trat von einem Fuß auf den anderen.
Ich konnte mir vorstellen, wie ihr zumute war. Sie war erst zum dritten Mal dabei. Einmal war sie mit zu den Forest Hill Gardens gekommen, einer schnieken Enklave im finstersten Queens, und einmal kürzlich, als wir ein Apartment in den East Seventies ausräumten. Ich war auf diesem Gebiet ein alter Hase, hatte mir schon von Kindesbeinen an Zugang zu fremden Häusern ver-

schafft, aber dennoch hatte sich der nervöse, ein bißchen ängstliche Kitzel nicht ganz gelegt. Ich habe so ein Gefühl, daß er nie völlig verschwinden wird.
Ich nahm den Aktenkoffer in die linke Hand und holte mit der Rechten einen Schlüsselring heraus. Das schmiedeeiserne Tor war eine solide Angelegenheit. Das Schloß konnte vom Haus aus elektrisch freigegeben werden, ließ sich aber auch mit einem Schlüssel öffnen. Es war ein altmodisches Modell, das einen Typ Dietrich aufnimmt, von dem es nur eine beschränkte Anzahl gibt.
Ich hatte einen ganzen Ring voller Dietriche. Das Schloß hatte ich mir schon vor ein paar Tagen angesehen – damals war es mir einfach vorgekommen, und einfach ging es jetzt auch; der dritte Nachschlüssel, mit dem ich es versuchte, griff beinahe, und der vierte drehte sich im Schloß, als sei er eigens zu diesem Zweck hergestellt worden.
Ich wischte meine Fingerabdrücke vom Schloß und dem Metall der Umgebung und stieß das Tor mit der Schulter auf. Carolyn folgte mir in einen gedeckten Durchgang und drückte es hinter sich zu. Wir standen in einem langen, schmalen Tunnel, ganz mit Ziegeln verkleidet und etwas muffig, doch am Ende schimmerte ein Licht, auf das wir zuschwärmten wie die Motten. Wir betraten einen Garten, der sich zwischen das Vorderhaus und Colcannons umgebaute Stallung schmiegte. Das Licht, das uns angezogen hatte, leuchtete den Garten, in dem Blumenbeete eine plattenbelegte Terrasse einrahmten, annehmbar aus. Späte Osterglocken und frühe Tulpen taten, was sie konnten, und wenn erst einmal die Rosen in voller Blüte standen, mußte es hier recht spektakulär aussehen.
Neben einem Fischteich, den eine kleine Fontäne speiste, stand eine halbrunde Bank. Ich fragte mich, wie man hier Fische halten konnte, ohne daß sie von den Katzen der Nachbarschaft verspeist wurden, und hätte gerne ein paar Minuten auf der Bank gerastet, um dem beruhigenden Plätschern des Springbrunnens zu lauschen, aber die Umgebung war für derlei doch ein bißchen zu exponiert.
Zudem verstrich die Zeit. Es war zwanzig vor zehn – vor dem Öffnen des Eisentores hatte ich auf die Armbanduhr geschaut. Zwar hatten wir die ganze Nacht Zeit, aber je rascher wir voran- und hier wieder herauskamen, desto besser.

»Illuminiert wie ein Weihnachtsbaum«, bemerkte Carolyn.
Ich schaute hin. Bisher hatte ich dem Haus kaum Beachtung geschenkt. Es sah zwar nicht gerade wie ein Christbaum aus, glich aber auch nicht ganz einer normalen verlassenen Residenz. Es war zweistöckig – vermutlich hatten im Erdgeschoß Pferde gestanden und darüber Dienstboten gewohnt, ehe das Ganze zur menschlichen Behausung umgebaut worden war. Nun brannte auf allen drei Etagen Licht.
Die meisten Leute lassen für den Einbrecher eine Lampe brennen – jenes tapfere Lichtlein, das um vier Uhr früh leuchtet und aller Welt verkündet, daß kein Mensch daheim ist. Manche verfeinern dies noch mit raffinierten Zeitschaltern, die Lampen wahllos ein- und ausschalten. Herbert und Wanda hatten es jedoch meiner Ansicht nach übertrieben, vielleicht wegen der Vorstellung, das Haus von der noblen Astrid unbewacht zurücklassen zu müssen. Denkbar war auch, daß Herbert ein dickes Aktienpaket der Elektrizitätsgesellschaft besaß und Wanda sich an jenen Dauerglühbirnen überkauft hatte, die man von Blinden übers Telefon angedreht bekommt.
Vielleicht waren sie aber auch zu Hause.
Ich betrat den Vorplatz und legte mein Ohr an die Haustür. Drinnen hörte ich etwas, das wie Radio oder Fernsehen klang, aber keine echte Unterhaltung. Ich drückte auf den Klingelknopf und lauschte aufmerksam, aber die Geräusche im Haus änderten sich nicht. Ich stellte meinen Aktenkoffer ab und schlüpfte in die Gummihandschuhe. Carolyn zog ihre an. Ich gestattete mir ein stummes St6ßgebet – hoffentlich hatte das Haus keine Alarmanlage, von der ich nichts wußte – und richtete das Gebet an Sankt Dismas, den Schutzpatron der Diebe. Dem müssen heutzutage die Ohren klingen.
Mach, daß sie keine Alarmanlage haben, drängte ich den guten Dismas. Mach, daß der Köter wirklich in Pennsylvania ist. Mach, daß das, was drinnen liegt, die kühnsten Träume eines Einbrechers übertrifft, und ich will dafür – hm, tja, was eigentlich?
Ich griff nach meinem Ring mit Sonden und Dietrichen und machte mich an die Arbeit.
Die Schlösser waren nicht übel. Diese Tür hatte ihrer drei, zwei Segals und ein Rabson. Das Rabson hob ich mir bis zuletzt auf, da ich wußte, daß es der härteste Brocken war, überraschte mich dann aber selbst, als ich es in einer knappen Minute knackte. Ich hörte Carolyn scharf Luft holen, als sich der Riegel bewegte. Inzwischen

kennt sie sich ein wenig mit Schlössern aus, hat auch schon selbst das eine oder andere ohne Schlüssel aufbekommen und hat daheim ein Rabson, an dem sie bis zum Wahnsinn übt. Sie schien beeindruckt zu sein.

Ich drehte am Türknopf, öffnete die Tür einen Spalt, trat zurück, um Carolyn vorgehen zu lassen. Sie schüttelte den Kopf und bedeutete mir, ich solle als erster hineingehen. Alter vor Schönheit? Perlen vor den Säuen? Lieber tot als Sklav? Ich öffnete die Tür und machte mich des Einbruchs schuldig.

Was für ein tierisch starkes Gefühl!

Zum Glück läßt mich nichts noch Schändlicheres als Einbruch so empfinden, denn der Versuchung könnte ich bestimmt nicht widerstehen. Gut, ich bin zwar ein Profi und tu es des lieben Geldes wegen, aber machen wir uns nichts vor – wenn ich ein fremdes Heim betrete, durchzuckt es mich wie ein elektrischer Schlag.

Stolz bin ich darauf bestimmt nicht und hätte gewiß eine höhere Meinung von mir selbst, wenn ich meinen Lebensunterhalt qua Barnegat-Buchhandlung fristen könnte. Leider bringe ich in dem Laden nie so ganz die Unkosten herein, könnte es aber wohl schaffen, wenn ich mir die Mühe machte, ein besserer Geschäftsmann zu werden. Der alte Mr. Litzauer hatte ein gutes Auskommen, ehe er den Laden an mich verkaufte und sich in St. Petersburg zur Ruhe setzte. Demnach müßte der Schuppen auch mich ernähren. Sehr aufwendig lebe ich nämlich nicht. Ich bin kein Billardfanatiker, schnupfe kein Kokain und laufe nicht mit den Beautiful People herum. Auch in Verbrecherkreisen verkehre ich nicht, wie sich die Kommission für Haftentlassungen so reizend ausdrückt. Kriminelle mag ich nicht. Es stört mich sogar, daß ich selbst einer bin.

Aber stehlen tu ich halt für mein Leben gern. Darauf mache man sich einen Reim.

Im Radio lief eine Sendung, bei der Hörer anriefen und sich zu Fluor im Trinkwasser, Kinderarbeit und anderen heißen Themen ausließen. Da stand ich und ärgerte mich, von diesem Kasten so angeblökt zu werden. Die Lampen waren angenehm – wir brauchten sie nicht selbst anzuknipsen, was anderswo Argwohn erregt haben könnte, und mußten auch nicht in der Finsternis herumkrebsen. Ich aber stand im Foyer und beschloß, das verdammte Radio abzuschalten. Es störte nur und lenkte ab. Wer effizient einbrechen will, muß klar denken können, und wie war das bei diesem Getöse zu bewerkstelligen?

»Guck dir das mal an, Bernie! Wanda ist immer so gut gekleidet, aber wer hätte gedacht, daß sie daheim so schlampt?«

Ich folgte ihr ins Wohnzimmer. Dort sah es aus, als wäre ein tropischer Wirbelsturm weit vom Kurs abgewichen und den Kamin heruntergefegt, um alles kurz und klein zu schlagen. Die Sofakissen lagen auf dem Boden. Schubladen waren herausgerissen, ihr Inhalt auf den teuren Teppich gekippt. Bilder waren von der Wand genommen, Bücher aus den Regalen gezerrt worden.

»Einbrecher!« rief ich.

Carolyn starrte mich ungläubig an.

»Jemand ist uns knapp zuvorgekommen.«

»Ob die noch immer im Haus sind, Bernie? Vielleicht sollten wir uns besser dünnmachen.«

Ich ging zurück zur Haustür und überprüfte sie. Nach dem Eintreten hatte ich die Schlösser wieder verriegelt und sicherheitshalber auch noch die Kette vorgelegt. Die drei Schlösser hatte ich verschlossen vorgefunden, die Kette ausgehängt.

Eigenartig.

Wenn die Einbrecher durch diese Tür gekommen waren und hinter sich zugeschlossen hatten so wie ich, hätten sie dann nicht auch die Kette einhängen müssen? Und wenn sie sich bereits empfohlen hatten, würden sie sich dann die Mühe gemacht haben, hinter sich abzuschließen? Ich tue das zwar grundsätzlich, hinterlasse aber auch keinen Raum in einem Zustand, als sei er von einer Herde wildgewordener Säue heimgesucht worden. Wer dieses Zimmer umgekrempelt hatte, war der Typ, der Türen eintritt und sich nicht die Zeit nimmt, nachher wieder abzuschließen.

Es sei denn –

Viele Möglichkeiten. Ich drückte mich an Carolyn vorbei und begann, den Radiolärm bis zu seiner Quelle zu verfolgen – durchs Eßzimmer, wo eine Frühstücksbar aus Mahagoni und ein Buffet ähnlich wie der Schreibtisch im Wohnzimmer durchwühlt worden waren, und schließlich in die Küche, wo es nicht besser aussah. Auf der Arbeitsplatte aus Massivholz stand ein Panasonic und plärrte, was die Transistoren hergeben. Ich drehte mich zu Carolyn um, gebot mit einem Finger an den Lippen Schweigen und stellte das Ding mitten in einer Tirade über die letzte Ölpreiserhöhung ab. Dann machte ich die Augen zu und lauschte aufmerksam in die Stille. Man hätte die sprichwörtliche Stecknadel fallen hören können.

»Die sind weg«, meinte ich dann.
»Wie kannst du da so sicher sein?«
»Wenn sie noch hier wären, müßten wir sie hören. Wer sie auch sein mögen, von der lautlosen Sorte sind die nicht.«
»Wir sollten lieber verschwinden.«
»Nicht so hastig.«
»Spinnst du, Bernie? Falls sie wirklich weg sind, muß die Polizei schon unterwegs sein, und außerdem gibt es hier doch nichts mehr zu holen. Unsere Vorgänger haben längst alles ausgeräumt.«
»Nicht unbedingt.«
»Das Silber ist jedenfalls weg. Was bleibt für uns – der Edelstahl?« Sie ging hinter mir aus der Küche und eine Treppe hinauf. »Womit hast du hier eigentlich gerechnet, Bernie?«
»Mit einer Münzsammlung. Vielleicht auch etwas Schmuck.«
»Und wo?«
»Gute Frage. In welchem Zimmer ist der Wandsafe?«
»Das weiß ich nicht.«
»Na, dann werden wir uns halt nach ihm umsehen müssen, nicht?«
Sehr gründlich brauchten wir nicht zu suchen, da unsere Kollegen alle Bilder abgehängt hatten. Im ersten Stock prüften wir Bibliothek und Gästezimmer, erklommen dann eine weitere Treppe und entdeckten im Schlafzimmer den Wandsafe. Das verträumte Landschaftsgemälde, das ihn verdeckt hatte, lag nun auf dem Boden, zusammen mit dem Inhalt beider Kommoden und Glassplittern vom Oberlicht. Dort waren sie zweifellos eingedrungen, und auf diesem Weg hatten sie sich auch wieder entfernt, da war ich sicher. Sie hatten ihre Beute über die Dächer weggeschleppt. Unten abgeschlossen hatten diese Clowns nicht, weil sie die Schlösser überhaupt nicht geöffnet hatten. Mit dem Rabson wären die nie und nimmer fertig geworden.
Und auch nicht mit dem Wandsafe. Wie sehr sie sich angestrengt hatten, konnte ich nicht sagen. Kratzer am Kombinationsschloß verrieten, daß jemand mit einem spitzen Stahlmeißel herumgewerkelt und versucht hatte, das Schloß auf diese Weise zu knacken. Nichts deutete darauf hin, daß ein Schneidbrenner benutzt worden war. Der Safe war solide gebaut, das Schloß ein Kunstwerk.
Ich begann am Kombinationsschloß zu drehen. Carolyn stand neben mir und schaute mit mehr als müßiger Neugier zu, aber bald wurden wir zappelig und gingen uns gegenseitig auf die Nerven. Ehe ich den Vorschlag machen konnte, meinte sie, sie wolle sich ein bißchen umsehen. Ich versprach, sie zu rufen, sobald ich das Ding

aufhatte.
Das ging nicht so schnell. Ich zog meine Gummihandschuhe aus – das Aufrauhen der Fingerspitzen mit Sandpapier à la Jimmy Valentine ist Mumpitz, doch zu schwer braucht man es sich nun auch wieder nicht zu machen. Ich tat dies und das, setzte die Mischung aus Können und Intuition ein, über die man verfügen muß, wenn man erfolgreich an Schlösser herangehen will, und fand die letzte Ziffer zuerst, wie immer bei Kombinationsschlössern, bekam dann nach und nach auch die drei anderen heraus, zog meine Handschuhe wieder an, wischte Flächen ab, die ich berührt hatte, holte tief Luft und pfiff nach Carolyn.
Sie kam mit einem gerahmten Druck in der Hand herein. »Eine Chagall-Lithographie«, sagte sie. »Bleistiftsigniert, numeriert. Ist wohl ein paar Hunderter wert. Soll ich sie mitnehmen?«
»Wenn du sie aus dem Rahmen reißen willst.«
Sie hielt das Bild hoch. »Paßt vielleicht gerade so in den Aktenkoffer. Wie kommst du mit diesem Kasten zurecht?«
»Laß mich nur einmal ein paar Zahlen aufs Geratewohl probieren«, meinte ich, stellte vier Ziffern in der richtigen Reihenfolge ein, fühlte ein leises Klicken, als die vier Zuhaltungen sich ausrichteten, zog dann den Handgriff nach links und machte den Safe auf.

Wir verließen das Haus so, wie wir es betreten hatten. In der Küche blieb ich stehen, um das Radio wieder anzustellen. In einem Werbespot wurden gerade die hundert größten Rumba- und Sambahits auf drei Langspielplatten angeboten. Ich hängte die Kette aus, wir traten hinaus, und Carolyn hielt den Aktenkoffer, während ich mit meinen Dietrichen alle drei Schlösser wieder verriegelte. Gründlichkeit zahlt sich aus, das hatte ich schon früh im Leben gelernt.
Der Springbrunnen plätscherte noch immer, der kleine Garten sah nach wie vor reizend aus. Ich zog meine Gummihandschuhe aus und steckte sie in die Hüfttasche. Carolyn folgte meinem Beispiel. Nachdem ich meinen Aktenkoffer wieder an mich genommen hatte, gingen wir durch den finsteren Tunnel zum schmiedeeisernen Tor. Einen Schlüssel brauchten wir nun nicht – es gab einen Drehknopf, der von der Straße aus nicht zu erreichen war. Hinter uns fiel das Tor ins Schloß.
Auf der anderen Straßenseite bückte sich ein dürrer junger Mann gerade und wischte mit Papiertaschentüchern hinter seinem Airedale auf. Er schenkte uns keine Beachtung. Wir verzogen uns in die

entgegengesetzte Richtung.
An der Ecke Ninth Avenue meinte Carolyn: »Es muß noch jemand gewußt haben, daß die Colcannons verreisen und den Hund mitnehmen wollten. Kaum möglich, daß jemand auf den Dächern herumkraxelte und einfach nur Glück hatte.«
»Sehr unwahrscheinlich.«
»Genau. Wanda muß noch anderswo geschwatzt haben. Von mir hat jedenfalls niemand etwas erfahren, Bernie.«
»Die Leute schwatzen zuviel«, sinnierte ich, »und ein guter Einbrecher lernt, die Ohren offenzuhalten. Daß uns andere zuvorgekommen sind, ist so übel nicht – einerseits hätten wir zwar mehr mitgehen lassen können, andererseits aber sind die Clowns so durchs Haus getobt, daß ihnen die Polizei bald auf die Spur kommen muß. Und da wir keine Spuren hinterlassen haben, wird alles den anderen angehängt.«
»Das hatte ich mir auch schon gedacht. Was hieltest du von dem Chagall?«
»Den habe ich mir kaum angesehen.«
»Ich habe ihn jedenfalls mitgenommen. Bin gespannt, wie er sich in meiner Wohnung ausnimmt.«

3

Abel Crowe wohnte in einem jener turmhohen Apartmenthäuser der Vorkriegszeit im Riverside Drive. Wir verließen vor dem Haus unser Taxi und gingen um die Ecke zum Eingang in der 89. Straße. Der Portier hatte sich mitten in die Türöffnung gepflanzt und hielt seinen Posten wie Horatius die Brücke. Sein Gesicht war glänzend schwarz, seine Uniform kräftig weinrot mit mehr Goldtressen als bei einem Konteradmiral.
Carolyn bedachte er mit einem kurzen Blick und nahm dann mich in Augenschein, vom Haarschnitt bis zu den Pumas. Sehr beeindruckt schien er nicht zu sein. Mein Name rührte ihn ebenfalls nicht sonderlich, doch wenn Abel Crowes Name ihn auch nicht gerade mit Ehrfurcht erfüllte, reduzierte er doch wenigstens seine Feindseligkeit. Er rief über die Haussprechanlage nach oben, sprach kurz ins Mikrophon und ließ uns dann wissen, wir würden erwartet.
»Apartment 11-D«, sagte er und wies uns zum Aufzug.

Viele solcher Gebäude sind in letzter Zeit unter dem Vorwand der Modernisierung zwecks Kostensenkung auf Selbstbedienungslifts umgestellt worden, aber Abels Haus gehörte seit ein paar Jahren einer Mieterkooperative, die viel auf Tradition hielt. Der Aufzugführer trug eine Uniform wie der Portier, füllte sie aber längst nicht so gut aus. Er war ein käsiger, schwächlicher Junge, den ein Aroma umwaberte, das die Behauptung der Werbeleute, Wodka nähme einem den Atem, Lügen strafte. Dennoch erfüllte er seine Funktion, brachte uns mit wehender Fahne zehn Stockwerke über den Meeresspiegel und überzeugte sich oben, daß wir auch zur rechten Wohnung gingen und dem Mieter willkommen waren. Letzteres stand außer Frage.

»Mein bester Bernard!« rief Abel aus und packte mich heftig bei den Schultern. »Und die allerliebste Carolyn!« Er ließ mich fahren und umarmte meine Komplizin. »Ich bin ja so froh, daß ihr hier seid«, meinte er und führte uns hinein. »Es ist schon halb zwölf. Ich machte mir langsam Sorgen.«

»Zwischen elf und zwölf, habe ich gesagt, Abel.«

»Ich weiß, Bernard, ich weiß, aber ich begann trotzdem schon um halb elf auf die Uhr zu sehen und habe das seither anscheinend alle drei Minuten getan. Aber kommt nur herein, und macht es euch gemütlich. Ich habe das Haus voller leckerer Sachen. Und ihr wollt bestimmt etwas zu trinken haben.«

»Allerdings«, bemerkte Carolyn.

Es dauerte ein Weilchen, bis er den massiven Riegel des Fox-Schlosses in die Sperre am Türpfosten geschoben hatte. Fox stellt mehrere Spezialschlösser her. Mein Modell hat einen 1,50 Meter langen Riegel und ist im Winkel von 45 Grad zwischen einer in den Boden eingelassenen Metallplatte und einer Sperre an der Tür montiert. Abels Schloß hatte einen simpleren Mechanismus, der aber fast ebensoviel Sicherheit bot, es sei denn, jemand rückte der Tür mit einem mittelalterlichen Rammbock zu Leibe. Der Riegel aus gehärtetem Stahl, sechzig Zentimeter lang und einen Zoll breit, glitt seitwärts und in eine solide Sperre am Türpfosten. Bei einem früheren Besuch hatte ich erfahren, daß ein identisches Schloß die Hintertür der Wohnung sicherte.

Ich bezweifle, daß sich die anderen Mieter dieses so gut bewachten Hauses derart schwere Schlösser hatten einbauen lassen. Abel jedoch hatte seine Gründe.

Zum Beispiel seinen Beruf. Abel war nämlich Hehler, und zwar der beste in New York und Umgebung, wenn es um seltene Münzen

und Briefmarken ging. Er kaufte zwar auch andere Sachen an – Schmuck, Kunstobjekte –, aber Münzen und Marken waren sein liebstes Diebesgut.
Hehler geben für Diebe aller Art ein natürliches Ziel ab. Man sollte sie für tabu halten und annehmen, daß Kriminelle sich hüten, die Hand zu beißen, die sie füttert, aber leider funktioniert das nicht ganz so. Gewöhnlich hat ein Hehler etwas Stehlenswertes an der Hand – entweder Ware, die er erst kürzlich erworben hat, oder gutes Bargeld. Vermutlich kaum weniger wichtig ist, daß er sich nicht bei der Polizei beschweren kann. Ergebnis: Die meisten Hehler, die ich kenne, wohnen in bewachten Häusern, versehen ihre Türen mit doppelten Schlössern und haben gerne eine Waffe bei der Hand.
Andererseits konnte Abel ebenso sicherheitsbewußt sein, wenn er einen anderen Beruf ausgeübt hätte. Den Zweiten Weltkrieg hatte er nämlich in Dachau verbracht – nicht als Wächter. Ich kann mir vorstellen, daß jemand nach einer solchen Erfahrung Anzeichen von Paranoia aufweist.

Von Abels holzgetäfelter und mit Büchern vollgestopfter Wohnung aus schaut man nach Westen hin über den Riverside Park und den Hudson bis nach New Jersey. Wir saßen nun am Fenster, Carolyn und ich mit Scotch, Abel mit einer dick mit Schlagsahne gekrönten Tasse Espresso. WNCN spielte ein Streichquartett von Haydn für uns, und draußen gab es außer den Autos auf dem West Side Highway und den Joggern, die im Park ihre Runden drehten, nichts Aufregendes zu sehen.
Als Haydn von Vivaldi abgelöst wurde, stellte Abel seine leere Tasse ab, lehnte sich in seinem Sessel zurück und faltete die rosa Hände über seinem üppigen Bauch. Fett war er nur um die Mitte; seine Hände und Arme waren dünn, sein Gesicht hager, aber er hatte einen Schmerbauch und dicke Schenkel, über denen sich die blauen Gabardinehosen spannten – Attribute, die nicht schlecht zu seiner grenzenlosen Leidenschaft für schwere Süßspeisen paßten.
Ihm zufolge war er erst nach dem Krieg dick geworden. »Als ich im KZ war«, hatte er mir einmal erzählt, »mußte ich unablässig an Fleisch und Kartoffeln denken. Ich träumte von dicken Würsten und mächtigen Rinderbraten, Schweinskarree, Kitz am Spieß. Dabei sah ich immer ausgemergelter aus, meine Haut spannte sich über den Knochen wie Leder in der Sonne. Als die Amerikaner uns

befreiten, wog ich knapp neunzig Pfund. Als ich Dachau verließ, klammerte ich mich an eine Gewißheit. Ich war fest entschlossen, so lange zu fressen, bis ich dick war. Und dann mußte ich feststellen, daß mir Fleisch mit Kartoffeln nicht mehr schmeckte. Daß ich dank der SS-Gewehrkolben meine Zähne losgeworden war, konnte dies nur teilweise erklären. Ich empfand nämlich einen ausgeprägten Widerwillen gegen Fleisch. Dennoch hatte ich einen unstillbaren Hunger, einen unheimlichen Appetit auf Süßigkeiten. Nichts ist befriedigender, als zu wissen, was man will, und in der Lage zu sein, es sich zu beschaffen. Wenn ich es mir leisten könnte, Bernard, würde ich mir einen privaten Konditor im Haus halten und ihn rund um die Uhr beschäftigen.«
Zum Kaffee hatte er sich ein Stück Linzer Torte genehmigt und uns ein halbes Dutzend dekadent üppiger Stückchen angeboten, die wir allerdings fürs erste stehenließen. Wir hielten uns lieber an unseren Whisky.
»Ach, Bernard«, meinte er gedehnt, »und die liebreizende Carolyn. Wie schön, euch beide wieder einmal zu sehen. Doch der Abend ist nicht mehr jung. Hast du mir etwas mitgebracht, Bernard?«
Ich öffnete meinen Aktenkoffer, der neben mir stand, und holte einen kleinen Band heraus, Spinozas *Ethik*, gedruckt 1707 in London und in blaues Kalbsleder gebunden. Ich reichte ihn Abel, der ihn hin und her drehte, mit seinen langen, schlanken Fingern über das glatte alte Leder fuhr, eine Zeitlang die Titelseite studierte, dann blätterte.
»Hört euch das einmal an«, sagte er. »›Es steht dem weisen Manne wohl an, sich mit Maßen an Speis und Trank zu ergötzen, an Wohlgeruch und Schönheit der Pflanzen, an Kleidern, Musik, Spiel und Theater und anderen ähnlichen Plätzen, die man nutzen kann, ohne seinen Mitmenschen zu verletzen.‹ Wenn Baruch Spinoza in diesem Zimmer säße, würde ich ihm ein generöses Stück Linzer Torte abschneiden, und er würde es zweifellos genießen.« Er blätterte zurück zur Titelseite. »Sehr hübsch«, gestand er zu. »1707. Ich habe eine frühere lateinische Ausgabe, gedruckt in Amsterdam. Wann kam noch einmal die Erstausgabe heraus, 1675?«
»1677.«
»Mein Buch ist 1683 datiert, glaube ich. In Englisch habe ich nur die Ausgabe von Everyman's Library, Boyles Übersetzung.« Er befeuchtete einen Finger, blätterte weiter. »Nicht übel. Ein paar Wasserflecken, ein paar Seiten stockig, aber im großen und ganzen recht hübsch.« Er las etwas vor sich hin und klappte dann das Buch

vernehmlich zu. »Dafür könnte ich in meinen Regalen ein Plätzchen finden«, erklärte er gleichgültig. »Dein Preis, Bernard?«
»Es ist ein Geschenk.«
»Für mich?«
»Vorausgesetzt, du findest ein Plätzchen in deinen Regalen.«
Er lief rot an. »Damit habe ich überhaupt nicht gerechnet! Wie kleinlich von mir, auf den Wasser- und Stockflecken herumzureiten, als wollte ich mit dir schachern. Deine Großzügigkeit beschämt mich, Bernard. Ein reizendes kleines Buch, der Einband ist wirklich prächtig, ich freue mich sehr darüber. Willst du auch bestimmt nichts dafür haben?«
Ich schüttelte den Kopf. »Er kam mit einem ganzen Schwung exquisit gebundener, ansonsten aber uninteressanter Bücher in den Laden. Du kannst dir nicht vorstellen, was für einen Schrott man so über die Jahre in Leder gebunden hat, aber so etwas setze ich sofort wieder ab – Innenarchitekten kaufen das Zeug am laufenden Meter.«
»Wie nett und aufmerksam von dir«, sagte er. »Hab vielen Dank.«
Er holte tief Luft, atmete langsam aus und legte das Buch neben seine Kaffeetasse auf den Tisch. »Doch Spinoza allein führt dich um diese Tageszeit bestimmt nicht zu mir. Du hast mir doch bestimmt etwas mitgebracht?«
»Drei Dinge, um genau zu sein.«
»Und das sind keine Geschenke.«
»Nicht ganz.«
Ich nahm einen kleinen Samtbeutel aus dem Aktenkoffer und reichte ihn ihm. Er wog ihn in der Hand und entleerte ihn dann in seine Handfläche. Ein paar Ohrgehänge mit tropfenförmigen Smaragden, schlicht und elegant. Abel nahm eine Juwelierslupe aus der Brusttasche und klemmte sie sich ins Auge. Während er die Steine betrachtete, ging Carolyn zur Anrichte, wo Getränke und Süßigkeiten standen. Sie saß schon lange wieder auf ihrem Platz und hatte ihr Glas zu einem Drittel geleert, als Abel endlich aufsah.
»Gute Färbung«, meinte er. »Kleine Fehler... Nicht schlecht, Bernard, aber auch nichts Außergewöhnliches. Hast du dir einen bestimmten Preis vorgestellt?«
»Ich komme nie mit festen Vorstellungen.«
»Du solltest die Steine behalten und sie Carolyn schenken, Bernard. Die stehen ihr bestimmt gut. Mehr als einen Tausender kann ich dir dafür nicht bieten. Und das ist schon hoch gegriffen. Mein letztes Wort also.«

»Einverstanden.«
»Abgemacht«, sagte er und ließ den Schmuck zurück in den Beutel fallen, den er auf Spinozas *Ethik* legte. »Was hast du sonst noch?«
Ich holte einen zweiten Beutel aus der Aktentasche, diesmal einen größeren, verschnürten. Abel knotete ihn auf und brachte eine Damenarmbanduhr mit rechteckigem Gehäuse, rundem Zifferblatt und goldenem Armband zum Vorschein. Ich wußte nicht, ob er die Lupe wirklich brauchte, aber er klemmte sie wie immer ins Auge und sah sich das Stück genau an. »Piaget«, sagte er. »Wie spät ist es, Bernard?«
»Null Uhr sieben.«
»Hm. Piaget ist da ganz mit dir einig.«
Mich überraschte das nicht, denn ich hatte die Uhr aufgezogen und gestellt, als ich sie aus dem Safe genommen hatte.
»Willst du mich für einen Augenblick entschuldigen? Ich möchte mir nur einmal einen neuen Katalog anschauen. Und warum nehmt ihr euch nichts Süßes? Ich habe Eclairs, Sachertorte und Schwarzwälder Kirsch. Bin gleich wieder da.«
Ich gab den Widerstand auf und nahm mir ein Eclair. Carolyn wählte eine turmhohe Schokoladenschnitte. Ich goß zwei Tassen Kaffee ein und zwei Gläser hellen Armagnac, der älter war als wir. Abel kam zurück und freute sich sichtlich, als er uns kauen sah, und verkündete, daß der Verkaufspreis der Uhr 4950 Dollar betrage. Das war etwas mehr, als ich angenommen hatte.
»Dafür kann ich fünfzehnhundert zahlen, weil es sich rasch und einfach absetzen läßt. Zufrieden?«
»Zufrieden.«
Er lachte herzhaft vor sich hin, faltete die Hände wieder über dem Bauch und guckte erwartungsvoll. Ich ließ ihn zappeln. Dann fragte er: »Sagtest du nicht, du hättest drei Sachen mitgebracht?«
»Sicher – zwei Ohrgehänge und eine Uhr.«
»Ah, mein Irrtum. Ich dachte, die Smaragde seien ein Paar. Dann schulde ich dir also nur zweitausendfünfhundert Dollar.«
»Tja, da wäre noch eine Kleinigkeit, die du dir vielleicht einmal ansehen willst«, meinte ich gleichgültig und entnahm dem Aktenkoffer ein braunes Kuvert, kaum größer als eine Streichholzschachtel. Abel warf mir einen raschen Blick zu und nahm mir den Umschlag ab. Er enthielt eine kleine Plexiglasbox, die mit Seidenpapier gefüllt war. Abel faltete das Seidenpapier vorsichtig auseinander und bewegte seine Finger dabei so präzise wie jemand, der berufsmäßig mit seltenen Münzen umgeht. Wenn schon eine

Scharte oder ein Kratzer den Wert einer Münze beträchtlich mindern können, wenn schon ein Fingerabdruck den gefürchteten Korrosionsprozeß in Gang bringen kann, lernt man, Münzen am Rand zu halten – behutsam, aber sicher.
Das Objekt, das Abel nun behutsam, aber sicher zwischen Daumen und Zeigefinger seiner linken Hand hielt, war eine Metallscheibe, deren Durchmesser gut zwei Zentimeter betrug. Kurz gesagt, es war ein amerikanisches Fünf-Cent-Stück, umgangssprachlich ein »Nickel«. Es hatte auch die Farbe eines Nickels, obwohl es sich durch ein gestochen scharfes Münzbild und eine spiegelglatte Fläche weit von dem, was man so gemeinhin in den Taschen hat, unterschied.
Insgesamt aber sah es wie ein Nickel aus.
Was dieser Münze jedoch fehlte, war auf einer Seite Thomas Jeffersons Kopf und auf der anderen die Abbildung seines Hauses. Die Seite, die Abel sich zuerst ansah, zeigte eine große römische Fünf in einem oben offenen Kranz, unter dem »Cents« stand. Den Kranz rahmten der Name der Prägenation und deren Motto ein – *United States of America* oben, *E Pluribus Unum* unten.
Abel zog die Augenbrauen hoch, warf mir einen flinken Blick zu und drehte dann die Münze geschickt um. Auf ihrem Revers war der nach links gerichtete Kopf einer Frau abgebildet, deren Krone die Inschrift *Liberty* trug. Dreizehn Sterne umstanden Miss Liberty, die Freiheitsstatue also, und unter dem Kopf befand sich das Prägejahr.
»Großer Gott!« rief Abel Crowe aus. Dann machte er die Augen zu und stieß einen langen Satz in einer Sprache aus, die ich nicht verstand.
Carolyn schaute mich fragend an. »Ist das nun günstig oder ungünstig?« wollte sie wissen.
Genau konnte ich ihr das auch nicht sagen.

4

Er sagte nichts weiter, bis er Avers und Revers der Münze durch seine Lupe genau betrachtet hatte. Dann packte er sie wieder in das Seidenpapier, legte sie zurück in die Plexiglasbox, die er dann in den Umschlag steckte und auf den Tisch legte. Mühsam erhob er sich aus seinem Sessel, um sich eine weitere Kalorienbombe und

eine Tasse Kaffee mit Schlag zu holen. Er setzte sich wieder hin, aß eine Weile, schlürfte durch dicken Schlagrahm seinen Kaffee und stierte mich finster an.
»Nun?« wollte er wissen. »Ist die etwa echt?«
»Ich stehle sie nur«, bemerkte ich. »Die Echtheit muß jemand anders feststellen. Es war ein bißchen spät, um noch bei einem Experten hereinzuschauen.«
Nun sah er Carolyn an. »Weißt du, was es mit dieser Münze auf sich hat?«
»Bernie sagt mir ja nie etwas.«
»Hier haben wir es mit einem Liberty-Kopf-Nickel zu tun«, begann er zu dozieren. »In diesem Land wurden Fünf-Cent-Stücke aus Nickel erstmals 1866 in Umlauf gebracht. Der ursprüngliche Entwurf zeigte ein Wappenschild. 1883 ging die Regierung zu dieser Version hier über. Da bei der ersten Auflage das Wort ›Cents‹ auf dem Revers fehlte, gab es einige Verwirrung, was den Wert der Münze betraf, weidlich ausgenutzt von schlauen Leuten, die Kerben in den Rand feilten, um die Fräsung einer Goldmünze vorzutäuschen, das Stück dünn mit Gold plattierten und dann als Fünf-Dollar-Münze in Umlauf brachten.«
Er legte eine Pause ein, genehmigte sich einen Schluck Kaffee und wischte sich mit einer Serviette die Sahne von der Oberlippe. »Die Münze war bis Ende 1912 ununterbrochen gültig«, fuhr er fort. »Erst 1913 wurde sie von dem sogenannten Buffalo-Nickel abgelöst. Auch mit dieser Ausgabe entstanden im ersten Jahr Probleme. Ursprünglich war der Hügel, auf dem der Büffel stand, zu sehr ausgeprägt, so daß sich die Münzen nicht richtig stapeln ließen. Dem wurde zwar abgeholfen, doch die Jahreszahlen auf diesen Münzen nutzten sich rasch ab. Insgesamt war es ein schlechter Entwurf.
Da erzähle ich euch aber mehr, als ihr zu wissen braucht. Die letzten Liberty-Kopf-Nickel – oder V-Nickel, wie man sie hier und dort nennt – wurden 1912 in Philadelphia, Denver und San Francisco geprägt.« Wieder hielt er inne, atmete ein, atmete aus. »Das Stück, das du mir heute abend freundlicherweise vorbeigebracht hast, trägt das Datum 1913.«
»Es muß also etwas ganz Besonderes sein«, bemerkte Carolyn.
»Das kann man wohl sagen«, bestätigte Abel. »Vom 1913er V-Nikkel existieren meines Wissens nur fünf Exemplare. Sie sind eindeutig ein Produkt der US-Münzanstalt, obwohl diese Behörde das grundsätzlich bestreitet.

Es ist wohl klar, was geschehen ist. Die Prägestempel für den 1913er V-Nickel müssen fertiggestellt gewesen sein, ehe man beschloß, zum Büffel-Design überzugehen. Vermutlich wurden ein paar Stücke zur Probe geprägt; andererseits kann auch ein unternehmungslustiger Angestellter der Münze diese Stücke aus eigener Initiative hergestellt haben. Wie auch immer, fünf Exemplare verließen die Münzanstalt, und zwar durch die Hintertür.«

Er seufzte, zog einen Slipper aus und massierte seinen Fuß. »Ich schleppe zuviel Fett mit mir herum«, klagte er. »Das soll schlecht fürs Herz sein. Mein Herz beschwert sich nicht, aber meine Füße protestieren unablässig.

Doch lassen wir das beiseite. Kehren wir zurück zum Jahre 1913. Damals war bei der Münzanstalt Philadelphia ein Gentleman namens Samuel Brown beschäftigt. Er quittierte kurz darauf den Dienst und tauchte bald in North Tonawanda, einem Vorort von Buffalo, auf, wo er Suchanzeigen nach 1913er V-Nickeln in die Zeitungen setzte. Vergeblich natürlich, denn um diese Zeit hatte noch kein Mensch von einer solchen Münze gehört. Er jedoch gab in der Folge bekannt, es sei ihm gelungen, fünf Exemplare zu erstehen, und dies waren die einzigen, die jemals ans Tageslicht kamen. Vielleicht könnt ihr euch vorstellen, wie er an sie herankam.«

»Er hatte sie aus der Münzanstalt mitgenommen«, meinte ich, »und wollte mit den Anzeigen nur erklären, wie sie in seinen Besitz gelangten.«

Abel nickte. »Dazu machte er sie noch ordentlich bekannt. Ist dir der Name E. H. R. Green ein Begriff? Colonel Edward Green? Seine Mutter war Hetty Green, die berüchtigte Wall-Street-Hexe, und als ihr Sohn das Vermögen erbte, konnte er sich endlich seine exzentrischen Hobbies leisten, darunter Numismatik. Er wollte nicht nur ein Exemplar einer Rarität besitzen, sondern so viele wie möglich, und daher kaufte er Samuel Brown alle seine 1913er V-Nickel ab. Sie blieben bis zu seinem Tod in seinem Besitz, und man kann wohl annehmen, daß er sich an ihnen erfreute. Als er tot war, wurde seine Habe aufgeteilt, und es gelang einem Händler namens Johnson, alle fünf Nickel zu erstehen. Soviel ich weiß, wohnte er in St. Louis oder Kansas City.«

»Kommt doch nicht drauf an«, warf ich ein.

»Vermutlich nicht«, stimmte er zu. »Auf jeden Fall verkaufte Mr. Johnson sie einzeln an Sammler weiter. Zur gleichen Zeit war in Fort Worth, Texas, ein Händler namens B. Max Mehl eifrig dabei, den 1913er V-Nickel zur bekanntesten seltenen Münze des Jahrhunderts zu machen, nur indem er sich erbot, jedes verfügbare Stück aufzukaufen. Überall plazierte er Anzeigen, in denen er pro Stück fünfzig Dollar bot und dabei andeutete, jedermann könnte aus Zufall ein Exemplar in seinem Kleingeld finden. Auf diese Weise köderte er Käufer für einen Münzkatalog, den er verhökerte, und zweifellos fand er viele Kunden; gleichzeitig sicherte er aber auch die Zukunft des V-Nickels von 1913. Noch nie war um eine amerikanische Münze ein solcher Wirbel veranstaltet worden. Amerikaner, die sonst keine Ahnung von Münzen hatten, wußten, daß ein 1913er V-Nickel wertvoll war. Das wußte jedes Kind.«

Ich auch. Ich konnte mich gut an die Anzeigen, von denen er gesprochen hatte, erinnern. Die Aktion war noch zu meiner Jungenzeit gelaufen, und ich war einer der Dummen gewesen, die sich den Katalog kommen ließen. In der Hosentasche hatte natürlich keiner von uns das rare Stück gefunden, weil nämlich keins im Umlauf war, aber viele von uns begannen, Münzen zu sammeln, und stießen zur Bruderschaft der Numismatiker. Andere hinwiederum wurden zu Dieben und suchten ihr Glück sozusagen in anderer Leute Wechselgeld.

»Für den Wert der Münze gibt es keine logische Erklärung«, sprach Abel weiter. »Sie ist bestenfalls eine Probeprägung, ungünstigstenfalls ein illegales Phantasiestück. Und als solches sollte sie höchstens ein paar tausend Dollar wert sein. Probestücke wurden 1881 und 1882 in zahlreichen Legierungen und Versionen geprägt. Manche sind ebenso selten oder sogar noch seltener als der V-Nickel von 1913, aber dennoch für ein paar hundert Dollar zu haben. Schon 1882 wurde ein V-Nickel probeweise geprägt, aus dem gleichen Metall, und diese Münze sollte eigentlich noch gefragter sein als der 1913er Nickel, denn sie ist immerhin legal. Trotzdem kannst du sie für zweitausend erstehen, sofern du ein Exemplar findest, das zum Verkauf steht.«

Carolyns Miene verriet nun allerhand Erregung, was ich auch verstehen konnte. Wenn eine andere Münze zweitausend wert, aber im Vergleich zu unserem Fang nur ein kleiner Fisch war, standen wir gut da. Wie gut wir genau dastanden, wußte sie aber immer noch nicht. Sie wartete gespannt, bis Abel mit der ganzen Geschichte herausrückte.

Er ließ sie warten. Er griff nach seinem Teller, aß sein Stück Torte auf, tauschte Teller gegen Tasse aus, trank Kaffee, Carolyn schenkte sich noch einen Armagnac ein, trank etwas davon, sah ihm beim Kaffeeschlürfen zu, kippte den Rest des Armagnac, ballte die

Fäuste, stemmte sie in die Hüften und sagte: »Na los schon, Abel, was ist sie wert?«
»Das weiß ich nicht.«
»Wie bitte?«
»Das kann kein Mensch sagen. Vielleicht solltest du sie in eine Parkuhr stecken. Bernard, warum bringst du so etwas an?«
»Weil ich dachte, das sei eine gute Idee, Abel. Wenn du die Münze nicht haben willst, nehme ich sie mit nach Hause.«
»Und was willst du mit ihr anfangen?«
»Da ich kein Auto habe, brauche ich auch keine Parkuhren zu füttern. Vielleicht durchbohre ich sie, damit Carolyn sie um den Hals tragen kann.«
»Ich wünsche mir fast, daß das so einfach ginge.«
»Vielleicht kauft sie mir auch jemand anders ab.«
»Wer denn? Wem könntest du sie denn anbieten? Niemand gibt dir bessere Konditionen als ich, Bernard.«
»Deshalb brachte ich sie auch zu dir, Abel.«
»Gewiß, gewiß.« Er seufzte, zog ein Taschentuch hervor und wischte sich seine hohe Stirn. »Bin ja ganz echauffiert wegen dieser verdammten Münze. Was sie wert ist? Wer weiß schon, was sie wert ist? Es existieren fünf Exemplare. Wenn ich mich recht entsinne, befinden sich vier in Museen, nur eins in Privatbesitz. Einen 1913er Nickel habe ich in meinem Leben nur einmal gesehen, vor fünfzehn Jahren. Er gehörte einem gewissen J. V. McDermott, der ihn für sein Leben gern herumzeigte. Nur wenige Münzsammler haben soviel Vergnügen an einem Stück wie der selige Mr. McDermott.
Als die Münze den Besitzer wechselte, brachte sie fünfzigtausend Dollar. Seither fanden weitere Transaktionen statt. 1976 wurde ein 1913er V-Nickel für hundertdreißigtausend verkauft. Ob das nun McDermotts Münze war oder nicht, kann ich nicht sagen. Erst kürzlich berichtete man von einem Privatverkauf, bei dem über zweihunderttausend erzielt wurden.«
Carolyn setzte ihr Glas an die Lippen und kippte es, ohne zu bemerken, daß es leer war. Sie starrte Abel wie gebannt an. Noch nie hatte ich sie so große Augen machen sehen.
Er seufzte. »Was willst du für diese Münze haben, Bernard?«
»Größere Reichtümer, als Habgier sich träumen läßt.«
»Wie treffend. Ist das von dir?«
»Samuel Johnson hat es zuerst gesagt.«
»Es hatte so einen klassischen Ton an sich. Spinoza nannte die

Habgier ›nichts als eine Spielart des Wahnsinns, wenngleich sie nicht als Krankheit gilt‹. Bist du wahnsinnig genug, eine Preisvorstellung zu haben?«
»Nein.«
»Es ist unglaublich schwer, dieses Ding zu bewerten. Als John Work Garretts Sammlung versteigert wurde, brachte eine Brasher-Dublone siebenhundertfünfzigtausend. Was könnte man für diese Münze bei einer Auktion erzielen? Eine halbe Million? Nicht ausgeschlossen.«
Carolyn hatte glasige Augen bekommen und ging sich noch einen Armagnac holen. »Versteigern lassen kannst du dieses Stück aber nicht«, fuhr er fort, »und ich auch nicht. Woher kommt es eigentlich?«
Ich zögerte, aber nur kurz. »Es gehörte einem gewissen Colcannon«, erwiderte ich, »bis vor knapp zwei Stunden.«
»H. F. Colcannon? Ich habe natürlich von ihm gehört, wußte aber nicht, daß er den 1913er Nickel besaß. Wann hat er ihn denn erstanden?«
»Keine Ahnung.«
»Um was hast du ihn sonst noch erleichtert?«
»Nur um die Gehänge und die Uhr. Außer Dokumenten und Aktien lag nichts in seinem Safe.«
»Keine anderen Münzen?«
»Nein.«
»Aber –« Er runzelte die Stirn. »Wie bewahrte er den Nickel eigentlich auf – gerahmt oder in einem Plexiglashalter?«
»Eben nicht. Ich fand ihn so, wie er nun neben dir liegt – in einem Umschlag.«
»Erstaunlich.«
»Das fand ich auch.«
»Höchst bemerkenswert. Er muß ihn gerade erst gekauft haben. Weißt du vielleicht, ob es McDermotts Nickel ist? Oder hat womöglich ein Museum verkauft? Auch Museen behalten Objekte nicht ewig. Wann, glaubst du, ist Colcannon zu seiner Münze gekommen?«
»Abel, ich wußte noch nicht einmal, daß er sie besaß, ehe ich sie in seinem Safe fand.«
»Ja, natürlich.« Er griff nach dem Umschlag, packte die Münze wieder aus und studierte sie erneut durch die Lupe. »Ich glaube nicht, daß dies eine Fälschung ist, obwohl so etwas vorkommt. Man nimmt einen Nickel aus dem Jahr 1903 oder 1910, 1911 oder 1912,

schleift die störende Ziffer ab und lötet die passende, von einer anderen Münze entfernte Ziffer ein. Es müßten aber Spuren einer solchen Operation zu sehen sein, und sie fehlen hier. Zudem bräuchte man ein paar hundert Dollar für eine Probeprägung, an der man üben kann. Ich bin fast sicher, daß dieses Stück hier echt ist. Nützlich wäre eine Röntgenaufnahme oder das Gutachten eines Fachmanns.«
Er seufzte leise. »Zu einer günstigeren Tageszeit könnte ich die Echtheit des Stückes feststellen, ohne das Haus zu verlassen. Aber laßt uns jetzt in der Nacht einfach einmal annehmen, daß die Münze das ist, was sie zu sein scheint. Wem aber könnte ich sie verkaufen? Und zu welchem Preis? Ich müßte zu einem Sammler gehen, der bereit ist, sie anonym zu besitzen, und sich damit abfindet, daß ein offener Weiterverkauf unmöglich ist. Kunstsammler dieses Schlages gibt es in Hülle und Fülle; das Vergnügen, das sie an ihren Gemälden haben, scheint die illegale Herkunft noch zu vergrößern. Münzsammler jedoch betonen weniger die ästhetische Schönheit eines Objekts als das Prestige und den Profit, die mit ihrem Besitz einhergehen. Wer würde dieses Stück wohl haben wollen? Gewiß, Sammler gibt es genug, aber an wen soll ich herantreten, und was kann ich verlangen?«
Ich holte mir noch einen Kaffee, goß etwas Armagnac hinein, um das Getränk ein wenig gehaltvoller zu machen, hielt dann aber inne und sagte mir, der Armagnac sei für so etwas zu schade. Und dann fiel mir ein, daß ich gerade eine Münze im Wert von einer halben Million gestrenzt hatte – warum geizte ich nun mit französischem Schnaps zu dreißig Dollar pro Flasche? Ich goß mir noch einen guten Schuß in den Kaffee, trank einen Schluck und spürte die Wärme bis hinunter in die Zehen.
»Du hast drei Möglichkeiten«, sagte Abel.
»Und die wären?«
»Erstens: Du kannst die Münze mit nach Hause nehmen und dich am geheimen Besitz eines Stückes erfreuen, das wertvoller ist als alles andere, was dir jemals in die Finger kommen wird. Diese Münze ist mindestens eine Viertelmillion wert, wenn nicht gar das Doppelte, vielleicht sogar noch mehr. Und ich habe sie in der Hand gehalten. Kolossal, nicht wahr? Du hast ein paar Stunden lang gearbeitet und kannst sie nun für den Rest deines Lebens in der Hand halten, wann immer dir der Sinn danach steht.«
»Und die beiden anderen Möglichkeiten?«
»Zweitens: Du kannst sie mir hier und jetzt verkaufen. Ich gebe dir

Bargeld in unregistrierten Fünfzigern und Hundertern. Du kannst mit dem Geld in der Tasche aus der Wohnung marschieren.«
»Wieviel, Abel?«
»Fünfzehntausend Dollar.«
»Für eine Münze, die eine halbe Million wert ist.«
Das ließ er hingehen. »Drittens: Du kannst mir das Stück in Kommission geben. Ich verkaufe es zum bestmöglichen Preis und gebe dir die Hälfte. Ich lasse mir Zeit, will mich aber bemühen, die Münze so rasch wie möglich an den Mann zu bringen. Vielleicht finde ich bald einen Kunden. Mag sein, daß das Ding bei einer Gesellschaft versichert ist, die es im Diebstahlsfall zurückkauft. Mit diesen Gesellschaften ist heikel zu verhandeln. Man kann ihnen nicht immer trauen. Wenn Colcannon es erst kürzlich erstanden hat, ist es vielleicht noch nicht versichert. Mag sein, daß er seine Münzen nie versichert, weil er meinte, sein Banksafe sei sicher genug, und vorhatte, sie dort zu deponieren.«
Er breitete die Hände aus und seufzte schwer. »Vielleicht, vielleicht, vielleicht. Dutzende von Möglichkeiten. Bernard, ich bin ein alter Mann. Nimm deine Münze wieder mit, und erspare mir die Kopfschmerzen. Wozu brauche ich den Ärger? Geld habe ich genug.«
»Zu welchem Preis willst du sie denn verkaufen?«
»Ich sagte doch, daß ich das nicht weiß. Soll ich einmal grob schätzen? Gut, schnappe ich mir eine Zahl aus der Luft. Hunderttausend. Eine schöne runde Zahl. Der Endpreis mag sehr viel höher oder niedriger liegen, das hängt von den Umständen ab, aber du hast mich nach einer Zahl gefragt. Bitte, da hast du sie.«
»Hunderttausend?«
»Unter Umständen.«
»Und unser Anteil betrüge fünfzigtausend.«
»Kopfrechnen ›sehr gut‹, Bernard.«
»Und wenn wir heute nacht dein Barangebot annehmen?«
»Wieviel habe ich geboten? Fünfzehntausend. Dazu die zweitausendfünfhundert, die ich euch für Gehänge und Uhr schulde. Zusammen siebzehntausendfünfhundert.« Auch er ein Mathematik-As. »Paß auf«, sprach er weiter, »laß uns runde Summen machen. Sagen wir, zwanzigtausend für alles.«
»Andernfalls zweitausendfünfhundert sofort und die Hälfte des Münzerlöses später.«
»Sofern ich überhaupt etwas für sie bekomme. Vorausgesetzt, sie ist echt, und ich finde einen Käufer.«

»Wie wäre es mit dreitausend für Ohrringe und Uhr plus die Hälfte des Preises der Münze?«
Er dachte einen Augenblick nach. »Nein, danke«, meinte er dann, »das gefällt mir nicht, Bernard.«
Ich schaute hinüber zu Carolyn. Wir könnten mit zehntausend pro Kopf für die Arbeit einer Nacht abziehen oder uns mit einem guten Zehntel dieser Summe begnügen, plus der Aussicht auf größere Reichtümer, als Habgier sich träumen läßt... Ich fragte sie nach ihrer Meinung.
»Wie du meinst, Bernie.«
»Ich wollte wissen, was du dazu –«
»Von wegen. Du entscheidest.«
Nimm das Geld und verschwinde, flüsterte eine Stimme in mir. Nimm das gute Bare und laß den Kredit sausen. Lieber den Spatz in der Hand... Besonders originell ist diese innere Stimme nie, aber sie kommt immer gleich zur Sache.
Andererseits wollte ich nicht als der Gimpel in die Geschichte eingehen, der Colcannons V-Nickel für kümmerliche zehntausend fahrenließ. Und wie froh würde ich über meine zehntausend sein, wenn ich erfuhr, daß Abel Crowe einen sechsstelligen Preis erzielt hatte?
Ich hätte seinem Spinoza-Zitat noch eins draufsetzen können. »Stolz, Neid und Habgier sind die drei Funken, die aller Herzen entflammt haben.« Dantes *Inferno*, sechster Gesang.
In meinem Herzen glommen alle drei, vom Armagnac einmal ganz abgesehen. »Wir nehmen zweieinhalbtausend«, sagte ich zu ihm.
»Wenn du noch etwas Bedenkzeit haben willst –«
»Bedenkzeit, das fehlt mir gerade noch.«
Er lächelte. Plötzlich sah er wieder wie ein gütiger Opa aus, das Urbild der Redlichkeit. »Bin gleich wieder da«, meinte er und erhob sich. »Hier steht genug Kaffee, Kuchen, Schnaps. Bedient euch ruhig.«

Während er im Nebenzimmer kramte, hoben Carolyn und ich ein letztes Glas und tranken auf die erfolgreiche Nacht. Dann kam Abel zurück und blätterte uns einen Stapel Hundertdollarnoten hin. Hoffentlich hätten wir nichts gegen Hunderter einzuwenden, meinte er. Ganz und gar nicht, versicherte ich ihm, ich hätte gern eine Million davon. Er lachte höflich in sich hinein.
»Paß gut auf deinen Nickel auf«, mahnte ich. »Die Diebe sind überall.«

»Hier kommt niemand herein.«
»Vergiß nicht, daß Gordius dachte, niemand könne seinen Knoten entwirren. Und die Trojaner fielen auf ein Pferd herein.«
»Und Hochmut kommt vor dem Fall, wie?« Er legte mir beruhigend eine Hand auf die Schulter. »Unsere Portiers sind ausgeschlafene Jungs. Der Aufzug ist immer bewacht. Und du hast meine Schlösser gesehen.«
»Und die Feuerleiter?«
»Die ist an der Vorderfront des Hauses angebracht, so daß jeder, der sie benutzt, von der Straße aus gesehen wird. Das Fenster zur Feuerleiter hin ist mit Stahl gesichert. Auf diesem Weg kommt niemand herein, das kann ich dir versichern. Ich hoffe nur, daß ich auch herauskomme, falls es einmal brennen sollte.« Er lächelte. »Auf jeden Fall werde ich die Münze an einem Ort verstecken, auf den keiner kommt. Außerdem wird niemand erfahren, daß ich sie überhaupt habe.«

5

Ganz genau weiß ich eigentlich nicht, weshalb ich den Rest der Nacht bei Carolyn verbrachte. Süßigkeiten, Koffein und Alkohol, dazu genug Spannung und Aufregung für einen Monat – das alles hatte uns aufgedreht und ein bißchen betrunken gemacht. So war es uns ganz recht, daß wir keine schwerwiegenden Entscheidungen zu treffen brauchten. Ich wollte sie mit in meine Wohnung nehmen, um dort das Geld zu teilen, aber sie wollte lieber in der Stadtmitte bleiben, weil sie am nächsten Morgen einen Kunden mit einem Riesenschnauzer erwartete.
In Carolyns Wohnung holten wir den Chagall aus dem Aktenkoffer und hielten ihn probeweise an die Wand. (Dies ein weiterer Grund, weswegen ich sie begleitet hatte – das Bild war in meinem Aktenkoffer sicherer.) Es sah gut aus, da aber das Passepartout nicht zur Tapete paßte, beschloß Carolyn, es erst zum Rahmen zu bringen, ehe sie es aufhängte. Sie goß sich einen Schlaftrunk ein, während ich das Geld teilte. Als ich ihr ihren Anteil gegeben hatte, wedelte sie mit den Scheinen und pfiff leise vor sich hin. »Nicht übel für eine Nacht, was? Klar, für einen Einbruch ist es nicht sensationell, aber wenn man sich normalerweise sein Geld als Hundepflegerin verdient ... Hast du eigentlich eine Ahnung, wie

viele Tölen ich baden muß, bis soviel zusammenkommt?«
»Ganze Meuten.«
»Kann man wohl sagen. He, ich glaube, du bist mir noch etwas schuldig. Oder willst du mir etwa den Chagall berechnen?«
»Selbstverständlich nicht.«
»Gegeben hast du mir aber nur zwölfhundert, fünfzig Dollar weniger als meine Hälfte. Ich will ja nicht knickrig sein, aber –«
»Du vergißt unsere Unkosten.«
»Was, das Geld fürs Taxi? Den Hinweg hast du bezahlt, der Rückweg ging auf meine Rechnung. Was für Unkosten also?«
»Spinozas *Ethik*.«
»Ich dachte, die hättest du in einem ganzen Schwung Meterware gefunden. Oder berechnest du den Wert anstelle der tatsächlichen Kosten? Meinetwegen, aber trotzdem –«
»Das Buch habe ich bei Batfield in der 57. Straße gekauft, für glatte hundert Dollar. Gespart habe ich nur die Umsatzsteuer, weil ich Wiederverkäufer bin.«
Sie starrte mich ungläubig an. »Hundert Dollar hast du für diesen Schinken bezahlt?«
»Sicher. Das war ein ganz normaler Preis.«
»Abel hast du aber erzählt...«
»Daß ich es so gut wie umsonst bekommen habe. Das nahm er mir sogar ab, glaube ich. Außerdem bin ich sicher, daß uns das Buch fünfhundert mehr für Gehänge und Uhr eingebracht hat. Das Geschenk stimmte ihn großzügig.«
»Na so was«, meinte sie. »An diesem Geschäft verstehe ich vieles nicht.«
»Vieles versteht kein Mensch.«
»Wie kommt einer auf die Idee, seinem Hehler ein Präsent zu machen?«
»Wer hat je von einem Hehler gehört, der Spinoza zitiert?«
»Allerdings wahr. Magst du wirklich keinen Schlaftrunk?«
»Absolut nicht.«
»Hast du gewußt, daß der Nickel so wertvoll ist?«
»Ich hatte so eine Ahnung.«
»Und auf dem Weg zu Abel hast du dir überhaupt nichts anmerken lassen. Ich wußte wirklich nicht, daß er ein Vermögen wert ist.« Sie legte den Kopf schief und nahm mich in Augenschein. »Ich bin froh, daß wir nicht einfach je zehn Riesen genommen und den Rest vergessen haben. Warum nicht mal was wagen? Ich brauche im Augenblick keine zehntausend, weil mein kleiner Bruder operiert

werden muß. Wie lange dauert es, bis er die Münze verhökert hat?«
»Schwer zu sagen. Vielleicht einen Tag, vielleicht sechs Monate.«
»Früher oder später geht jedenfalls das Telefon, und wir erfahren, daß wir den großen Preis gewonnen haben.«
»Kann gut sein.«
Sie unterdrückte ein Gähnen. »Erst dachte ich, mir wäre heute nacht zum Feiern zumute. Aber noch ist der Goldregen nicht gefallen. Zudem habe ich kaum noch Kraft zum Feiern. Und morgen wache ich bestimmt mit einem Riesenkater auf.« Sie hob eine Katze von der Couch und setzte sie auf den Boden. »Tut mir leid, mein Freund«, sagte sie zu ihr, »aber Frauchen muß ins Bett.«
»Soll ich dir nicht lieber das Bett lassen, Carolyn?«
»Dich müßten wir erst zusammenklappen, ehe du auf die Couch paßt.«
»Ich jage dich halt nur ungern aus deinem eigenen Bett.«
»Bernie, darüber diskutieren wir jedesmal, wenn du bei mir übernachtest. Warte nur, eines Tages lasse ich dich mal auf die Couch, und du wirst es bereuen.«
So legte ich mich in ihr Bett und sie sich auf die Couch, wie üblich. Ich schlief in der Unterwäsche, sie im Nachthemd. Ubi leistete ihr auf der Couch Gesellschaft. Archie, der Burmese, war anfangs rastlos und schritt die Wände des Apartments ab wie ein Rancher seine Zäune. Nach ein paar Runden jedoch machte er einen Satz aufs Bett, kuschelte sich an mich und setzte die Schnurrmaschine in Gang.
Carolyn hatte dreimal soviel wie ich getrunken und schlief deshalb wie ein Klotz. Schon nach wenigen Minuten ging ihr Atem tief und regelmäßig, und bald darauf begann sie damenhaft zu schnarchen. Ich lag mit offenen Augen und den Händen im Nacken auf dem Rücken und ließ die Ereignisse der Nacht noch einmal ablaufen. Ganz gleich, wie lange Abel für den Verkauf des Nickels brauchte oder was wir dafür bekommen würden, der Colcannon-Bruch war vorbei und wir fein heraus. Die Beute waren wir los, abgesehen von einem kleinen, ziemlich unbekannten Chagall, dessen Verschwinden bei dem Tohuwabohu im Haus der Colcannons womöglich gar nicht auffallen würde. Und wenn schon – die Auflage hatte 250 betragen, und wer würde schon in Carolyns Wohnung nach der Lithographie suchen?
Trotzdem steckte ich das Bild in den Schrank, als ich am nächsten Morgen aufwachte. Es war halb zehn, sie hatte bereits sich selbst und die Katzen verpflegt und war zu ihrem Riesenschnauzer-

Termin gegangen. Ich machte mir eine Tasse Kaffee, aß ein Brötchen und steckte die Aktentasche zum Chagall in den Schrank, weil ich nicht mit meinem Einbruchswerkzeug zur Arbeit gehen wollte. Die Sonne schien, die Luft war frisch und sauber, und ich beschloß, zu Fuß zu gehen, anstatt mich in der U-Bahn herumzudrücken. Ich schritt munter aus, schlenkerte mit den Armen und ertappte mich einmal sogar beim Pfeifen.

Kurz nach zehn machte ich den Laden auf und hatte zwanzig Minuten später meinen ersten Kunden, einen bärtigen Pfeifenraucher, der zwei Bände Englische Geschichte kaufte. Dann wurde ich ein paar Titel vom Ramschtisch los, und anschließend verlief das Geschäft so ruhig, daß ich mich wieder dem Buch widmen konnte, das ich am Vortag gelesen hatte. Spenser brachte sich immer noch halb um. Im Augenblick übte er sich im Bankdrücken, was immer das sein mochte, und quälte sich an (oder in?) einer undefinierbaren Universalmaschine ab.

Zwei Vierziger kamen kurz vor elf hereinmarschiert. Beide trugen dunkle Anzüge und klobige Schuhe. Einer hätte sich die Koteletten ruhig ein bißchen höher scheren können. Dieser Herr verzog sich in den Hintergrund, während der andere ein augenblickliches, aber wenig überzeugendes Interesse fürs Lyrikregal zeigte.

Ich hatte Abels dreizehnhundert Dollar in der Brieftasche, dazu die tausend, die ich immer bei einem Job mitführe, nur für den Fall, daß jemand bestochen werden muß. Ich hoffte, daß sie sich mit dem Geld in der Ladenkasse zufriedengeben würden. Weiter hoffte ich, daß die Wölbung unter dem Jackett des Kotelettenträgers kein Revolver war und wenn doch, daß er nicht damit auf mich zu schießen gedachte. Außerdem schickte ich ein rasches Stoßgebet an St. Johannes los, Schutzpatron der Buchhändler, dessen gerahmtes Porträt noch aus Mr. Litzauers Zeiten im Büro hing. Sinnlos, jetzt St. Dismas anzugehen. Im Augenblick war ich Buchhändler, nicht Einbrecher.

Nun blieb mir nichts anderes übrig, als zu warten, daß sie zuschlugen, und da brauchte ich mich nicht lange zu gedulden. Beide kamen auf die Theke zu. Der Kotelettenmann kam von hinten, der andere hatte noch einen Band mit Robert W. Services Gedichten in der Hand. Ich konnte mir schon vorstellen, wie der eine mich erschoß, derweil der andere »Die Einäscherung des Sam McGee« deklamierte.

Die Theke erreichten sie gleichzeitig. »Rhodenbarr? Bernard Rhodenbarr?« sagte der Service-Fan.

»Holen Sie mal Ihre Jacke. Wir haben auf der Wache mit Ihnen zu reden«, fiel der andere ein.
»Gott sei Dank«, seufzte ich, handelte es sich doch, wie der Leser sicherlich schon vermutet hat, keineswegs um Räuber, sondern um Polizisten. Zwar wird man hier und dort auch schon mal von Polizisten ausgeraubt, gewöhnlich jedoch nicht mit Waffengewalt. Und in Pistolenmündungen gucke ich gar nicht gern.
»Der freut sich, uns zu sehen«, meinte der Kotelettenträger.
Der andere nickte. »Will sich was von der Seele reden.«
»Klar. Die ganze Nacht von Schuldgefühlen geplagt, sehnt er sich jetzt nach einem Geständnis.«
»Korrekt, Phil. Guck ihn dir nur an, ein kleiner Einbrecher, der bis zum Hals drinsteckt. Ein Blick auf seine Latte sagt dir schon, was passiert ist. Hat sich mit einem Gewalttäter zusammengetan.«
»Ganz deiner Meinung, Dan. Schlechter Umgang.«
»Kommt dauernd vor. Na, und jetzt ist er total zerknirscht. Er serviert uns den Partner auf dem Tablett, hängt ihm alles an, läßt sich zum Zeugen der Anklage machen und kommt mit einem blauen Auge davon. Wetten, daß er in drei Jahren wieder rauskommt?«
»Langsam, Phil. Drei, höchstens vier Jahre. Na, Bernie, wollen Sie nicht zumachen? Wir fahren mal kurz zusammen in die Stadt.«
Langsam lichtete sich der Nebel. Ich war so erleichtert gewesen, es nicht mit Räubern zu tun zu haben, daß mir anfangs ganz entgangen war, daß ich verhaftet wurde, was an sich auch nicht gerade angenehm ist. Die beiden unterhielten sich über mich, als wäre ich gar nicht anwesend, aber es lag auf der Hand, daß ihr netter kleiner Phil-und-Dan-Sketch auf mich zielte. (Phil hatte die Koteletten, Dan war der Schöngeist.) Ihrem privaten Drehbuch zufolge sollte ich jetzt in meinen Pumas bibbern.
Die Nummer saß.
»Worum geht es eigentlich?« brachte ich mit Mühe heraus.
»Jemand will Sie sprechen«, sagte Dan.
»Weshalb?«
»Es geht um den kleinen Besuch, den Sie letzte Nacht einem Haus in der 18. Straße abgestattet haben«, erklärte Phil. »Einen unangemeldeten Besuch.«
Mir drehte sich der Magen um. Es ist besonders entmutigend, finde ich, wenn man eines Verbrechens bezichtigt wird, das man wirklich begangen hat, denn man hat so wenig Anlaß zu rechtschaffener Empörung.

»Also geh'n wir«, meinte Dan und legte den Gedichtband auf die Theke. Insgeheim hoffte ich, daß er mit Nachnamen McGrew hieß und daß Phil ihn erschießen würde.
Gerade erst hatte ich den Laden aufgemacht, und jetzt mußte ich ihn schon wieder schließen. »Stehe ich unter Arrest?« fragte ich.
»Wollen Sie das?«
»Nicht unbedingt.«
»Gut, wenn Sie freiwillig mitkommen, brauchen wir Sie nicht festzunehmen.«
Hörte sich vernünftig an. Da Phil mir beim Hereintragen des Ramschtisches half, mußte Dan wohl der Vorgesetzte sein. Während ich die Türen abschloß und die Jalousien herunterließ, rissen sie wie erwartet Witze über den Einbrecher, der seinen eigenen Laden sichert. Ich konnte mich vor Lachen nicht halten.
Ihr Auto war ein blau-weißer Streifenwagen. Phil fuhr, Dan saß hinten neben mir. Zwei Straßen weiter fragte ich: »Was soll ich eigentlich angestellt haben?«
»Als ob Sie das nicht selbst wüßten.«
»Genau, als ob ich es nicht wüßte. Ich weiß es wirklich nicht. Was wirft man mir also vor?«
»Ah, jetzt hat er sich gefangen«, bemerkte Dan. »Jetzt kommt der Profi zum Vorschein. Erst war er nervös, aber jetzt ist er kalt wie eine Hundeschnauze.« Er wandte sich an mich und erklärte: »Wir werfen Ihnen gar nichts vor. Wie sollten wir auch? Wir haben Sie doch gar nicht festgenommen.«
»Unter welchem Tatverdacht hätten Sie mich denn festnehmen können?«
»So ganz hypothetisch?«
»Genau.«
»Schwerer Einbruch. Und Mord.« Er schüttelte den Kopf. »Sie armes Schwein«, meinte er. »Sie haben doch bestimmt noch niemanden umgebracht, stimmt's?«

6

Herbert und Wanda Colcannon waren doch nicht über Nacht in Pennsylvania geblieben. Zwar waren sie nach Berks County gefahren, um ihren geliebten Bouvier mit dem erwählten Champion zu verkuppeln; dann aber hatten sie Astrid beim Besitzer des Rüden gelassen und waren zurück nach New York gefahren, um mit Geschäftsfreunden von Herbert zu Abend zu essen und anschließend ins Theater zu gehen. Nach einem Glas waren sie heimgefahren, um sich ins Bett zu legen und am anderen Morgen Astrid in Pennsylvania abzuholen.

Statt dessen aber gerieten sie in einen Einbruch hinein. Die Einbrecher erleichterten Herbert um sein Bargeld und Wanda um den Schmuck, den sie trug, und versuchten dann, die beiden zu fesseln. Als Herbert Einspruch erhob, bekam er eine über den Mund gewischt. Wandas geräuschvoller Protest trug ihr ein paar Schläge auf den Kopf ein. Herbert sah sie fallen und reglos liegenbleiben, ehe er selbst eins auf den Schädel bekam.

Als er zu sich kam, war er gefesselt und brauchte einige Zeit, um sich zu befreien. Auch Wanda war verschnürt worden, konnte sich aber nicht befreien, weil sie tot war. Ihr Schädel war von einem harten Gegenstand getroffen worden; die Fraktur war tödlich.

»Das war Ihr Partner«, sagte Sam Richler zu mir. Anscheinend war er der Kriminalbeamte, der den Fall bearbeitete. An ihn hatten Dan und Phil mich auf der Wache weitergereicht. »Wir wissen, daß Sie von Natur aus nicht gewalttätig sind, Rhodenbarr. Sie haben immer allein gearbeitet. Was hat Sie bewogen, sich einen Partner zu suchen?«

»Ich habe keinen Partner«, antwortete ich. »Und ich ›arbeite‹ auch gar nicht mehr. Ich bin Geschäftsmann, habe einen Laden und verkaufe Bücher.«

»Wer war Ihr Partner? Himmel noch mal, Sie wollen ihn doch nicht etwa decken? Immerhin hat er Ihnen doch diesen Schlamassel beschert. Also, ich kann Ihnen genau sagen, wie es gekommen ist. Sie haben sich zurückgezogen und versucht, aus der Buchhandlung etwas zu machen« – das glaubte er zwar nicht, wollte mich aber bei Laune halten –, »und herein kommt dieser harte Brocken und will Sie zu einem Job überreden, nur noch einem. Vielleicht hatte er alles ausgecheckt und brauchte nur noch jemanden, der so gut wie Sie mit Schlössern fertig wird. Sie sagten sich, na ja, versuche ich's noch einmal, nur um mich über Wasser zu halten, bis der Laden richtig läuft, und auf einmal ist eine Frau tot, ihr Partner schmeißt irgendwo sein Geld zum Fenster hinaus, und Sie haben den Kopf in der Kloschüssel stecken. Ich rate Ihnen, den Kopf da rauszuziehen, ehe jemand spült.«

»Was für eine scheußliche Vorstellung.«

»Soll ich Ihnen mal etwas richtig Scheußliches zeigen?« Er zog eine

Schreibtischschublade auf, kramte zwischen Papieren herum und zeigte mir dann eine große Hochglanzfotografie. Eine blonde Frau im Abendkleid lehnte halb sitzend an der Wand eines Zimmers, das aussah wie der Wohnraum der Colcannons. Sie trug keine Schuhe, ihre Knöchel waren gefesselt, und ihre Hände schienen auf dem Rücken verschnürt zu sein. Glücklicherweise war es kein Farbbild, aber selbst in Schwarzweiß war die Verfärbung unter dem Haaransatz, wo der Schlag sie getroffen hatte, deutlich zu erkennen. Sie sah wirklich fürchterlich aus; Carolyn hatte sie zwar als eine Schönheit beschrieben, aber auf diesem Bild war nichts mehr davon übrig.

»Das haben Sie doch nicht getan«, sagte Richler. »Oder?«

»Selbstverständlich nicht.«

»Dann sagen Sie uns, wer der Täter ist. Wir lassen Sie mit einem blauen Auge davongekommen, Rhodenbarr. Wenn Sie den richtigen Anwalt haben, verlassen Sie den Gerichtssaal sogar als freier Mann.« Wer's glaubt... »Ihren Partner erwischen wir sowieso, mit Ihrer Unterstützung oder ohne. Irgendwann fängt der in einer Bar zu plappern an, jemand spitzt die Ohren, und wir haben ihn im Nu in der Zelle. Oder Colcannon findet sein Bild in der Kartei. Wie auch immer, den kriegen wir schon. Sie aber tun sich nur selbst einen Gefallen, wenn Sie uns helfen.«

»Klingt vernünftig.«

»Ist es auch. Was sind Sie ihm schließlich schuldig? Wer hat Sie in diese Lage gebracht?«

»Gute Frage.«

»Und?«

»Da gibt es nur einen Haken«, meinte ich.

»Und der wäre?«

»Ich war nicht dabei. Von einem Colcannon habe ich noch nie gehört. Ich war überhaupt nicht in der 18. Straße. Das Einbrechen habe ich aufgesteckt, als ich die Buchhandlung kaufte.«

»Wollen Sie bei dieser Geschichte bleiben?«

»Was bleibt mir anderes übrig? Zufällig ist es die Wahrheit.«

»Wir haben feste Beweise, daß Sie in diesem Haus waren.«

»Welche Beweise?«

»Die möchte ich im Augenblick noch nicht preisgeben. Sie werden sie schon noch erfahren, wenn die Zeit reif ist. Dazu haben wir Colcannon. Vermutlich merkten Sie überhaupt nicht, daß die Frau tot war, denn sonst hätten Sie ihn nicht am Leben gelassen – oder zumindest Ihr Komplize nicht. Wir wissen, daß er der Gewalttätige ist. Vielleicht lebte die Frau noch, als Sie verschwanden. Sie mag im Zustand der Bewußtlosigkeit gestorben sein. Der medizinische Befund ist noch nicht heraus. Auf jeden Fall haben wir Colcannon, der Sie und Ihren Partner identifizieren kann. Warum beharren Sie also auf Ihrer Geschichte?«

»Weil ich keine andere habe.«

»Dann haben Sie wohl ein passendes Alibi?«

Schön wär's ja gewesen, aber man kann halt nicht alles haben. »Ich habe daheim ferngesehen«, sagte ich, »ein paar Bierchen getrunken, es mir gemütlich gemacht.«

»Und die ganze Nacht zu Hause verbracht, ja?«

Dies löste einen kleinen Alarm aus. »Den ganzen Abend.« Ich korrigierte mich: »Nach den Elfuhrnachrichten ging ich aus.«

»Und räumten bei den Colcannons aus.«

»Nein, ich hatte eine späte Verabredung.«

»Mit einer bestimmten Person?«

»Mit einer Frau.«

»Dem Typ Frau, den man nachts um elf unangemeldet besuchen kann.«

»Es war fast Mitternacht, als wir uns trafen.«

»Hat sie womöglich einen Namen?«

»Hat sie. Den will ich aber nur preisgeben, wenn ich nicht anders kann. Sie ist mein Alibi für die ganze Nacht, denn ich blieb von Mitternacht bis zum Frühstück heute morgen bei ihr. Ihren Namen nenne ich aber nur, wenn mir keine andere Wahl bleibt. Sie lebt von ihrem Mann getrennt, hat zwei kleine Kinder und braucht nicht in diese Geschichte hineingezerrt zu werden. Auf jeden Fall aber war ich bei ihr.«

Er runzelte nachdenklich die Stirn. »Sie sind gestern nacht nicht nach Hause gekommen. Das wissen wir.«

»Habe ich Ihnen das nicht gerade erzählt?«

»Gewiß. Wir überprüften um halb fünf Ihre Wohnung und stellten einen Posten auf, aber Sie ließen sich nicht sehen. Deshalb nehme ich Ihnen aber noch lange nicht Ihre Geschichte von der Geschiedenen ab.«

»Getrennt lebend, nicht geschieden.«

»Meinetwegen.«

»Ist auch gar nicht notwendig. Inszenieren wir doch einfach eine Gegenüberstellung. Wetten, daß Colcannon mich nicht identifiziert?«

»Wer hat denn davon etwas gesagt?«

»Das war nicht nötig. Sie haben mich hierhergebracht anstatt auf die Bezirkswache, denn hier liegen die Alben, die Colcannon bestimmt gerade durchblättert. Festgenommen haben Sie mich bisher nur nicht, weil Colcannon einen Blick auf mein Bild geworfen und dann den Kopf geschüttelt hat. Wer weiß, vielleicht bin ich nicht gerade fotogen, vielleicht soll er mich einmal in voller Lebensgröße zu sehen bekommen, und deshalb bin ich hier. Ziehen Sie also Ihre Gegenüberstellung ab, lassen Sie ihn seinen Vers sagen, damit ich wieder zurück in meinen Laden und ein paar Bücher verkaufen kann. Wenn der Laden zu ist, läßt sich nur schwer Umsatz machen.«

»Sie sind also ganz sicher, daß er Sie nicht identifiziert?«

»Jawohl.«

»Versteh ich nicht«, murrte er. Dann stand er auf. »Kommen Sie mit, wir machen einen kleinen Spaziergang.«

Wir spazierten den Korridor entlang und kamen zu einer unbeschrifteten Milchglastür. »Ich bin nicht sicher, ob wir uns die Mühe mit einer Gegenüberstellung machen sollen oder nicht«, meinte er und hielt die Tür auf. »Ich will mich erst einmal besprechen. Nehmen Sie hier Platz.«

Ich ging hinein und zog die Tür hinter mir zu. Der Raum enthielt einen Stuhl, der vor einem großen Spiegel stand, und da Mama Rhodenbarrs Sohn nicht gerade auf den Kopf gefallen ist, wußte ich sofort, weshalb ich mich in diesem eigenartigen Kabuff ausruhen sollte. Was mir bevorstand, war eine inoffizielle Gegenüberstellung, deren Ergebnis, sollte es negativ ausfallen, nicht aktenkundig werden und daher keinen Einfluß auf zukünftige Schritte haben würde, die der Staat gegen einen gewissen Bernard Grimes Rhodenbarr unternehmen mochte.

Der Spiegel, wie ich messerscharf schloß, war ein Spionglas, von einer Seite durchsichtig. Auf diese Seite würde man Herbert Franklin Colcannon setzen, der mich so ungestört in Augenschein nehmen konnte, ohne selbst gesehen zu werden.

War mir ganz recht.

Mehr noch, wie ich nach kurzem Nachdenken entschied, war mir das richtig lieb, denn er sollte mich ruhig genau betrachten, damit er ein für allemal überzeugt war, mich noch nie im Leben gesehen zu haben. So trat ich dicht vor den Spiegel, tat so, als sei es ein ganz normaler und nicht mehr. Ich konnte mir nur mit Mühe eine Grimasse verkneifen und richtete statt dessen den Knoten meiner Krawatte.

Einwegspiegel haben die Eigenschaft, auf kurze Entfernung teilweise durchsichtig zu werden. Das Bild, das man zu sehen bekommt, ist zwar wegen des noch immer existierenden Spiegeleffekts unscharf und gleicht einer doppelt belichteten Aufnahme, aber ich konnte einen leeren Raum erkennen, in den Richler gerade einen Mann führte, der einen grauen Anzug trug sowie einen Kopfverband, der Schwellungen und Blutergüsse nicht ganz bedeckte.
Er trat vor den Spiegel und starrte mich an. Ich starrte zurück. Es bedurfte einer gewaltigen Willensanstrengung, nicht zu blinzeln, die Zunge herauszustrecken, mit den Augen zu rollen oder sonst etwas Idiotisches zu treiben. Statt dessen sah ich mir den Herrn in aller Ruhe an.
Sehr imposant war er nicht, von knapp durchschnittlicher Körpergröße und Mitte Fünfzig. Ovales Gesicht, schiefergraues Haar, kleine Bürste auf der Oberlippe, grau mit weißen Haaren dazwischen. Stupsnase, schmaler Mund. Augen von undefinierbarem Farbton zwischen braun und grün. Wer ihn sah, würde erst auf Bankmanager, dann auf Steuerberater tippen. Er machte nicht gerade den Eindruck, als sei er soeben eine attraktive Gattin und eine Münze für eine halbe Million losgeworden, sah allerdings auch nicht wie der Typ aus, der derlei überhaupt besitzt.
Er guckte mich an, ich ihn, und dann schüttelte er langsam den Kopf, gravitätisch wie ein Uhu.
Ich glaube nicht, daß ich in diesem Augenblick lächelte, doch als er sich auf ein Zeichen von Richler hin abwandte und dem Beamten aus dem Raum folgte, grinste ich mir erst mal eins. Und als Richler wenige Minuten später hereinkam, saß ich auf dem Stuhl und reinigte mir mit dem stumpfen Ende eines Zahnstochers die Fingernägel. Ich sah munter auf und fragte ihn, was denn nun aus der Gegenüberstellung würde.
»Sie kommen sich wohl unglaublich schlau vor«, murrte er.
»Wie bitte?«
»Zieht sich der Kerl den Schlips gerade! Nein, Rhodenbarr, die Parade fällt aus. Sie können heimgehen.«
»Sieht die Polizei ein, daß ein Versehen vorliegt?«
»Ich glaube nicht, daß wir uns geirrt haben. Ich glaube, daß Sie gestern nacht eingebrochen haben. Ich glaube, daß Sie oben im Schlafzimmer am Safe herumspielten, während unten Ihre Partner die Colcannons zusammenschlugen. Nur deshalb hat er Sie nie zu Gesicht bekommen, und Sie glauben, daß das Ihren Hals rettet.

Falsch kalkuliert. Ihre Kumpane erwischen wir trotzdem, wir haben immer noch Beweise gegen Sie, und am Ende fallen Sie ärger rein, als wenn Sie uns geholfen hätten. Aber das ist Ihr Vergnügen.«
»Ich bin nichts als ein harmloser Buchhändler und Antiquar.«
»Aber sicher. Und jetzt machen Sie, daß Sie verschwinden. Sie sind zu blöde, um zu erkennen, daß jemand Ihnen eine Chance geben will. Sollten Sie doch noch zur Vernunft kommen, rufen Sie mich ruhig an. Warten Sie aber nicht zu lange damit. Wenn wir vorher einen Ihrer Komplizen erwischen und der sich zum Belastungszeugen machen läßt, brauchen wir Sie nicht mehr. Sie sind dann derjenige, der jahrelang sitzen muß. Wollen Sie denn nicht reinen Tisch machen?«
»Habe ich längst getan.«
»Von wegen. Raus, Rhodenbarr.«

Ich wollte gerade die Wache verlassen, als ich eine vertraute Stimme meinen Namen rufen hörte. »Wenn das nicht Bernie Rhodenbarr ist! Ist schon toll, wer einem in der Bullenburg so alles über den Weg läuft.«
»Hallo, Ray.«
»Grüß dich, Bernie.« Ray Kirschmann grinste mich schief an. Sein Anzug saß nicht besonders gut, aber das war bei ihm immer so. Man sollte doch annehmen, daß er sich mit dem ganzen Schmiergeld etwas Besseres hätte leisten können. »Schöner Morgen, was, Bernie?«
»Prächtig.«
»Leider ist schon Nachmittag. Und ich habe eine kleine Wette gewonnen, die ich abgeschlossen habe. Sie lassen dich laufen.«
»Weißt du denn Bescheid?«
»Klar, der Fall Colcannon. Ich weiß, daß du das nicht warst. Seit wann arbeitest du mit einem Partner? Und wann bist du jemals gewalttätig geworden? Außer dem einen Mal« – er schaute mich vorwurfsvoll an –, »als du mich flachgelegt hast. Weißt du noch, Bernie?«
»Da habe ich nur den Kopf verloren, Ray.«
»Ich habe das nicht vergessen.«
»Und ich wollte dir auch nicht weh tun, sondern nur verschwinden.«
»Schon gut. Richler glaubt aber immer noch, daß du es warst. Er glaubt, daß er auf lange Sicht bessere Beweise bekommt, wenn er dich nicht sofort in eine Zelle steckt.«

Wir standen auf dem Pflaster vor dem roten Ziegelgebäude und schauten über den Platz hinweg auf das Mittelportal des Rathauses. Ray steckte sich hinter der hohlen Hand eine Zigarette an, inhalierte, hustete, zog noch einmal. »Herrlicher Tag«, meinte er. »Einfach großartig.«

»Warum glaubt man eigentlich, daß ich etwas mit dem Colcannon-Bruch zu tun habe?«

»Wegen deines Modus operandi, Bernie.«

»Soll das ein Witz sein? Seit wann stelle ich eine Wohnung auf den Kopf und hinterlasse eine solche Schweinerei? Wann habe ich jemandem etwas zuleide getan? Wann habe ich je beim Einbrechen ein Oberlicht eingeschlagen? Wie verträgt sich das mit meinem Modus operandi?«

»Man nimmt an, daß deine Partner schlampig und gewalttätig waren. Aber es gibt Beweise, die auf dich passen wie ein Handschuh.«

»Was willst du damit sagen?«

»Guck mal.« Er nahm etwas aus seiner Jackentasche und hielt es zwischen Daumen und Zeigefinger wie eine tote Ratte.

Es war ein Gummihandschuh, dessen Handfläche herausgeschnitten worden war.

»Soll das euer Beweis sein?«

»Richlers Beweisstück, nicht meins. So steht es in deiner Akte, Bernie. ›Trägt Gummihandschuhe mit entfernter Handfläche.‹«

»Wo haben sie den gefunden?« fragte ich.

»Direkt vor Colcannons Haus, im Garten.«

»Darf ich mal sehen?«

»Bernie, das ist ein Beweisstück.«

»Ach was, das war der gläserne Schuh auch«, erwiderte ich, nahm ihm den Handschuh weg und versuchte ihn anzuziehen. »Und ich muß wohl eine von Aschenputtels häßlichen Schwestern sein, denn dieses Ding paßt mir nicht. Handschuhe werden in verschiedenen Größen hergestellt, Ray, und dieser hier hat nicht meine.«

Er sah genauer hin. »Weißt du was? Ich glaube, daß du da recht hast.«

Ich gab ihm den Handschuh zurück. »Verwahre den gut. Darfst deinen Kollegen sogar verraten, daß er nicht paßt. Die können dann nach einem klotzigen Einbrecher mit winzigen Händen fahnden.«

»Ich will's weitermelden. Gehst du zurück in deinen Laden? Ich bringe dich hin.«

»Gehört das alles zum Service?«

»Ach was, ich muß sowieso in die Richtung.«
Diesmal durfte ich in einem Zivilauto fahren. Wir schwatzten über einen Baseballspieler, die Möglichkeit eines Streiks der Müllabfuhr und die große Säuberung bei der Staatsanwaltschaft von Queens. Gauner und Polizisten haben sich viel zu sagen, wenn sie erst einmal über die ihrer Beziehung zugrunde liegende Feindschaft hinweggekommen sind. In Wirklichkeit haben die beiden Gruppen mehr gemeinsam, als beide Seiten zugestehen wollen. Phil und Dan, die kaum noch mehr an Cops erinnert haben könnten, wenn sie Uniform getragen hätten, waren mir wie Räuber vorgekommen, als sie meinen Laden betraten.
Ray setzte mich vor der Barnegat-Buchhandlung ab, riet zur Vorsicht, kniff langsam ein Auge zu und fuhr los. Ich begann aufzuschließen, drehte mich um, sah nach, ob er fort war, und verriegelte dann die Schlösser wieder, die ich gerade geöffnet hatte. Im Augenblick gab es Wichtigeres als den Buchhandel.
Mit der Bande, die Wanda Colcannon ermordete, hatte ich nichts zu tun. Ihr Mann hatte das klargestellt. Und wenn Richler außer dem Handschuh keine Beweise gegen mich hatte, war das Ganze ein Witz.
Trotzdem glaubte Richler, daß ich in der Sache drinsteckte.
Merkwürdig, erst am Ende der Fahrt zu meiner Buchhandlung war mir aufgegangen, daß Kirschmann diese Ansicht teilte.

7

Mittag mache ich gewöhnlich mit Carolyn. Montags und mittwochs besorge ich etwas und bringe es in ihren Hundesalon. Dienstags und freitags kommt sie mit dem Essen in die Buchhandlung. Freitags gehen wir meist billig und ausländisch essen und knobeln, wer die Rechnung bezahlt. All das kann sich natürlich ändern, falls irgend etwas los ist, und Carolyn hatte wohl gespürt, daß letzteres der Fall war. Es war Mittwoch, und als ich um zwölf nicht aufgetaucht war, mußte sie ausgegangen sein und sich etwas besorgt haben. Ihr Salon war geschlossen, an der Tür hing ein Schild mit einem Zifferblatt, dessen Zeiger auf halb zwei stand.
Ich schaute in das Café Ecke Broadway, entdeckte sie aber nicht. Im Hintergrund gab es an der Wand einen Münzfernsprecher, der mir jedoch ein bißchen zu exponiert war. So ging ich eine Straße weiter

und sah ins libanesische Restaurant. Auch dort keine Carolyn, aber das Telefon wirkte ein bißchen privater. Ich bestellte Kaffee und ein Sandwich. Besonders hungrig war ich nicht, meinte aber, etwas zu mir nehmen zu müssen, da ich seit meinem Frühstücksbrötchen nichts gegessen hatte. Das Sandwich aß ich fast auf, trank den Kaffee und ließ mir genug Münzen fürs Telefon herausgeben.

Zuerst rief ich bei Abel Crowe an. Inzwischen war die *New York Post* heraus, und ich brauchte sie nicht erst aufzuschlagen, um zu wissen, daß der Mord an Wanda Colcannon die Seite drei füllte. Er mochte sogar die Titelseite geschafft haben, sofern nichts Aktuelleres anstand, wie zum Beispiel die lang erwartete Invasion der südamerikanischen Killerbienen.

Wie auch immer, der Mord war inzwischen allgemein bekannt, und auch Abel mußte zwangsläufig durch das eine oder andere Medium davon erfahren haben. Ein gestohlener Gegenstand mit sechsstelligem Preis erzeugt schon Blasen auf der Haut, ein Mord aber läßt die Dinge erst richtig heiß werden, was Abel nicht gerade glücklich machen würde. Ich konnte ihn zwar auch nicht aufheitern, ihm aber wenigstens versichern, daß wir Einbrecher waren, keine Mörder.

Ich ließ das Telefon ein glattes dutzendmal läuten. Als meine Münze zurückkam, blieb ich eine Minute lang stehen und versuchte es dann noch einmal. Man verwählt sich oft, und es soll auch schon mal vorgekommen sein, daß bei der Vermittlung etwas hakt. Niemand meldete sich. Ich hatte seine Nummer aus dem Gedächtnis gewählt, und da kein Telefonbuch greifbar war, rief ich die Auskunft an. Meine Erinnerung hatte mich nicht getrogen, aber ich wählte sicherheitshalber noch einmal und gab es dann auf, als sich wieder niemand meldete. Vielleicht war er schon ausgegangen, um die Münze zu verkaufen. Vielleicht war er in seiner Lieblingskonditorei und kaufte die Regale leer. Vielleicht hielt er ein Nickerchen, saß in der Badewanne oder ging im Central Park spazieren.

Ich rief erneut die Auskunft an und ließ mir eine andere Nummer heraussuchen – die der Narrowback-Galerie in Soho. Es läutete viermal durch, gerade lange genug, um mich zu der Einsicht zu bringen, daß es mir wohl nicht bestimmt war, an diesem Nachmittag überhaupt jemanden zu erreichen, aber dann meldete sich Denise Raphaelsons Stimme, kratzig vom vielen Rauchen.

»Hallo«, meinte ich. »Alles klar für heute abend?«

»Bernie?«

»Wer sonst?«

Pause. »Ich bin ein bißchen verwirrt«, sagte sie schließlich. »Ich habe wie verrückt gemalt. Sind mir vielleicht die Dämpfe zu Kopf gestiegen? Sind wir wirklich für heute abend verabredet?«
»Eigentlich schon. Wir hatten das so beiläufig abgemacht. Wohl zu beiläufig, wenn es dir entfallen ist.«
»Ich sollte mir so etwas aufschreiben«, meinte sie. »Tu ich aber leider nie. Entschuldige, Bernie.«
»Du hast also etwas anderes vor.«
»Meines Wissens nicht. Aber wenn ich eine Verabredung mit dir vergesse, kann mir auch gut was anderes durchgerutscht sein. Wenn ich mich recht entsinne, schmeiße ich heute abend eine Party. Truman und Gore kommen vorbei, Hilton will sich nur mal rasch meine neueste Arbeit betrachten, ehe er seinen Artikel für die *Times* schreibt, und Andy hat gesagt, er brächte Marlene mit, wenn er sie in der Stadt erwischt. Was glaubst du wohl, wie einem zumute ist, wenn alle Welt einen schon beim Vornamen kennt? Wenn ich bloß Jackie hieße, nähme man mir bei D'Agostino ohne Ausweis keinen Scheck ab.«
Wuselige Witze am Telefon sind ihre Spezialität. Wir hatten uns am Telefon kennengelernt, als ich versuchte, einen Künstler ausfindig zu machen, ohne mehr von ihm zu wissen als seinen Nachnamen. Sie erklärte mir, wie das zu bewerkstelligen sei, ein Wort gab das andere, wie es so oft geht, und seitdem sehen wir uns gelegentlich einmal, und wenn es zwischen uns recht lässig und oberflächlich geblieben ist, muß das nicht so übel sein, bedenkt man den Beziehungsquark, an dem andere herumwürgen.
»Ich hätte dich einfach reden lassen sollen«, sagte sie nun. »Als du mich fragtest, ob mit heute abend alles klarginge, hätte ich einfach ja sagen und es hingehen lassen sollen. Schade, daß ich keine Drogen nehme, denn dann hätte ich meine geistige Trägheit auf den letzten Joint schieben können. Nimmst du mir etwa die Ausrede mit den Farbdünsten ab?«
»Aber klar.«
»Fein, bin ich also heute abend frei. Hatten wir zufällig ausgemacht, wo wir uns treffen?«
»Nein, noch nicht.«
»Sollten wir?«
»Warum komme ich nicht einfach um halb acht bei dir vorbei?«
»Warum nicht?«
»Dann tu ich das mal.«
»Was ist mit dem Abendessen? Soll ich etwas kochen?«

»Geh'n wir lieber aus.«
»Klingt immer besser. Vielleicht bin ich bis dahin mit meinem Bild fertig. ›Bernie, halb acht‹, habe ich gerade aufgeschrieben. Jetzt vergesse ich es bestimmt nicht.«
»Schon gut, ich glaub's dir ja.«
»Soll ich etwas Besonderes tragen?«
»Nur ein Lächeln und ein Kleid.«
»Gemacht.«

Ich rief noch einmal bei Abel an, ließ es zwölfmal läuten und gab es schließlich auf. Dann ging ich zu Fuß zurück zum Hundesalon und erwischte Carolyn zwischen zwei Terminen. »Da bist du ja endlich!« rief sie. »Als du dich nicht hast sehen lassen, bin ich dich suchen gegangen, und weil dein Laden zu war, dachte ich, du wärst etwas zu essen holen gegangen, und als du dann immer noch nicht gekommen bist, bin ich einfach allein essen gegangen.«
»Im Café aber nicht, und bei Mamoun auch nicht.«
»Ich war beim Inder, weil ich dachte, scharfes Essen würde meinen Kater kurieren. Mann, was für ein Morgen!«
»Schlimm?«
»Mein Kopf kam mir vor wie der Ball von Peles Abschiedsspiel. Kannst du dir vorstellen, wie es ist, wenn man mit so einem Kater einen Riesenschnauzer baden muß?«
»Nein.«
»Dein Glück. Hast du mich im Café und bei Mamoun denn gesucht?«
»Ja.«
»Aus einem bestimmten Grund?«
Ich ruinierte ihren Tag nur ungern, aber was blieb mir schon anderes übrig? »Nur, um dir zu sagen, daß dir ein Handschuh fehlt«, erklärte ich. »Einer aus Gummi – und ohne Handfläche.«
»Mist. Das habe ich schon letzte Nacht gemerkt, als ich in meine Tasche faßte. Einen warf ich weg, aber der andere war verschwunden. Woher weißt du das eigentlich? Hast du meinen Abfall durchwühlt?«
»Tu ich doch immer. Erst war es eine Perversion, inzwischen ist es zum Hobby geworden.«
»Jaja, so geht das immer.«
»Carolyn, ich war nicht an deinem Abfall. Den Handschuh hast du im Garten verloren.«
»Wirklich? Verdammt, ich gehöre eingesperrt. Woher weißt du

das? Du bist doch nicht etwa dorthin zurückgegangen? Bestimmt nicht.«

»Nein. Jemand hat mir den Handschuh gezeigt.«

»Wer würde schon –« Jetzt dämmerte es ihr. »Au wei«, stöhnte sie, »die Bullen.«

»Genau.«

»Haben sie dich verhaftet?«

»Nicht offiziell.«

»Was ist passiert?«

»Sie haben mich laufenlassen, weil meine Hände größer sind als deine. Der Handschuh paßte mir nicht. Colcannon konnte mich auch nicht identifizieren.«

»Wie sollte er auch? Er hat dich doch noch nie gesehen.«

»Stimmt. Wetten, daß du beim Mittagessen keine Zeitung gelesen hast?«

»Ich habe heute früh in die *Times* geschaut. Wieso?«

»Das ist alles sehr kompliziert«, meinte ich, »aber wichtig. Am besten hörst du dir die ganze Geschichte an.«

Während meines Berichts ging ihr Telefon zweimal. Sie hob nicht ab, sondern schaltete den Anrufbeantworter ein. Nur einmal wurden wir gestört – von einem trübselig guckenden Mann mit Toupet, der sich nach Pflegeprogrammen und Preisen erkundigte. Wenn sein Hund ihm ähnlich sah, hatte er wohl einen Basset.

Als ich geendet hatte, saß Carolyn sprachlos da und schüttelte nur den Kopf. »Ich weiß gar nicht, was ich sagen soll, Bernie«, seufzte sie dann. »Das mit dem Handschuh tut mir echt leid.«

»Kann vorkommen.«

»Dabei wollte ich dir nur helfen. Da habe ich was Schönes angestellt. Hätte genausogut eine Brotkrümelspur legen können.«

»Die hätten die Vögel gefressen.«

»Ich kann gar nicht glauben, daß sie tot ist. Wanda Flanders Colcannon tot – unglaublich.«

»Du würdest es glauben, wenn du das Bild gesehen hättest.«

Sie schüttelte sich und verzog das Gesicht. »Einbrechen macht Spaß, aber Mord –«

»Ich weiß.«

»Mir ist schleierhaft, wie das passieren konnte. Die anderen Einbrecher waren doch *vor* uns da.«

»Stimmt.«

»Und stellten das Haus auf den Kopf und nahmen Gott weiß was

mit und verschwanden wieder.«
»Stimmt.«
»Und sollen dann noch einmal wiedergekommen sein? Wozu denn? Wie der sprichwörtliche Verbrecher, der an den Tatort zurückkehrt? Ist doch Mumpitz.«
»Sie kamen zurück, um noch ein Verbrechen zu begehen. Denk dran, wir wußten nicht, daß die Colcannons Astrid zurückließen. Wir glaubten, sie würden die Nacht auswärts verbringen.«
»Auch das tut mir leid.«
»Nicht nötig. Du konntest das wohl nicht wissen. Der Haken ist nur, daß die anderen Einbrecher vermutlich von derselben Annahme ausgegangen sind. Nehmen wir einmal an, sie schnappten sich, was zu greifen war, verschwanden über die Dächer und beschlossen dann, es noch einmal mit dem Wandsafe zu versuchen. Sie hatten Zeit, sich einen Schneidbrenner oder eine Bohrmaschine zu besorgen. Vielleicht brachten sie bei ihrem ersten Besuch nicht die richtige Ausrüstung mit, weil sie von dem Wandsafe überhaupt nichts wußten. Wenn sie nun aber Zeit hatten, sich das richtige Gerät zu beschaffen und die ganze Nacht lang zu arbeiten, warum sollten sie es dann nicht noch einmal versuchen?«
»Und dann kamen die Colcannons heim.«
»Offensichtlich.«
»Ob die Einbrecher wohl versucht haben, die Kombination des Safes aus ihnen herauszuholen?«
»Wahrscheinlich, falls sie ihn noch nicht aufbekommen hatten.«
»Wenn sie es geschafft hätten, würden sie sich doch nicht länger im Haus herumgedrückt haben.«
»Nein, wohl kaum. Aber die Colcannons könnten zur Tür hereingekommen sein, als die Einbrecher auf dem Weg nach draußen waren.«
»Würden die Einbrecher nicht durch das Oberlicht geflohen sein, durch das sie gekommen waren?«
»Da hast du recht«, meinte ich und runzelte die Stirn. »Wie auch immer, es gibt noch eine dritte Möglichkeit. Es könnte noch eine dritte Partie Einbrecher aufgetaucht sein.«
»Eine dritte? Wie viele Leute wußten denn, daß der verdammte Hund nach Pennsylvania gekarrt wurde, um sich bumsen zu lassen?«
»Vielleicht waren die letzten Einbrecher gar keine richtigen Einbrecher«, gab ich zu bedenken. »Vielleicht waren es Jugendliche oder Fixer, die nur so auf den Dächern herumkrochen, um zu

sehen, was sich auftun ließ. Sie mögen das zerbrochene Oberlicht entdeckt haben und eingestiegen sein, um sich einmal umzusehen. Vergiß nicht, für einen Amateur war im Haus noch allerhand zu holen. Das Radio allein war schon ein Briefchen Heroin wert.«
»Es standen auch zwei Fernseher herum. Und im ersten Stock eine Stereoanlage.«
»Na bitte. Leckere Sachen für kleine Diebe. Es war aber kein Bargeld im Haus, und das nehmen Amateure manchmal persönlich. Du weißt ja, wie brutal Straßenräuber Opfer zusammenschlagen können, die nicht genug bei sich haben.«
»Davon habe ich schon gehört.«
»Ich kann mir zwei junge Kerle vorstellen, die durchs zerbrochene Oberlicht einsteigen, sich ein Radio und einen tragbaren Fernseher schnappen und dann beschließen, auf die Hausbesitzer zu warten, um ihnen ihr Geld abzunehmen.« Ich verfolgte diesen Gedanken weiter, ließ ihn dann jedoch fallen und hob die Schultern. »Ist aber nicht so wichtig. Ich werde mich für die nächsten paar Wochen vor der Polizei in acht nehmen müssen, doch im Grunde genommen sind wir sauber. Irgendwann werden sie die Täter schon finden. Der Mord hat allerhand Aufsehen erregt, und Richler hat recht – irgendwann verplappert sich jemand in einer Bar, jemand anders hört mit und gibt es an die Polizei weiter. Die meisten Verbrechen werden auf diese Weise aufgeklärt.«
»Dann brauchen wir also nichts zu befürchten?«
»Nein. Colcannon kann die Mörder seiner Frau identifizieren. Daß ich es nicht war, steht bereits fest. Zu mir führt nur eine Spur, ein Gummihandschuh. Aber wie kann ich es gewesen sein, wenn er mir nicht paßt? Zum Glück hast du ihn verloren, nicht ich.«
»Trotzdem ist mir immer noch nicht wohl dabei.«
»Vergiß die positive Seite nicht. Wir können froh sein, daß Colcannon nicht ermordet wurde. Wenn sie gewußt hätten, daß Wanda tot war, hätten sie wahrscheinlich auch ihm den Garaus gemacht. Wer sollte mich dann entlasten?«
»Soweit hatte ich nicht gedacht.«
»Aber ich.« Ich ging ans Telefon, das auf ihrem Schreibtisch stand. »So, ich rufe jetzt besser mal Abel an.«
»Wozu?«
»Um ihm zu sagen, daß wir niemanden ermordet haben.«
»Das weiß er doch sowieso, oder? Schade, daß keiner von uns die *New York Post* gelesen hat – würde die nicht melden, wann der Tod eingetreten ist?«

»Vermutlich.«
»Paß auf, wir kamen um elf Uhr dreißig bei Abel an. Es war sieben Minuten nach Mitternacht, als er die Piaget-Uhr mit deiner verglich. Und da die Colcannons erst nach Mitternacht die Einbrecher überraschten, kann Abel kaum annehmen, daß wir es waren.«
»Mein Gott!« rief ich. »Er ist unser Alibi.«
»Jawohl.«
»Hoffentlich brauchen wir ihn nie in Anspruch zu nehmen. Stell dir einmal vor, jemand ist wegen Einbruchs angeklagt und windet sich heraus, indem er behauptet, zur fraglichen Zeit bei einem Hehler gewesen zu sein, um ihm Gegenstände zu verkaufen, die zuvor aus dem Haus des Opfers gestohlen worden waren?«
»So formuliert hört es sich etwas bizarr an.«
»Allerdings.« Ich begann zu wählen. »Ich rufe ihn trotzdem an und weihe ihn ein. Vielleicht hat er noch nicht über die Zeitfrage nachgedacht und nimmt an, daß wir die Frau erschlagen haben.«
»Könnte er sich weigern, die Münze weiterzuverkaufen?«
»Wieso denn?«
»Wenn er uns für Mörder hält –«
Am anderen Ende der Leitung läutete es. Ich ließ es läuten. »Abel ist Hehler«, erklärte ich, »kein Richter. Wir waren es jedenfalls nicht, und ich kann ihm das auch beibringen vorausgesetzt, er geht endlich mal ans Telefon.«
Ich legte auf. Carolyn runzelte die Stirn und sagte dann: »Es hat sich also nichts geändert. Wanda ist tot, aber alles bleibt beim alten. Abel verkauft in ein paar Tagen oder Monaten die Münze, wir bekommen unseren Anteil, so als wäre ihr nichts geschehen.«
»Stimmt.«
»Dabei ist mir aber gar nicht wohl.«
»Carolyn, wir haben sie nicht umgebracht.«
»Das weiß ich.«
»Wir haben an ihrem Tod nicht die geringste Schuld.«
»Auch das weiß ich. Es waren andere Leute, mit denen wir nichts zu tun haben. Ich habe einfach nur ein komisches Gefühl bei der Sache. Was glaubst du, wieviel für uns herauskommt?«
»Wobei?«
»Ich meine, was bekommen wir für die Münze?«
»Schwer zu sagen.«
»Wie erfahren wir, zu welchem Preis er sie verkauft hat?«
»Das wird er uns selbst sagen.«
»Er wird uns doch nicht etwa betrügen?«

»Abel? Nicht ausgeschlossen.«
»Wirklich?«
»Vergiß nicht, er kauft Diebesgut an«, erinnerte ich. »Ich kann mir gut vorstellen, daß er in seinem langen Leben ein- oder zweimal gelogen hat. Auf eine kleine Notlüge mehr kommt es ihm bestimmt nicht an. Wie sollten wir ihn auch überführen?«
»Können wir ihm dann überhaupt trauen?«
»In gewisser Hinsicht schon. Hundertprozentig ehrlich ist er gewiß nicht. Wenn er Glück hat und den Nickel für... sagen wir mal eine halbe Million los wird, erzählt er uns wohl, er habe nur zweihunderttausend gekriegt. Wir bekämen die Hälfte, und er hätte uns um einen schönen Batzen betrogen, aber was könnten wir da schon viel machen? Ich kann doch kaum große Empörung mimen, wenn ich für die Arbeit einer Nacht fünfzigtausend bekomme?«
»Wenn er uns aber erzählt, er habe nur fünfzigtausend erlöst?«
»Dann sagt er wahrscheinlich die Wahrheit. Ich schätze, daß er uns nur betrügt, wenn er einen hohen Preis erzielt. Weniger als siebzehntausendfünfhundert pro Kopf, den Barpreis also, den er uns sofort anbot, wird er kaum zahlen, sondern dafür sorgen, daß wir mehr bekommen, weil wir auf unser Geld warten mußten. Es sei denn, die Münze entpuppt sich als Fälschung. In diesem Fall können wir alles gleich vergessen.«
»Ist das möglich?«
»Kaum. Die Münze ist echt. Ich prophezeie, daß wir uns am Ende fünfzigtausend teilen.«
»Mann! Und wir brauchen bloß herumzusitzen und auf das Geld zu warten?«
»Korrekt. Und ich will das jetzt feiern, indem ich den Laden für zwei Stunden öffne. Hast du heute abend etwas Besonderes vor?«
»Irgendwann werde ich wohl eine Runde durch die Bars drehen. Wieso? Sollen wir zusammen essen?«
»Geht leider nicht. Ich bin verabredet.«
»Mit jemandem, den ich kenne?«
»Mit Denise.«
»Der Malerin, die nie den Mund hält?«
»Sie hat einen wachen Geist und einen feinen Sinn für Humor.«
»Wie du meinst, Bernie.«
»Krittle ich denn an deinen Freundinnen herum?«
»Manchmal schon.«
»Kaum jemals«, verbesserte ich und stand auf. »Ich gehe jetzt jedenfalls Bücher verkaufen. Ich rufe später an, falls ich etwas höre.

Viel Spaß mit deinen Lesben.«
»Keine Sorge«, meinte sie. »Und schöne Grüße an Denise.«

8

Denise Raphaelson ist schlank und langbeinig, aber Carolyn bezeichnet sie beharrlich als dürr und schlaksig. Ihr Haar ist dunkelbraun, lockig und halblang, ihre Haut hell mit unaufdringlichen Sommersprossen. Ihre blaugrauen Augen haben den Blick einer Künstlerin, unablässig messend, abschätzend; sie sieht die Welt als eine Serie gerahmter Rechtecke.
An den Wänden der Narrowback-Galerie, wo sie wohnte und arbeitete, gab es zahllose Rechtecke, allerdings ungerahmt. Ich sah mir einige Gemälde an, die sie seit meinem letzten Besuch gemalt hatte, darunter das, an dem sie noch arbeitete. Ich wechselte ein paar Worte mit Jared, ihrem zwölfjährigen Genie von Sohn, und gab ihm einen Stoß Science-fiction-Taschenbücher, die ich für ihn aufgehoben hatte. Er schien sich darüber zu freuen, besonders über einen frühen Chip Delaney, den er schon lange hatte lesen wollen, und wir bemühten uns um die Art gestelzter Konversation, die man mit dem frühreifen und neunmalklugen Kind einer Frau führt, mit der man gelegentlich ins Bett geht.
Ich hatte mich vor der Fahrt zu ihr daheim umgezogen und rasiert. Nun hatte ich wieder meine Mokassins an und trug bequeme Jeans und ein Flanellhemd. Denise hatte einen Rollkragenpulli und ein Paar jener teuren Designer-Jeans an, die den Namen einer angejahrten Debütantin auf der Hüfttasche vermelden. Trug man nicht früher mal das Etikett innen?
Wir tranken in der Galerie ein Glas Wein und gingen dann in ein äthiopisches Restaurant in Tribeca, wo man seinen eigenen Wein mitbringt und auf eigene Gefahr unaussprechliche Gerichte verspeist. Wir brachten einen Rosé mit, um auszuprobieren, ob er wirklich zu allen Speisen paßt. Er paßte, wenn auch nicht allzugut. Unsere Gerichte, ihres mit Huhn, meins mit Hammel, wurden mit der gleichen Soße serviert, die so scharf war, daß man sie hätte zum Farbabbeizen benutzen können. Dazu gab es rundes, schwammiges Brot von der Größe einer kleinen Pizza. Von diesem pappigen Zeug rissen wir Brocken ab und wischten die scharfe Soße auf. Im Namen der authentischen Küche lernte ganz New York die Tisch-

sitten von Kleckerkläusen.
Wir machten, daß wir dort herauskamen, flanierten eine Zeitlang herum und landeten dann in einem Jazzclub in der Wooster Street, wo ein Trio spielte. Dort genehmigten wir uns je zwei Whiskys, und Denise rauchte ein Päckchen Virginia Slims weg. Ein- oder zweimal versuchte ich, Abel zu erreichen, aber umsonst. Anschließend wandten wir uns ein Stück weit nach Norden und erwischten Lance Haywards Zehnuhrvorstellung im Village Corner. Da Denise ihn persönlich kannte, schwatzten wir ein bißchen mit ihm, und es stellte sich heraus, daß in einem neuen Club ein neuer Pianist spielte, den wir unbedingt hören mußten. Ich wählte erneut Abels Nummer, und nach einem raschen Drink mit Lance nahmen wir ein Taxi.
Der neue Club war in der Columbus Avenue und der Pianist ein junger Schwarzer, dessen Stil mich an eine Lennie-Tristano-Platte erinnerte, die ich seit Jahren nicht mehr gehört hatte. Nach der Vorstellung fuhren wir mit einem Taxi zu meiner Wohnung, wo ich die Platte ausgrub und auflegte. Wir nahmen noch einen Schlaftrunk, warfen unsere Kleider auf den Boden und sprangen ins Bett. Ich fand sie alles andere als dürr und schlaksig, sondern eher warm und weich und flink und bereit, und die exzentrischen Harmonien und Offbeat-Rhythmen störten unser Spielchen nicht im geringsten. Sie setzten vielmehr unseren Übungen einen hübsch atonalen Akzent auf.
Der Tonarm senkte sich gerade zum drittenmal auf die Platte, als sie gähnte, sich streckte und nach der unvermeidlichen Zigarette griff. Sie zündete sie an und murmelte etwas von Heimgehen.
»Bleib doch hier«, schlug ich vor.
»Ich habe Jared nicht Bescheid gesagt, weil ich dachte, wir würden bei mir landen.«
»Was ist, wenn er aufwacht und dich nicht vorfindet?«
»Dann wird er annehmen, daß ich hier bin, aber normalerweise rufe ich ihn an, wenn ich nachts wegbleibe. Jetzt ist es zu spät. Ich mag ihn nicht aus dem Schlaf reißen.«
Ich erwog, noch einmal bei Abel anzurufen, aber dazu hätte ich mich erst bewegen müssen.
»Ich glaube, ich bleibe doch hier«, sagte sie nach kurzem Nachdenken. »Hast du was dagegen, wenn ich etwas anderes auflege?«
»Aber nein. Such dir was aus.«
Sie ging vor dem Plattenspieler in die Knie und reckte mir ihr reizendes blankes Hinterteil entgegen. Dürr? Schlaksig? Mumpitz.

Als sie zurück ins Bett kam, schlang ich einen Arm um sie und sagte ihr, wie froh ich sei, daß sie bliebe.
»Ich auch«, erwiderte sie.
»Hast du nicht vorhin gesagt, du wärst gestern im Kino gewesen?«
»Ja. Ich nahm Jared mit und sah mir den neuen Woody-Allen-Film an.«
»Dir hat er gefallen, aber Jared fand ihn oberflächlich.«
»Ja, der kleine Klugscheißer.«
»Was hast du anschließend getan?«
Sie streckte sich, schaute dann zu mir auf. »Ein bißchen getanzt«, meinte sie, »aber sonst nichts. Wieso?«
»Du warst also im Kino, gingst dann mit Jared heim und ins Bett?«
»Ja. Unterwegs haben wir Joghurt gekauft, das ist alles. Warum?«
»Wann bist du schlafen gegangen?«
»Um elf herum, vielleicht ein bißchen später.«
»Paß auf, wahrscheinlich fragt dich niemand danach«, sagte ich, »aber falls sich jemand bei dir erkundigt, war ich letzte Nacht bei dir. Ich kam um Mitternacht, als der Kleine schon schlief, und ging früh am Morgen wieder.«
»Aha, ich verstehe.«
»Was verstehst du?«
Sie setzte sich auf und steckte sich eine neue Virginia Slim an. »Ich verstehe jetzt, weshalb du mich heute nachmittag angerufen hast.«
»Von wegen.«
»So? Du hast letzte Nacht mal wieder bei jemandem eingebrochen, brauchst ein Alibi und greifst deshalb auf die gute Denise zurück. Ich dachte, du hättest das Stehlen aufgegeben, hast du mir das nicht geschworen? Aber was bedeutet schon der Schwur eines Diebes? Gute alte Denise. Man führt sie zum Essen aus, kippt ein paar Drinks in sie hinein, nimmt sie mit in Jazzclubs, bumst sie freundschaftlich –«
»Komm mal runter, Denise.«
»Warum eigentlich? So geht es doch, oder?«
Meine Güte, warum hatte ich bloß das Thema angeschnitten? Eins bringe ich nie fertig: die Finger von heiklen Angelegenheiten zu lassen.
»Du irrst dich, Denise«, begann ich, »bist aber vielleicht zu wütend, um ruhig meiner Erklärung zuhören zu können. Angerufen habe ich, weil wir für heute abend verabredet waren.« Angriff ist die beste Verteidigung. »Mach mich nicht für dein schlechtes Gedächtnis verantwortlich. Dafür kann ich nichts.«

»Ich habe aber nicht –«
»Das Einbrechen habe ich wirklich aufgegeben, und ich sitze auch nicht unbedingt in der Tinte, aber letzte Nacht hat jemand ein Verbrechen begangen, dabei Handschuhe getragen, wie ich sie benutzte, und die Polizei hat am Tatort einen gefunden und glaubt nun, daß ich in die Sache verwickelt bin. Leider habe ich kein Alibi, denn ich war allein zu Hause und wußte nicht, daß ich eins brauchen würde. Wenn man nichts Kriminelles vorhat, kümmert man sich doch nicht im voraus um ein Alibi.«
»Und du hast also schlicht daheim vor dem Fernseher gesessen?«
»Um ganz ehrlich zu sein, ich habe Spinoza gelesen.«
»So eine Antwort saugt sich niemand aus den Fingern. Außer dir vielleicht.« Sie schaute mich fest an. »Ich weiß nicht, ob ich dir das abnehmen soll. Wo ist denn eingebrochen worden? Warte, war es vielleicht der Raubmord, der in der Zeitung steht? Der mit der armen Frau in Chelsea?«
»Ja, Denise.«
»Das kannst du doch nicht gewesen sein, Bernie.« Sie sah mich lange forschend an. Dann griff sie nach meiner Hand und studierte meine Finger. »Nein«, sagte sie mehr zu sich selbst als zu mir, »du bist viel zu sanft. Du könntest keinen Menschen umbringen.«
»Selbstverständlich nicht.«
»Ich glaube dir. Die Polizei hat einen Handschuh gefunden, sagst du. Bedeutet das Schwierigkeiten für dich?«
»Wahrscheinlich kaum. In ein, zwei Tagen schnappen sie die Täter. In der Zwischenzeit aber wäre es nicht übel, wenn ich jemanden hätte, der meine Aussage bestätigt, nur für den Fall, daß die Polizei nachhakt.«
Sie wollte wissen, was ich ihnen erzählt hatte. Ich berichtete über mein Gespräch mit Richler.
»Meinen Namen hast du also nicht genannt«, meinte sie. »Gut. Ich werde demnach erst hineingezogen, wenn sie dir weitere Schwierigkeiten machen.«
»So ist es.«
»Warum hast du nicht einfach die Wahrheit gesagt? Daß du daheim warst und ferngesehen hast?«
»Ich neige halt dazu, die Polizei anzulügen.«
»Wirklich?«
»Alte Angewohnheit.«
Sie beugte sich vor, um ihre Zigarette im Aschenbecher auf dem Nachttisch auszudrücken. In dieser Haltung erschien mir die

Wölbung ihrer Brust besonders attraktiv. Ich streckte eine Hand aus und streichelte sie. Dürr? Schlaksig?
»Ich komme mir manipuliert vor«, sagte sie träge. »Und ein bißchen belogen.«
»Vielleicht ein ganz winziges bißchen«, gestand ich zu.
»Wir haben alle unsere kleinen Fehler.«
»Das ist die vorherrschende Auffassung.«
»Und ich bin ein wenig schläfrig und immer noch ein bißchen scharf, und ist Duke Ellington nicht himmlisch. He, du kleiner Dieb, warum kommst du nicht rüber und stiehlst dir einen Kuß?«
»Gott weiß, wo das hinführt.«
»Der ist nicht der einzige.«

9

Um sieben herum wachte ich auf und ließ sie hinaus. Ich habe mehrere Schlösser an der Tür, mit denen sie nicht zurechtkam. Nachdem ich alle geöffnet hatte, versprach ich, sie anzurufen, und wir gaben uns einen jener flüchtigen Küsse, die man tauscht, wenn es bei einer oder beiden Parteien seit einiger Zeit mit dem Gebrauch der Zahnbürste gehapert hat.
Ich schloß hinter ihr ab und ging ins Bad, wo ich eine Zahnbürste benutzte und zwei Aspirin schluckte. Ich erwog zu frühstücken, verwarf die Idee und beschloß, mich noch ein paar Minuten hinzulegen, bis das Aspirin seine Wirkung getan hatte.
Meine nächste Wahrnehmung war ein scheußliches Hämmern an meiner Tür. Erst dachte ich, es sei Denise, die etwas vergessen hatte. Es klang aber nicht nach ihr. Es klang auch nicht nach Mrs. Hesch, meiner einzigen Freundin in diesem seelenlosen Kasten. Mrs. Hesch schaut ab und zu herein, um mir einen großartigen Kaffee einzuschenken und sich über die Hausverwaltung zu beklagen, weil Waschmaschinen und Schleudern wieder einmal nicht funktionierten. Mrs. Hesch ist jedoch eine zierliche alte Dame, die kaum dazu neigt, wie wild auf Türen einzuhämmern.
Es klopfte erneut. Ich hatte inzwischen die Füße auf dem Boden, und der Nebel in meinem Gehirn begann sich zu lichten. Natürlich die Polizei, wurde mir klar, als ich wach genug war. So klopft sonst niemand.
Ich ging an die Tür und fragte, wer da sei. »Der Nikolaus bestimmt

nicht«, sagte eine bekannte Stimme. »Mach auf, Bernie.«
»Verflucht.«
»Was ist denn das für eine Einstellung?«
»Du kommst zu einer ungünstigen Zeit«, rief ich. »Treffen wir uns doch in fünf Minuten in der Halle.«
»Warum machst du nicht binnen zehn Sekunden auf?«
»Weil ich noch nicht angezogen bin.«
»Na und?«
»Laß mir eine Minute Zeit.«
Wie spät war es eigentlich? Ich fand meine Uhr und stellte fest, daß es kurz nach neun war, was bedeutete, daß ich den Laden nicht rechtzeitig aufmachen konnte. Mir würden also ein paar Dollar Umsatz entgehen – nicht so tragisch, wenn man gerade etwas gestohlen hat, das eine sechsstellige Summe wert ist, aber man muß halt den Schein wahren.
Ich schlüpfte in ein paar Kleider, spritzte mir eine Handvoll Wasser ins Gesicht und machte ein Fenster auf, um ein wenig durchzulüften. Dann öffnete ich zum zweitenmal an diesem Morgen alle Schlösser, und Ray Kirschmann schüttelte den Kopf, als er über die Schwelle gestolpert kam.
»Guck dir das mal an«, bemerkte er. »Sind das auch wirklich genug Sicherheitseinrichtungen, Bernie?«
»Sicherheitseinrichtungen ... meine Güte«, murrte ich. »Jeder normale Mensch nennt so etwas ein Schloß. ›Man kann nie vorsichtig genug sein‹, heißt es.«
»Sehr weise. Kriegst du etwa auf deine alten Tage die Paranoia?«
»Wir hatten in letzter Zeit eine Einbruchsserie. Vier- oder fünfmal wurde hier im Haus eingebrochen.«
»Trotz des Türstehers?«
»Der kommt nicht gerade vom Geheimdienst«, gab ich zurück. »Nebenbei bemerkt, ich muß wohl seinen Anruf überhört haben, mit dem er dich ankündigte.«
»Ich habe ihm geraten, sich nicht erst die Mühe zu machen, Bernie.«
»Hast du ihm gesagt, du wärst der Nikolaus?«
»Warum sollte ich?«
»Weil er sich an Weihnachten an den halten muß. Von mir bekommt er noch nicht einmal eine Rute.«
»Sehr komisch. Hattest du letzte Nacht Gesellschaft?«
»Das hat dir der Portier bestimmt nicht verraten.«
Er schaute zufrieden drein. »Ich bin Ermittlungsbeamter«, meinte

er. »Und ich habe halt ermittelt. Schau dich mal um, Bernie. Die Aschenbecher sind voll, dabei bist du Nichtraucher. Zwei Gläser, auf jedem Nachttisch eins. Wenn sie sich im Bad versteckt, kann sie ruhig herauskommen.«
»Leider ist sie schon fort.«
»Dem Himmel sei Dank.«
»Wie bitte?«
»Jetzt kann ich wenigstens deine Toilette benutzen.«
Als er wieder herauskam, trank ich ein Glas Orangensaft und fühlte mich ein wenig wacher, wenngleich nicht ganz auf dem Damm.
»Du bist doch nicht nur vorbeigekommen, um bei mir aufs Klo zu gehen.«
»Soll das ein Witz sein? Ich wollte dich mal besuchen. Wir sehen uns schließlich recht selten.«
»Ich weiß, es scheint eine Ewigkeit her zu sein.«
»Anscheinend bekomme ich dich nur zu Gesicht, wenn jemand ermordet worden ist. Hattest also über Nacht Besuch, was? Nicht schlecht, zwei Nächte hintereinander.«
»Die letzte Nacht verbrachte ich bei ihr.«
»Dieselbe Dame, nicht wahr?«
»Genau.«
»Wie angenehm.«
»Ray, ich freue mich immer, dich zu sehen«, sagte ich, »aber ich habe heute verschlafen und bin sowieso schon zu spät dran. Die Buchhandlung wartet.«
»Geschäft geht vor, was?«
»So ungefähr.«
»Sicher, ich weiß, wie das ist, Bernie. Wenn es nicht ums Geschäft ginge, wäre ich nicht hier. Wer hat schon Zeit für Privatbesuche?«
»Kaum jemand.«
»Hast also ein Alibi für letzte Nacht, schätze ich. Die kleine Lady, die soviel raucht.«
»So klein ist sie gar nicht. Es gibt sogar Leute, die sie groß und schlaksig nennen. Das habe ich alles schon Richler erzählt. Ich nenne auch ihren Namen, wenn es unbedingt sein muß, falls Anklage gegen mich erhoben wird, aber bis dahin –«
»Das betrifft die vorletzte Nacht, Bernie, den Fall Colcannon. Ich spreche von der vergangenen Nacht.«
»Was war da los?«
»Erzähl du mir das lieber. Fängst am besten bei dem Zeitpunkt an, zu dem ich dich vor der Buchhandlung absetzte. Das war um die

Mittagszeit. Was hast du anschließend getrieben?«
»Was soll letzte Nacht denn passiert sein?«
»Zuerst du, Bernie.«
Er lauschte aufmerksam. Ray Kirschmann ist trotz seiner Bestechlichkeit ein guter Cop. Nicht umsonst gilt er als der beste, den man für sein Geld bekommt.
Als ich fertig war, runzelte er die Stirn, schnalzte mit der Zunge, gähnte und gestand zu, daß mein Alibi recht gut klang.
»Das ist kein Alibi«, wandte ich ein, »das ist, was ich gestern getan habe. Ein Alibi ist, wenn etwas vorgekommen ist und man beweisen muß, daß man es nicht war.«
»Exakt.«
»Und was ist vorgekommen?«
»Ein Freund von dir ist umgebracht worden. Zumindest war er einmal dein Freund, ehe du die Einbrecherei mit dem Buchhandel vertauscht hast.«
Mich fröstelte. Er konnte viele Leute meinen, aber ich wußte sofort, von wem er sprach.
»Ein Top-Hehler. Oder jemand, der zumindest der Hehlerei verdächtig war, denn er wurde nie überführt. Jemand drang gestern in sein Apartment ein und erschlug ihn.«

10

»Du stehst nicht unter Verdacht«, beruhigte Ray. »Niemand, der an dem Fall arbeitet, hat an dich auch nur gedacht. Dann kam ich heute früh ins Büro und hörte von Crowe, und der erste, der mir einfiel, warst du. ›Erst gestern habe ich meinen alten Freund Bernie Rhodenbarr wiedergesehen‹, sagte ich mir, ›und heute wird ein alter Freund von ihm ermordet. Crowe und die Colcannon haben eines gemeinsam: Sie wurden erschlagen.‹ Und da dachte ich mir halt, du müßtest etwas wissen. Was weißt du, Bernie?«
»Nichts.«
»Na gut. Und was weißt du sonst noch?«
Wir saßen wieder in dem Auto, in dem er mich am Vortag mitgenommen hatte, und waren wieder unterwegs zur Buchhandlung. Ich sagte Ray, daß ich Abel Crowe seit einem knappen Jahr, als ich mit einer Freundin von seinem Wohnzimmerfenster aus das Feuerwerk betrachtete, nicht mehr gesehen hatte.

»Tja, die Aussicht ist schon was wert«, meinte er. »Ich guckte auf dem Weg zu dir einmal dort herein und schaute mich um. Zu sehen bekam ich nur halb Jersey vom Wohnzimmerfenster aus. Dort fand man die Leiche, unterm Fenster, ein armseliges Häufchen. Du hast ihn also seit dem vierten Juli nicht mehr gesehen?«
»Kann sein, daß wir ein paarmal miteinander telefoniert haben, aber das ist schon eine Zeitlang her.«
»Gut. Gestern am frühen Abend, so um sechs, halb sieben herum, klingelte eine Nachbarin an seiner Wohnungstür. Als er nicht aufmachte, wurde sie unruhig und erkundigte sich beim Portier, der sich nicht erinnern konnte, gesehen zu haben, wie Crowe das Haus verließ. Bei so einem alten Mann ist das besorgniserregend, er könnte einen Herzanfall gehabt haben oder hingefallen sein. Immerhin war er einundsiebzig.«
»Ich wußte nicht, daß er schon so alt war.«
»Tja, er war einundsiebzig. Der Portier ging nach oben oder schickte jemanden, den Aufzugführer oder einen Gepäckträger, der versuchte, die Tür aufzumachen. Da kam er natürlich nicht weit, denn Crowe hatte Spezialschlösser – so wie deine. Ein anderes Modell allerdings, mit horizontalem Riegel.«
»Ich weiß.«
»Ach, wirklich? Noch vom vergangenen Juli her erinnerst du dich so deutlich an seine Schlösser?«
»Du hast mich wieder draufgebracht. Vergiß nicht, in meinem alten Beruf habe ich sehr auf Schlösser geachtet.«
»Kann ich mir denken. Wie auch immer, man hämmerte an die Tür, bekam keine Antwort und rief dann einen Streifenbeamten, aber was konnte der schon ausrichten? Er versuchte, die Tür aufzubrechen, was bei diesem Schloß unmöglich ist, und schließlich kam jemand auf die brillante Idee, einen Schlosser zu holen, und bis man jemanden ausfindig gemacht hatte, der überhaupt kommen wollte, und bis der gute Mann endlich da war und die Tür geöffnet hatte, muß es fast zehn Uhr gewesen sein.«
Zweifellos. Kurz zuvor hatte ich zum letztenmal versucht, bei Abel anzurufen, und wenn sie früher eingedrungen wären, hätte ein Polizist den Hörer abnehmen müssen.
»Man war so gut wie sicher, den alten Mann tot vorzufinden«, fuhr Ray fort. »Aber niemand hatte erwartet, ihn als Mordopfer zu sehen.«
»Steht denn außer Frage, daß es Mord war?«
»Zweifellos. Das sagte der Arzt schon am Tatort, und man brauchte

kein Mediziner sein, um das zu sehen. Es war nicht nur ein Schlag, Bernie. Jemand hat ihn mehrmals ins Gesicht und auf den Kopf geschlagen.«
»Mein Gott.«
»Zum Eintritt des Todes läßt sich bislang nichts Genaues sagen, aber wir schätzen, daß es gestern am frühen Nachmittag passiert ist. Du hättest also, nachdem ich dich bei deiner Buchhandlung abgesetzt hatte, zu Crowe jagen, den alten Mann erschlagen und dann wieder zurückhasten können, um den Laden wieder aufzumachen. Wir wissen aber beide, daß das nicht dein Stil ist. Außerdem habe ich mir dein Gesicht betrachtet, als ich dir sagte, daß Crowe tot ist, und es war deutlich, daß du es zum erstenmal gehört hast.«
An der 37. Straße sprang die Ampel auf Rot. Ray bremste. »Ist doch ein eigenartiger Zufall«, sagte er. »Erst die Colcannon, nun Crowe, beide durch Schläge auf den Kopf ermordet, und innerhalb von vierundzwanzig Stunden, vielleicht sogar nur zwölf.«
»Wurde Crowes Apartment ausgeraubt?«
»Jedenfalls nicht auseinandergenommen. Sollte jemand etwas gestohlen haben, fällt es nicht auf. Ich traf zwar lange nach der Spurensicherung ein, aber es herrschte noch ziemliche Ordnung. Vielleicht wußte der Mörder aber auch, wo er zu suchen hatte. Bewahrte Crowe viel Bargeld in seiner Wohnung auf?«
»Wie soll ich das wissen?«
»Das weißt du schon, aber lassen wir das mal hingehen. Mag sein, daß es ein ganz normaler Raubmord war, bei dem der Täter den alten Mann zwang, das Geld herauszurücken, und ihn dann umbrachte. Es kann aber auch jemand gewesen sein, der einen Grund hatte, ihn zu töten, ein Motiv. Hatte er irgendwelche Feinde?«
»Nicht daß ich wüßte.«
»Vielleicht hat er mal jemanden übers Ohr gehauen. Er hatte ein langes Leben hinter sich. In einundsiebzig Jahren kann man sich eine Menge Feinde machen.«
»Er war ein netter Mann, der gerne Süßspeisen aß und Spinoza zitierte.«
»Und von anderen Leuten Sachen kaufte, die ihnen nicht gehörten.«
Ich zuckte die Achseln.
»Wer hat bei den Colcannons eingebrochen?«
»Wie soll ich das wissen?«

»Bernie, irgendwie steckst du in dieser Geschichte mit drin. Und so oder so besteht eine Querverbindung zwischen Colcannon und Crowe.«
»Wie denn?«
»Mag sein, daß der alte Mann den Einbruch angeregt hat. Hehler tun das oft, suchen sich ein lohnendes Objekt und setzen einen Einbrecher darauf an. Vielleicht war das der Fall, und es gab beim Teilen Streit. Vielleicht wurde ihm nach Wanda Colcannons Tod die Sache zu heiß, so daß er sich weigerte, die Ware anzukaufen, oder sich nicht an den vorher vereinbarten Preis hielt.«
»Nicht ausgeschlossen.«
So drehten und wendeten wir die Möglichkeiten hin und her, bis Ray vor der Barnegat-Buchhandlung anhielt. Im Vorbeifahren hatte ich gesehen, daß Carolyns Hundesalon offen war. Ich wollte mich gerade bei Ray bedanken, als er mir eine schwere Hand auf die Schulter legte.
»Du weißt mehr, als du dir anmerken läßt, Bernie.«
»Ich weiß, daß es so schon schwer genug ist, sich als Antiquar sein Brot zu verdienen. Wenn man aber nie seinen Laden aufmachen kann, kommt man auf keinen grünen Zweig.«
»Vergiß nicht, es läuft ein Mörder frei herum«, sagte er. »Er hat die Colcannon auf dem Gewissen, und er hat Crowe ermordet. Dieser Mann ist gefährlich, würde ich sagen.«
»Und?«
»Früher oder später schnappen wir ihn. Mittlerweile aber liegt die Colcannon-Sore irgendwo herum, und wer weiß, was sonst noch greifbar ist. Du hattest doch schon immer ein einnehmendes Wesen, Bernie.«
»Ich weiß nicht, worauf du hinauswillst.«
»Natürlich nicht. Ich habe nur ein paar Vorschläge. Wenn du weißt, wer der Mörder ist, oder zufällig Wind davon bekommst, sagst du mir Bescheid und sonst niemandem. Klar?«
»Meinetwegen.«
»Ich will mir den Kerl selbst schnappen. Crowe war ein lieber alter Herr. Ich bin ihm zwar nur zweimal begegnet – beide Male konnten wir ihm nichts nachweisen –, aber er war trotzdem ein Gentleman. Sehr großzügig.« Mit anderen Worten: mit Bestechungsgeldern nicht kleinlich. »Und noch etwas.«
»Das wäre?«
»Bernie, hier steht eine Menge Geld auf dem Spiel. Ich spüre das irgendwie, weißt du, was ich meine? Riechen kann man es nicht,

aber es liegt trotzdem in der Luft wie ein Gewitter.«
»Ich kenne das Gefühl.«
»Bernie, wenn es irgendwann Geld zu regnen beginnt, vergißt du besser nicht, daß du einen Partner hast.«

11

Carolyn kam kurz nach zwölf mit einer Essenstüte von Mamoun vorbei. Wir aßen je ein Felafel-Sandwich und teilten uns eine Portion Paprika. Carolyn fragte sich laut, was Abel wohl gerade zu Mittag äße, was für Leckereien er in sich hineinstopfte.
»Keine«, sagte ich.
»Woher weißt du das?«
»Er ist tot«, sagte ich. Sie starrte mich fassungslos an. Ich gab wieder, was ich von Ray Kirschmann gehört hatte. Die Falten auf Carolyns Stirn wurden beim Zuhören immer tiefer. Nachdem wir einander versichert hatten, was für ein feiner Kerl Abel doch gewesen sei und wie obszön der Mord an ihm war, fragte sie mich, wer es wohl getan hätte.
»Keine Ahnung.«
»Glaubst du, es waren die Kerle, die auch Wanda Colcannon umgebracht haben?«
»Kann ich mir nur schwer vorstellen. Die Polizei jedenfalls vermutet keinen Zusammenhang zwischen dem Colcannon-Einbruch und Abels Tod. Ray ist da allerdings anderer Ansicht. Er ist ganz sicher, daß eine Verbindung besteht, aber die einzige Verbindung zwischen den Colcannons und Abel sind wir, und wir haben mit keinem der beiden Morde etwas zu tun. Es kann also kein Bindeglied zwischen dem Haus in der westlichen 18. Straße und der Wohnung am Riverside Drive geben, abgesehen von der Tatsache, daß wir einen Gegenstand von einem Ort entfernt und am anderen zurückgelassen haben.«
»Vielleicht ist das der entscheidende Punkt.«
»Die Münze?«
Sie nickte. »Zwölf Stunden nachdem wir ihm die Münze übergeben hatten, war er tot. Vielleicht mußte er ihretwegen sterben.«
»Wer soll es getan haben?«
»Wie kann ich das wissen?«
»Wer kann gewußt haben, daß er sie überhaupt hatte?«

»Ein potentieller Käufer, der von Abel angesprochen wurde.«
Ich dachte darüber nach. »Mag sein. Sagen wir, er stand gestern morgen auf, rief jemanden an und bat ihn, vorbeizukommen und sich die Münze anzusehen. Der Knabe schaut herein, guckt hin, und was er sieht, gefällt ihm. Mehr noch – er wirft nur einen Blick auf die Münze und weiß, daß er sie unbedingt besitzen muß.«
»Er kann sie sich jedoch nicht leisten.«
»Genau. Sie ist ihm zu teuer, er will sie aber trotzdem haben. Etwas geht mit ihm durch, er greift nach einem schweren Gegenstand – was zum Beispiel?«
»Wer weiß? Vielleicht eine Bücherstütze.«
Angesichts unserer Umgebung lag diese Idee nahe. Und in eben dieser Umgebung, meiner Buchhandlung nämlich, hatte sie einmal nach einer Bronzebüste von Immanuel Kant gegriffen und sie einem Räuber, der mich mit der Pistole bedrohte, aufs Haupt gehauen.
»Gut, vielleicht eine Bücherstütze«, stimmte ich zu. »Etwas geht mit ihm durch, er erschlägt Abel, steckt den 1913er Nickel in die Tasche und verschwindet. Und auf dem Weg nach draußen schließt er hinter sich zu.«
»Wie bitte?«
»Die Haustür war verschlossen. Erinnerst du dich noch an Abels Schloß mit dem Gleitriegel? Der Mörder schloß hinter sich ab. Gut, ich tue das nach einem Einbruch, aber kennst du sonst noch jemanden, der diese Angewohnheit hat. Und welcher passionierte Münzsammler würde auf so etwas kommen oder gar dazu fähig sein?«
»Und wenn er schlicht nur Abels Schlüssel benutzt hat?«
»Oh, daran hätte ich selbst denken sollen«, sagte ich.
»Es will dir nur nicht in den Kopf, daß man Schlösser auch mit Schlüsseln bedienen kann.«
»Mag sein.«
»Wie auch immer, es ist interessant, daß der Täter daran dachte. Die meisten würden einfach nur die Tür hinter sich zuschlagen. Unser Mann aber wollte, daß die Leiche so lange wie möglich unentdeckt blieb, und machte sich daher die Mühe, erst nach den Schlüsseln zu suchen.«
»Vielleicht brauchte er gar nicht nach ihnen zu suchen.«
»Denkbar. Aber trotzdem –«
»Schön«, unterbrach ich. »Na und? Wir sind immer noch nicht klüger als am Anfang dieser dummen Diskussion. Fest steht nur,

daß unser Mann einigermaßen clever ist und auch vor einem kleinen Mord nicht zurückschreckt. Ich sehe keinen Grund, einen der beiden Einbrechertrupps bei den Colcannons zu verdächtigen. Der erste Schwung, das waren Trampel, die Abel bestimmt nicht kannten und nie in der Lage gewesen wären, in seine Wohnung einzudringen. Offensichtlich haben sie eine ganze Tonne Kram aus dem Haus geschleppt. Sie müssen das Zeug irgendwann einmal weiterverkaufen, aber ich kann nicht glauben, daß sie sich an Abel gewandt haben. Er wäre der falsche Mann für ihre Ware gewesen. Sie müssen mit Silber und Pelzen beladen abgezogen sein, mit all den Dingen, die Colcannon nicht im Safe aufbewahrte, aber Abel beschränkte sich so ziemlich auf Briefmarken, Münzen und Schmuck.«

»Und der Trupp, der nach uns kam?«

»Der Wanda Colcannon umbrachte? Wir müssen einfach annehmen, daß diese Leute hereinschauten, weil das zerbrochene Oberlicht wie eine gravierte Einladung aussah. Welche Laune des Schicksals soll sie ausgerechnet zum Riverside Drive geführt haben?«

»Hm, die können wir wohl ausschließen.«

»Finde ich auch. Und diesen Fall wird die Polizei vermutlich allein aufklären müssen, denn ich bin mit meinem Latein am Ende. Bisher ist uns nichts Besseres eingefallen als ein mordlüsterner Numismatiker, der ordentlich hinter sich abschließt, und wie viele von dieser Sorte hast du in deinem Leben kennengelernt? Eine Schande, daß Abel tot ist. Ich habe ihn wirklich gemocht.«

»Ich auch.«

»Und auch um Wanda Colcannon tut es mir leid, obwohl ich sie überhaupt nicht kannte. Es tut mir leid, daß wir in diesen Schlamassel hineingeraten sind, aber ich bin froh, daß wir wenigstens nicht direkt damit zu tun haben. Es ist Zeit, daß ich meinen Laden aufmache und ein paar Bücher verkaufe.«

»Und ich habe einen Hund zu baden.«

»Sehen wir uns später?«

»Klar.«

Fünf Stunden später setzten wir unser Gespräch in der »Letzten Instanz« fort, sie bei einem Martini, ich bei einem Scotch mit Wasser. Ich hatte einen langen, trägen Nachmittag hinter mir. Der Laden war voller Kunden gewesen, die endlos stöberten, ohne etwas zu kaufen. An solchen Tagen muß man wie ein Schießhund auf Ladendiebe aufpassen, und ich war ziemlich sicher, daß eine lernbegierige junge Frau mit strähnigem Haar Sartres *Das Sein und das Nichts* hatte mitgehen lassen. Wenn sie es von vorn bis hinten liest, dachte ich mir, war das Strafe genug.

»Ich kann nur hoffen, daß die Polizei beide Mörder rasch erwischt«, sagte ich zu Carolyn. »Im Augenblick sind wir fein raus, und wenn beide Fälle aufgeklärt sind, bleibt das auch so.«

»Und wenn nicht?«

»Tja, immerhin waren wir vorgestern nacht wirklich bei Abel, und wenn die Polizei ernsthaft zu wühlen anfängt, könnte sie auf die Idee kommen, dem Portier mein Bild zu zeigen, und der könnte sich womöglich an mich erinnern. Ray habe ich erzählt, ich hätte Abel seit Juli nicht mehr gesehen. Wer die Polizei anlügt, begeht zwar keine Straftat, braucht dann aber auch nicht zu erwarten, daß man ihn mit Wohlwollen betrachtet. Ich habe zwar ein Alibi, weiß aber nicht, wie hieb- und stichfest es ist.«

»Wer ist dein Alibi?«

»Denise.«

»Das war letzte Nacht, Bernie. Bei Abel waren wir vorgestern.«

»Das Alibi gilt für beide Nächte.«

»Hoffentlich weiß sie das auch.«

»Wir haben darüber gesprochen.«

»Weiß sie über den Fall Colcannon Bescheid?«

»Sie weiß, daß ich unter Verdacht stand. Ich sagte ihr, daß ich nichts mit dem Mord zu tun hätte. Daß wir zuvor ins Haus eingebrochen waren, erwähnte ich nicht.«

»Sie glaubt wohl, daß du das Einbrechen aufgegeben hast.«

»Kann sein. Wenigstens macht sie sich das vor. Der Himmel weiß, was Frauen denken.«

»Dieses schwatzhafte Knochengestell ist also dein Alibi. Ich hatte mich schon gewundert, was du gestern mit ihr wolltest.«

»Es ging nicht nur um das Alibi, Carolyn.«

»Wirklich nicht?«

»Jedenfalls war das nicht der einzige Grund. Ich weiß nicht, was du gegen Denise hast. Sie spricht immer sehr gut über dich.«

»Von wegen. Sie kann mich nicht ausstehen.«

»Wenn du meinst –«

»Jedenfalls glaube ich nicht, daß sie dir ein gutes Alibi verschafft. Es kommt mir nicht so vor, als könne sie überzeugend lügen. Hoffentlich brauchst du sie nicht.«

»Das hoffe ich auch.«

Sie bestellte eine neue Runde. Die Kellnerin brachte die Gläser an den Tisch, und Carolyns Augen folgten ihr, als sie sich wieder entfernte. »Hm, die ist neu hier«, meinte sie. »Weißt du, wie sie heißt?«

»Jemand nannte sie Angela, glaube ich.«

»Hübscher Name.«

»Hm, finde ich auch.«

»Sie sieht auch hübsch aus. Meinst du nicht?«

»Nicht übel.«

»Ist wahrscheinlich hetero.« Sie trank versonnen einen Schluck Martini. »Na, was meinst du?«

»Zur Kellnerin?«

»Ja, zu Angela.«

»Was denn? Ob sie lesbisch ist oder nicht?«

»Ja.«

»Wie soll ich das wissen.«

»Na, du könntest ja einen gewissen Eindruck von ihr haben.«

»Habe ich aber nicht«, murrte ich. »Mir ist nur aufgefallen, daß sie dauernd an der Musikbox steht. Laß dich mit der ein, und du kannst für den Rest deines Lebens Country und Western hören, bis dir Barbara Mandrell zu den Ohren rauskommt. Können wir Angela mal für einen Moment beiseite lassen?«

»Du schon. Ich vielleicht nicht. Laß mal, Bernie. Worum geht's?«

»Ich dachte an Abel und an den mordlüsternen Münzsammler, der ihn auf dem Gewissen hat.«

»Und?«

»Ich finde das unwahrscheinlich«, erklärte ich. »Der Zeitfaktor stimmt nicht. Nehmen wir einmal an, er ging sofort zu Bett, nachdem wir fort waren, stand früh auf und rief einen Sammler an. Dieser kam sofort vorbei, brachte Abel um und floh. So hätte es geschehen müssen, aber das widerspricht Abels Arbeitsweise. Gut, er wollte die Münze rasch loswerden, aber so hastig auch wieder nicht. Erst mußte er sicher sein, daß sie echt war; sagte er nicht etwas von einer Röntgenaufnahme? Die hätte er doch zuerst machen lassen und dann abgewartet, wieviel Staub der Fall Colcannon aufwirbelt und ob das Verschwinden des V-Nickels in die Presse kommt. Da diese Faktoren entscheidend für die Preisgestaltung sind, hätte er nicht verkauft, ehe diese Informationen vorlagen. Ich glaube nicht, daß sein Tod irgend etwas mit der Münze zu tun hatte, weil außer mir und dir niemand wußte, daß er sie hatte. Niemand hat uns zu seiner Wohnung verfolgt. Und wir haben

niemandem ein Wort verraten. Ich jedenfalls nicht.«
»Und wem sollte ich schon etwas sagen? Du bist der einzige, der weiß, daß ich nicht nur Hunde pflege.«
»Dann muß jemand ein anderes Tatmotiv gehabt haben. Vielleicht war es ein ganz normaler Raubmord. Vielleicht wollte ihm jemand etwas verkaufen, und es gab Streit. Oder es war jemand aus seiner Vergangenheit.«
»Aus Dachau, meinst du? Jemand, der ihn aus dem KZ kannte?«
»Kann sein, oder jemand aus seiner jüngeren Vergangenheit. Viel weiß ich nicht über ihn. Geboren wurde er als Abel Schwarzvogel.«
»Er war doch Jude, nicht wahr?«
»Ich glaube nicht.«
»Warum war er dann in Dachau?«
»Man mußte nicht unbedingt Jude sein, um nach Dachau zu kommen. Abel sagte mir einmal, er sei politischer Häftling gewesen, Sozialdemokrat. Das mag die Wahrheit sein, aber er kann auch wegen ganz gewöhnlicher Straftaten eingesperrt worden sein – Hehlerei zum Beispiel. Vielleicht war er auch schwul. Auch das war ein guter Weg, nach Dachau zu kommen.«
Carolyn schüttelte sich.
»Auf jeden Fall weiß ich kaum etwas über Abels Vergangenheit«, fuhr ich fort. »Womöglich kennt sie kein Mensch. Aber vielleicht hat er sich irgendwann einen Feind geschaffen. Oder es war ein Raubmord, ein Streit oder sonst etwas Dummes. Wenn er wirklich schwul war, hat er möglicherweise einen Strichjungen mit heimgenommen, der ihn wegen des Geldes in seiner Brieftasche erschlug.«
»So was kommt dauernd vor. Glaubst du wirklich, daß er schwul war? Er hat doch immer wieder versucht, uns zwei zu verheiraten. Wenn er selber schwul gewesen wäre, hätte er bestimmt rasch gemerkt, daß ich zur Ehe nicht sonderlich tauge.« Sie leerte ihr Glas. »Und findest du nicht, daß hier viel zuviel Zufall mitspielt? Erst Wanda, dann er – kurz hintereinander?«
»Das kommt dir nur so vor, weil wir das Bindeglied darstellen, wir und der Nickel. Mit ihrem Tod haben wir aber nichts zu tun.« Ich drückte mit dem nassen Boden meines Glases Ringe in die Tischdecke. »Vielleicht mache ich mir das auch nur vor«, meinte ich. »Ich will dem Gedankengang unter Umständen gar nicht folgen, weil ich weiß, wo er endet.«
»Jetzt komme ich aber nicht mehr mit.«
»Beim Nickel«, erklärte ich, »bei dem 1913er V-Nickel, Colcannons Nickel, für den wir siebzehntausendfünfhundert bekommen hät-

ten, wenn wir uns nicht für die Taube auf dem Dach entschieden hätten.«
»Erinnere mich bloß nicht.«
»Wenn er nicht wegen des Nickels ermordet wurde«, fuhr ich fort, »und wenn ihn jemand erschlug, der von der Existenz der Münze überhaupt nichts wußte, was hat das dann zu bedeuten?«
»Au wei!«
»Genau. Der Nickel ist noch da.«

Den Abend verbrachte ich daheim. Zu essen gab es Chili con carne aus der Dose, belebt mit Cumin und Cayennepfeffer. Ich aß vorm Fernseher und ließ mir von einer Flasche Carta Blanca Gesellschaft leisten. Nachdem ich die Dose aufgewärmt hatte, erwischte ich gerade noch das Ende der Lokalnachrichten, in denen Abel auf knappe und nichtssagende Weise erwähnt wurde, der Fall Colcannon aber nicht. Ich stand die Hälfte einer »Dallas«-Episode durch, ehe ich meine Trägheit überwand und den Kasten abstellte.
Ich räumte auf, legte eine Mixtur aus Jazz und E-Musik auf und machte es mir mit der neuesten Ausgabe des *Antiquars* bequem, einer Fachzeitschrift, die vorwiegend Listen angebotener und gesuchter Bücher enthält. Etwas schläfrig überflog ich die Anzeigen und strich hin und wieder einen Titel an, den ich am Lager hatte. Einige der angestrichenen Titel schimmelten zur Zeit auf meinem Ramschtisch vor sich hin, und wenn sich jemand die Mühe machte, eine Suchanzeige aufzugeben, würde er sicherlich mehr zahlen als die vierzig Cent, die ich verlangte.
Vorausgesetzt, daß *ich* mir die Mühe machte, den Kollegen anzuschreiben, auf seine Bestellung zu warten, die Bücher zu verpacken und abzuschicken. Das ist der Haken im Buchhandel, besonders im Antiquariat: Man muß sich um soviel Kleinkram kümmern, den Pfennigen nachjagen in der Hoffnung, daß sich die Taler schon von allein vermehren. Die Barnegat-Buchhandlung bot mir kein anständiges Auskommen, warf noch nicht einmal einen Gewinn ab, aber ich hätte wohl etwas aus ihr machen können, wenn ich die Hingabe besäße, die vor dem Erfolg kommt.
Dennoch liebe ich den Buchhandel, betreibe ihn aber auf die mir eigene ausgesprochen lässige Art. Die Einbrecherei verdirbt einen. Wer daran gewöhnt ist, innerhalb weniger Stunden großes Geld zu machen, bringt nicht viel Begeisterung für eine Menge Routinearbeit auf, bei der kaum mehr als der Preis einer Kinokarte herauskommt.

Trotzdem machte es Spaß, die Anzeigen durchzusehen und Titel anzustreichen, auch wenn ich vermutlich nichts unternahm.
Um neun herum rief ich bei Denise an. Jared meldete sich, sagte, *Babel-17* sei so gut, wie er es sich vorgestellt hatte, und zitierte dann seine Mutter an den Apparat. Ein paar Minuten lang unterhielten wir uns über Belanglosigkeiten. Dann fiel Carolyns Name, und Denise bezeichnete sie als »diesen lesbischen Zwerg, die kleine Dicke, die immer nach nassem Hund stinkt«.
»Komisch«, meinte ich, »sie spricht immer gut über dich.«
Ein wenig später rief Carolyn an. »Ich habe noch einmal über unser Gespräch nachgedacht«, sagte sie. »Du hast doch nicht etwa vor, etwas zu unternehmen?«
»Vermutlich nicht.«
»Bernie, das ist unmöglich. Weißt du noch, wie wir uns mit Abel über seine Schlösser unterhielten? Die Feuerleiter ist an der Vorderfront, die Fenster sind vergittert. Der Portier nimmt seinen Job doppelt so ernst wie Petrus, nicht zu vergessen die Schlösser –«
»Eins hat die Polizei mittlerweile von einem Schlosser aufbrechen lassen.«
»Na und? Du kommst trotzdem nicht ins Haus.«
»Ich weiß.«
»Und das macht dich verrückt, stimmt's?«
»Woher weißt du das?«
»Weil es mich auch zum Wahnsinn treibt. Wenn man sich vorstellt, daß die Münze, die wir schon einmal gestohlen haben, irgendwo in Abels wahrscheinlich von der Polizei plombierter Wohnung liegt, und bedenkt, wie scharf das Haus bewacht wird und daß die Münze irgendwo in der Wohnung versteckt ist und man noch nicht einmal weiß, wo man zu suchen anfangen soll, vorausgesetzt, der Nickel liegt überhaupt dort, was man nicht mit Sicherheit sagen kann –«
»Schon gut, Carolyn, ich verstehe.«
»Käme es dir unter diesen Umständen in den Sinn, die Münze zu stehlen?«
»Selbstverständlich nicht.«
»Eben das meine ich ja auch.«
»Einmal haben wir sie aber schon gestohlen.«
»Weiß ich.«
»Und deswegen finde ich, daß sie mir gehört«, erklärte ich. »Man sagt, Diebe hätten keinen Respekt vor Privateigentum. Ich jedenfalls habe einen gut entwickelten Sinn für Privatbesitz, solange es

sich um meinen eigenen handelt. Dabei geht es mir nicht nur ums Geld. Ich hatte eine große Rarität in der Hand, und jetzt habe ich nichts. Das ist ein schwerer Schlag fürs Selbstgefühl.«
»Und was willst du unternehmen?«
»Nichts.«
»Vorzüglich.«
»Weil es nichts zu unternehmen gibt.«
»Genau. Deshalb habe ich auch angerufen. Bin gerade auf dem Weg zur Duchess. Vielleicht habe ich Glück und treffe ein tolles Weib.«
»Viel Glück.«
»Ich bin in letzter Zeit so rastlos. Muß der Vollmond sein. Vielleicht läuft mir Angela über den Weg. Die steht bestimmt an der Musikbox und drückt alle Anne-Murray-Nummern. Kann doch wohl kaum schwul sein.«
»Anne Murray?«
»Nein, Angela. Meinst du, die ist hetero?«
»Wahrscheinlich.«
»Wenn sie hetero ist und Abel schwul war, hätten sie gemeinsam Pudel züchten können.«
»Und du hättest sie trimmen können.«
»Und die Pudel auch. Herrje, wie komme ich aus dieser Konversation bloß wieder raus?«
»Keine Ahnung. Wie bist du denn hineingeraten?«
»Mach's gut, Bernie.«

Auch die Elfuhrnachrichten brachten keine frischen Enthüllungen, und wer will schon altbackene hören? Ich stellte den Fernseher ab, nachdem die Gäste der Talkshow angesagt worden waren, schnappte mir ein Jackett und machte mich auf die Socken. Ich marschierte die Westend Avenue hinauf, bog an der 86. Straße links ab und ging weiter bis zum Riverside Drive.
Die Luft war inzwischen kühler und roch nach Regen. Es waren keine Sterne zu sehen, aber sternklar ist es über New York wegen der Luftverschmutzung nur selten. Ich sah einen Halbmond mit einem Hof. Das hat etwas zu bedeuten – ob Regen oder kein Regen –, aber ich habe vergessen, was.
Es waren erstaunlich viele Leute auf der Straße – Jogger, die im Riverside Park herumkeuchten, Hundebesitzer, die ihre Tierchen ausführten, Leute, die mit einer Tüte Milch und der Frühausgabe der *New York Times* nach Hause strebten. Ich überquerte die Straße, um einen besseren Überblick zu haben, schaute an Abels Haus

hoch und zählte die Stockwerke, bis ich sein Fenster fand. Natürlich war es dunkel. Ich ließ meinen Blick um die Ecke schweifen und entdeckte die Feuerleiter in der 89. Straße. Sie sah zwar solide genug aus, lag aber voll im Blickfeld der Passanten, und die unterste Sprosse war nur zu erreichen, wenn man eine lange Leiter hatte.

Sinnlos, genau wie Carolyn gesagt hatte.

Ich ging weiter zur 90. Straße. Das Gebäude neben dem Abels war drei Stockwerke höher, was bedeutete, daß ich von dort aus Abels Wohnung nur erreichen konnte, wenn ich mich abseilte. Es bestand kein Anlaß zu der Annahme, daß die Sicherheitsvorkehrungen im Nebenhaus weniger strikt waren. Ich kehrte zurück zur 89. Straße und sah mir die Nebenhäuser auf dieser Seite an – alles Sandsteingebäude aus dem neunzehnten Jahrhundert, alle vierstöckig. Die Fenster in Abels Haus schauten weit über die Dächer der Sandsteingebäude hinaus, und außerdem waren sie vergittert. Ich wandte mich wieder zurück zur Westend Avenue, drehte mich noch einmal um und kam mir vor wie ein konfuser Krimineller, den es unwiderstehlich zur Szene eines Verbrechens zieht, das ein anderer begangen hat. Der Türsteher war derselbe kerzengerade Schwarze, der bei unserem letzten Besuch Dienst gehabt hatte, und sah immer noch gewaltig aus. Zeitverschwendung, sagte ich mir. Ich ging über die Straße und auf den Eingang zu. Das Haus war ein massiver alter Ziegelkasten, sicher wie eine Festung, solide wie die Bank von England. Pilaster aus stumpfrotem Marmor flankierten die Doppeltüren. Links und rechts verkündeten Bronzeschilder die Namen und Tätigkeiten der Mieter: drei Analytiker, ein Dentist, ein Augenarzt, ein Fußspezialist, ein Kinderarzt – eine für dieses Viertel ziemlich typische Mischung.

Ich vermißte ein Bronzeschild, auf dem »Abel Crowe, Hehler« stand, und schüttelte versonnen den Kopf. Wenn man mir nur die geringste Chance gibt, werde ich widerlich sentimental.

Der Portier kam näher und fragte, ob er etwas für mich tun könne. Er machte den Eindruck, als habe er kürzlich mit Auszeichnung einen Kurs in aggressivem Auftreten absolviert.

»Nein«, antwortete ich betrübt. »Dazu ist es zu spät.« Machte kehrt und ging heim.

Das Telefon klingelte, als ich gerade alle meine Schlösser öffnete, und verstummte, als ich eben die Tür aufstieß. Wenn es wichtig ist, dachte ich mir, wird man sich schon wieder melden.

Ich nahm die längst fällige Dusche, legte mich ins Bett und schlief ein. Ich träumte gerade von einem gefährlichen Abstieg – über eine Feuerleiter oder schmale Laufplanke, etwas Undefinierbares –, als das Telefon wieder ging. Ich setzte mich auf, blinzelte ein paarmal und nahm dann ab.
»Ich will die Münze haben«, sagte eine Männerstimme.
»Wie?«
»Den Nickel. Ich will ihn haben.«
»Wer spricht da?«
»Unwichtig. Sie haben die Münze, und ich will sie haben. Verkaufen Sie sie nicht. Ich setze mich mit Ihnen in Verbindung.«
»Aber –«
Im Hörer klickte es. Ich legte ihn ungeschickt zurück auf die Gabel. Der Uhr auf dem Nachttisch nach war es Viertel vor zwei. Ich war gerade erst eingeschlafen. So legte ich mich wieder hin, dachte über den Anruf nach und überlegte, ob ich aufstehen und etwas unternehmen sollte.
Beim Nachdenken schlief ich ein.

12

Murray Feinsingers Ziegenbart war knapp rechts von der Mitte ein wenig graumeliert. Er mochte vierzig sein, hatte ein rundes Gesicht, eine Halbglatze und trug eine schwere Hornbrille, die seine braunen Augen unnatürlich groß erscheinen ließ. Er kniete nun und schaute zu mir auf, hatte meinen Schuh in der einen und meinen nackten Fuß in der anderen Hand. Meine Socke lag neben ihm auf dem Boden wie eine tote Versuchsratte.
»Hm, schmale Füße«, meinte er. »Lange, schmale Füße.«
»Ist das schlimm?«
»Nur in extremen Fällen, aber Sie sind keiner. Ihre Füße sind ein wenig schmaler als der Durchschnitt, aber Sie tragen auch Pumas, die überdurchschnittlich breit sind. Nicht so weit zwar wie die Schuhe, die in unterschiedlichen Breiten angeboten werden, aber was brauchen Sie die Extraweite, wenn Sie ohnehin schon einen schmalen Fuß haben? Da Ihre Füße zuviel Platz haben, verstärkt dies die Neigung Ihres Fußgelenks, nach innen einzuknicken, so zum Beispiel« – er demonstrierte mir das an meinem Fuß –, »und das ist die Quelle aller Ihrer Beschwerden.«

»Aha.«
»›New Balance‹ stellt Modelle in verschiedenen Weiten her. Probieren Sie mal ein Paar an. Oder nehmen Sie ›Brooks‹ – ein ordentlicher Schuh, ein bißchen schmal vielleicht, aber für Sie bestimmt gerade richtig.«
»Vorzüglich«, sagte ich und wäre gerne aufgestanden, was aber nicht so einfach ist, wenn einem jemand den Fuß festhält. »Ich besorge mir also nur ein Paar neue Schuhe, und dann ist alles in Butter.«
»Nicht so hastig, mein Freund. Seit wann joggen Sie?«
»Noch nicht sehr lange.«
»Genau gesagt haben Sie gerade erst angefangen. Stimmt's?«
Genau gesagt hatte ich überhaupt noch nicht angefangen und hatte es auch nicht vor. Recht gab ich ihm trotzdem. Und dann stieß ich ein dummes kleines Kichern aus, weil mich der gute Doktor Feinsinger am Fuß kitzelte.
»Kitzelt das?«
»Ein bißchen.«
»Inhibition«, erklärte er. »Deshalb kitzelt es. Den lieben langen Tag kitzle ich Leute. Läßt sich nicht vermeiden, wenn man sechs oder acht Stunden am Tag fremde Füße in der Hand hat. Haben Sie sich mal selbst an der Fußsohle gekitzelt?«
»Ist mir noch nie eingefallen.«
»Glauben Sie mir, das brächten Sie nicht fertig. Es funktioniert einfach nicht. Kitzelig ist man nur, wenn man von einer anderen Person auf bestimmte Weise berührt wird. Inhibition, Hemmungen, das ist alles.«
»Wie interessant«, log ich.
»Wenn ich einen Patienten über einen längeren Zeitraum behandle, ist er längst nicht mehr so kitzlig. Nicht daß ich ihn anders anfasse – er gewöhnt sich einfach an meine Berührung und verliert seine Hemmungen. Darum geht es nämlich beim Kitzeln. Und bei Ihren Füßen, mein Freund, geht es um etwas ganz anderes. Wissen Sie, was Sie da haben?«
Fünf Zehen pro Fuß, dachte ich, und einen geschwätzigen Fußspezialisten. Offensichtlich aber war es ernster. Damit hatte ich nicht gerechnet.
»Sie haben Mortons Fuß«, sagte er.
»Wirklich?«
»Zweifellos.« Er krümmte den Zeigefinger und schnippte ihn kräftig gegen meinen zweiten Zeh. »Mortons Fuß. Wissen Sie, was

das bedeutet?«
Den Tod, dachte ich. Amputation oder dreißig Jahre im Rollstuhl, und ich würde nie mehr Klavier spielen können. »Das weiß ich wirklich nicht«, gestand ich. »Hat wohl etwas mit Geleeröllchen zu tun, nehme ich an.«
»Geleeröllchen?« Er guckte verwirrt, fing sich aber rasch wieder. »Mortons Fuß«, wiederholte er und schnippte wieder gegen meinen Zeh. Es kitzelte nicht. Vielleicht überwand ich meine Hemmungen. »Hört sich bedrohlich an, finden Sie nicht? Aber es bedeutet nur, daß dieser Zeh hier« – schnipp – »länger als Ihr großer Zeh ist. Dr. Morton beschrieb das Syndrom als erster. Im Grunde genommen deutet es auf eine Strukturschwäche hin. Ich habe so das Gefühl, daß es ein Überbleibsel aus der Zeit ist, als wir noch auf den Bäumen lebten, unsere großen Zehen wie Daumen benutzten und unsere zweiten Zehen um Lianen und Zweige schlangen. Wenn Sie demnächst einmal wieder im Zoo sind, gehen Sie ins Affenhaus, und sehen Sie sich die Füße der kleinen Kobolde an.«.
»Wird gemacht.«
»Mortons Fuß bedeutet aber nicht, daß man quasi mit einem Schwanz auf die Welt kommt. Er ist sogar noch verbreiteter als der sogenannte Normalfuß. Das ist übel für Langstreckenläufer und gut für Fußspezialisten. Ihr Fall hört sich nicht nur schlimm an, er ist auch weit verbreitet.«
Beschwerden hatten mir meine Füße im Leben nur gemacht, wenn mir in der U-Bahn irgendein Klotz daraufgetrampelt war. Allerdings hatte ich nie versucht, meine Zehen um Lianen zu schlingen. Ich fragte Feinsinger, ob mein Zustand besorgniserregend sei.
»Wenn Sie ein normales Leben führen, nicht. Läufer jedoch« – und hier gluckste er mit echtem Vergnügen vor sich hin –, »Läufer geben ihr normales Leben auf, sowie sie das erste Paar Turnschuhe erstehen. Denn dann beginnt Mortons Fuß Probleme zu schaffen. Schmerzen im Ballen, Überbeine, Schienbeinbrüche, Entzündungen der Achillessehne. Exzessiver Knickfuß – erinnern Sie sich noch an unseren alten Freund, den Knickfuß?« Er frischte mein Gedächtnis auf, indem er mein Fußgelenk einwärts zerrte. »Und dann«, fuhr er finster fort, »muß immer noch mit Chondromata gerechnet werden.«
»Himmel, was ist denn das?«
»Eine Knorpelgeschwulst, das gefürchtete Läuferknie, genauso schlimm wie der Tennisarm.«

»Klingt ja gräßlich.«
»Ist potentiell auch gräßlich. Doch keine Angst«, fügte er heiter hinzu, »wir haben ja Feinsinger, die Rettung ist nicht fern. Lassen Sie sich nur ein Paar Einlagen anfertigen, dann können Sie joggen, bis Ihr Herz aufgibt. Und in diesem Fall kann ich Sie an meinen Bruder Ralph weiterempfehlen. Er ist der Herzspezialist der Familie.« Er tätschelte mir den Fuß. »Ist nur ein Witzchen. Joggen Sie ruhig, dann brauchen Sie vermutlich keinen Kardiologen. Das tut Ihnen gut. Wir müssen nur dafür sorgen, daß Ihre Füße durchhalten, und das ist meine Aufgabe.«
Die Einlagen, wie sich herausstellte, sollten aus Leder und Kork nach Maß angefertigt werden, nachdem der gute Doktor Feinsinger meine Fußabdrücke genommen hatte, was er auf der Stelle tat, ehe ich überhaupt Gelegenheit hatte, zu bedenken, auf was ich mich da einließ. Er nahm meine bloßen Füße und drückte sie einen nach dem anderen in einen Kasten, der so etwas wie Polyurethanschaum enthielt.
»Sehen Sie, Ihr erster Eindruck ist gut«, versicherte er mir. »Jetzt kommen Sie mal mit ins Nebenzimmer. Ich will mir Ihre Knochen ansehen.«
Ich folgte ihm, elastisch auf den Ballen schreitend, derweil er mir erzählte, daß mein persönliches Paar Einlagen mir nicht nur schmerzloses Laufen ermöglichen, sondern so gut wie sicher mein ganzes Leben ändern würde, meine Haltung und Handschrift verbessern und obendrein meinen Charakter veredeln konnte. Er führte mich in ein Kabuff am Ende des Korridors, wo ein bedrohlich aussehender Apparat, der entfernt an die Marterinstrumente eines Zahnarztes erinnerte, an der Wand angebracht war.
»Muß das sein?« fragte ich zaghaft.
»Garantiert schmerzfrei«, versicherte er.
»Heutzutage hört man viel über Röntgen. Nebenwirkungen wie Unfruchtbarkeit.«
»Ausgesetzt werden Sie den Strahlen nur eine Sekunde lang, mein Freund, und nur unterhalb des Fußgelenks. Keine Angst, es wird nichts Lebenswichtiges beschädigt.«
Innerhalb weniger Minuten hatte die Maschine ihr häßliches Werk getan, und ich war wieder im anderen Raum, zog meine Socken hoch und verschnürte meine Pumas. Zu weit waren sie mir nie vorgekommen, aber jetzt hatte ich das Gefühl, als schlittere mein Mortonscher Fuß bei jedem Schritt gefährlich in ihnen hin und her. Überbeine, Schienbeinbrüche, das gefürchtete Läuferknie...

Und dann waren wir wieder im Vorzimmer, wo ich mir von einer rothaarigen Sprechstundenhilfe, die nach Bronx klang, einen Termin geben ließ, zu dem meine Einlagen fertig sein sollten. »Das Honorar beträgt dreihundert Dollar«, erklärte sie, »eingeschlossen Laboratoriumsgebühren, die heutige Beratung und alle zukünftigen Besuche, falls etwas geändert werden muß. Sie können den Betrag natürlich von der Steuer absetzen.«
»Dreihundert Dollar«, staunte ich.
»Ist doch nichts im Vergleich zu anderen Sportarten«, ließ sich Feinsinger vernehmen. »Was gibt man für ein einziges Skiwochenende aus, von der Ausrüstung einmal ganz abgesehen? Was kostet eine Stunde auf dem Tennisplatz? Wer laufen will, braucht einfach nur loszulegen, und sind Ihnen die einzigen Füße, die Gott Ihnen gegeben hat, nicht ein paar Dollars wert?«
»Außerdem tut mir das Joggen bestimmt gut.«
»Nichts ist gesünder. Es tut Ihrem Herzen gut, trainiert die Muskeln, macht Sie schlank und fit. Nur Ihre Füße bekommen allerhand ab, und wenn die nicht auf der Höhe sind –«
Dennoch fand ich dreihundert Dollar für die maßgefertigte Version einer Einlage, die es im nächsten Drugstore für einsneunundfünfzig gibt, ganz schön viel. Dann aber dämmerte mir, daß ich ja nicht sofort zu zahlen brauchte, daß dreißig Dollar Anzahlung alle glücklich machen würde, und in drei Wochen konnten sie sich meinetwegen hier am Kopf kratzen und sich fragen, warum ich nicht aufgetaucht war. Ich reichte drei Zehner hinüber und ließ mir von dem Rotschopf eine Quittung geben.
»Joggen muß den Fußspezialisten aber sehr gut tun«, bemerkte ich.
Feinsinger strahlte. »Kommt uns wie gerufen. Nichts ist besser. Wissen Sie, wen ich noch vor ein paar Jahren behandelte? Alte Damen, denen die Füße weh taten. Selbstverständlich taten denen die Füße weh, denn sie wogen dreihundert Pfund und trugen viel zu enge Schuhe. Ich schabte Hornhaut weg, verpflasterte Hühneraugen, tat dies und das und machte mir vor, ich sei schließlich Akademiker, und finanzieller Erfolg sei nicht so wichtig.
Jetzt aber hat sich die Welt geändert. Meine Praxis ist ganz auf Sport abgestimmt. Vergangenen Monat waren Feinsinger-Einlagen in Boston auf der Straße. Letzten Oktober trugen Feinsinger-Einlagen Dutzende von Teilnehmern am New Yorker Marathonlauf über die Ziellinie. Ich habe Patienten, die mich regelrecht lieben. Ich helfe ihnen, sie lieben mich dafür. Und ich bin erfolgreich. Ihr Glück, daß heute früh ein Termin ausfiel, sonst hätte ich Sie nicht dazwischen-

klemmen können. Ich bin auf Wochen ausgebucht. Und wissen Sie was? Mir macht der Erfolg Spaß. Es geht aufwärts mit mir. Man bekommt einen Vorgeschmack und entwickelt dann einen richtigen Appetit.«

Er legte mir einen Arm um die Schultern und führte mich durch ein Wartezimmer, in dem mehrere schlanke Herren saßen und Sportmagazine lasen. »Wir sehen uns dann in drei Wochen wieder«, sagte er. »Inzwischen können Sie ruhig in den Schuhen, die Sie tragen, Ihr Laufpensum absolvieren. Neue Schuhe sollten Sie erst dann kaufen, wenn Sie sie zusammen mit den Einlagen anprobieren können. Und tun Sie in der Zwischenzeit langsam. Nicht zu schnell, nicht zu weit. In drei Wochen sehen wir uns wieder.«

Draußen in der Halle kam ich mir in meinen Pumas unglaublich tapsig vor. Ich ging durch den Korridor zum Aufzug, sah über die Schulter zurück, ging dann am Aufzug vorbei zum Treppenhaus. Ich war nicht sicher, wie sich Treppensteigen auf meinen Mortonschen Fuß auswirken würde. Oder lief ich vielleicht Gefahr, mir die berüchtigte Treppensteigerwade zuzuziehen?

Ich nahm das Risiko in Kauf und stiefelte los. Da Murray Feinsingers Praxis im vierten Stock lag, hatte ich sieben Treppen zu erklimmen. Lange vor dem Ziel schon begann ich zu schnaufen, entweder weil meinen Füßen die Einlagen fehlten oder weil das Joggen noch nichts für Herz und Kreislauf getan hatte.

Was immer der Grund gewesen sein mochte, ich kam schon nach ein, zwei Minuten wieder zu Atem. Dann machte ich behutsam die Tür des Treppenhauses auf, schaute nach links und rechts wie ein gehorsames Kind, das die Straße überquert, schlich mich am Aufzug vorbei und in den Korridor, der zu Abel Crowes Wohnungstür führte.

Weshalb sollte ich mir sonst die Füße kitzeln lassen? Wenige Stunden zuvor war ich aufgewacht, hatte mich geduscht und rasiert und beim Frühstück über meinen Ausflug zum Riverside Drive und den nächtlichen Telefonanruf nachgedacht.

Jemand wollte also die Münze.

Das war keine Überraschung. Wenn sich der Wert eines Objektes, das ursprünglich fünf Cent gekostet hat, im Lauf der Jahre um das Zehnmillionenfache erhöht, muß die Welt nur so wimmeln von Leuten, die gar nichts dagegen hätten, es ihr eigen zu nennen. Wer wollte schon keinen 1913er V-Nickel haben?

Mein Anrufer aber wollte nicht einfach nur die Münze haben. Er

verlangte sie von mir, was bedeutete, daß er wußte, daß sie aus Colcannons Safe entfernt worden war – und von wem.
Wer war er? Und wo hatte er diese beiden Kleinigkeiten erfahren?
Ich goß mir einen Kaffee ein, kaute an einem Brötchen und brütete eine Weile dumpf vor mich hin. Ich ertappte mich bei Gedanken an die uneinnehmbare Festung, in der mein Freund Abel gelebt hatte und gestorben war und wo ihn die Münze – meine Münze! – überdauerte. Ich stellte mir den Portier vor, einen goldbetreßten Zerberus, einen dreiköpfigen Bouvier des Flandres in weinroter Livree. (Mein Verstand ist früh am Morgen etwas träge, die Phantasie aber zu großen Sprüngen fähig.) Ich stellte mir den Eingang vor, die stumpfen Marmorsäulen, die Bronzeschilder. Drei Analytiker, ein Zahnarzt, ein Kinderarzt, ein Fußspezialist, ein Augenarzt.
Da fiel es mir wie Schuppen von den Augen.
Ich aß mein Frühstück auf und entwickelte Geschäftigkeit. Da ich mir die Namen auf den Bronzeschildern nicht gemerkt hatte, nahm ich mir ein Taxi zur Ecke 89. Straße und Riverside Drive, wo ich nonchalant am Eingang vorbeischlenderte und mir rasch die sieben fraglichen Namen einprägte. Ein paar Türen weiter blieb ich stehen und schrieb sie rasch auf, ehe sie mir wieder entfielen, und ging dann weiter zum Broadway, wo ich in einem chinesisch-kubanischen Schnellimbiß an der Theke einen Kaffee trank. Mag sein, daß dort das chinesische oder kubanische Essen gut war. Der Kaffee jedenfalls schmeckte, als seien die Bohnen schön langsam in ranziger Butter geröstet worden.
Ich ließ mir einen Dollar wechseln und begann zu telefonieren. Zuerst versuchte ich es mit den Psychiatern und mußte feststellen, daß sie allesamt bis nächste Woche ausgebucht waren. Beim letzten ließ ich mir einen Termin für Montag in einer Woche geben, weil ich mir sagte, daß ich gut dort erscheinen könnte, falls sich bis dahin sonst nichts getan hatte, in welchem Fall ich seiner Dienste ohnehin bedurfte.
Dann sah ich mir die vier restlichen Namen an. Der Kinderarzt war schwierig, entschied ich, sofern ich mir nicht Jared Raphaelson ausborgte. Der Zahnarzt mochte mich annehmen, besonders, wenn ich einen Notfall vortäuschte, aber wollte ich mir von einem Unbekannten im Mund herumfuhrwerken lassen? Meine Zähne sind gut, und ich hatte keine Lust, »Ah« zu sagen.
Der Augenarzt kam mir am günstigsten vor, günstiger noch als die Analytiker. Eine Augenuntersuchung dauert nämlich nicht so

lange. Ich mußte nur verhindern, daß er mir Augentropfen gab, denn die würden das Schloßknacken erschweren.
So rief ich bei ihm an und erfuhr, daß der Bursche bis nächste Woche auf den Bahamas war.
Blieb also nur Murray Feinsinger. Beim Wählen fragte ich mich, unter welchem Vorwand man sich am besten einen Termin bei einem Fußspezialisten erschwindelt. Es meldete sich eine junge Frau, die nach Bronx klang (und, wie ich erfahren sollte, rote Haare hatte), und fragte mich nach der Natur meiner Beschwerden.
»Es sind meine Füße«, antwortete ich.
»Sind Sie Läufer oder Tänzer?«
Tänzer sehen wie Tänzer aus. Wie ein Läufer kann jedermann aussehen. Man braucht bloß zu schwitzen und komische Schuhe zu tragen.
»Läufer«, antwortete ich und bekam meinen Termin.
Daraufhin kehrte ich nach Hause zurück, wo ich im Interesse der angemessenen Erscheinung meine Mokassins mit den Pumas vertauschte. Dann rief ich Carolyn an, sagte unsere Verabredung für den Mittag ab und erklärte, einen Termin beim Arzt zu haben. Bei was für einem Arzt, wollte sie wissen, und da ich um eine Antwort verlegen gewesen wäre, wenn sie mich gefragt hätte, was denn mit meinen Füßen nicht stimmte, gab ich vor, zum Augenarzt zu müssen, da ich in letzter Zeit nach längerem Lesen öfters Kopfweh bekäme. Immerhin wußte ich noch nicht, daß ich unter Mortons Fuß litt und die Chondromata schon auf mich lauerten. Den nächtlichen Telefonanruf erwähnte ich mit keinem Wort.
Um ein Uhr fünfzehn erschien ich zu meinem Termin. Der Portier rief erst oben an, um sicherzustellen, daß ich auch willkommen war, und der Aufzugführer blieb stehen und wartete, bis ich vor der richtigen Tür stand. Und nun war ich um dreißig Dollar ärmer, meine Füße kamen mir viel zu schmal und meine Schuhe unmöglich weit vor. Vielleicht wäre ich doch besser zum Kinderarzt ge gangen. Hätte ihm ja ein falsches Geburtsdatum vorflunkern können...

Ich legte mein Ohr an Abels Tür, lauschte aufmerksam, hörte nichts. In den Türrahmen war ein Knopf eingelassen, den ich jetzt mit dem Zeigefinger piekte. In der Wohnung erklang ein gedämpftes Bong. Da ich keine Reaktion auf dieses Bong hörte, holte ich tief Luft, nahm mein Werkzeug aus der Tasche und machte die Tür auf. Das war so einfach, wie es sich anhörte. Die Polizei hatte einen

Aufkleber an die Tür gepappt, demzufolge Unbefugten, denen ich eindeutig zuzuordnen war, der Zutritt strengstens untersagt war, hatte sich aber nicht die Mühe gemacht, die Tür ordentlich zu versiegeln, vermutlich, weil die Sicherheitsvorkehrungen im Haus so streng waren. Der Schlosser, der Abels Schloß geöffnet hatte (indem er den Zylinder aufbohrte, ohne sich erst mit Dietrichen abzumühen, wie ich mißbilligend feststellte), hatte nur das ursprüngliche Schloß als Abschreckung gegen unbefugtes Eintreten unversehrt gelassen. Es war ein Segal mit Schnappschloß, das einrastete, wenn man die Tür zuschlug, und einem Riegel, den man mit dem Schlüssel betätigen mußte. Vermutlich hatten die Polizisten einen Schlüssel – den konnten sie vom Portier oder Hausverwalter erhalten haben –, aber der letzte, der die Wohnung verlassen hatte, konnte ihn nicht benutzt haben, denn die Tür war nur mit dem Schnappschloß gesichert, das ebensoleicht zu öffnen war wie die angeblich kindersicheren Aspirinröhrchen. Mit dem Schlüssel wäre ich zwar ein bißchen schneller gewesen, aber auch nur ein bißchen.

Ich trat ein, drückte die Tür zu, verriegelte sie. In der Diele blieb ich stehen und versuchte herauszufinden, was nicht stimmte. Irgend etwas nagte an mir, aber ich wußte nicht, was.

Zum Teufel damit. Ich ging aus der düsteren Diele ins Wohnzimmer, wo Licht durch die großen Fenster fiel. Am Fenster zur Linken sah ich einen Umriß aus Kreidestrichen, halb auf dem blankpolierten Parkett, halb auf dem Orientläufer. Der Läufer war ein Saruk, ein schönes Stück, dem die Kreidestriche nicht gut standen.

Ich sah mir die Striche an und konnte mir vorstellen, wie dort seine Leiche gelegen hatte: ein Arm ausgestreckt, ein Bein zu dem Sessel weisend, auf dem ich Dienstag nacht noch gesessen hatte. Ich wollte die Striche gar nicht sehen, aber mein Blick kam nicht von ihnen los. Ich hatte ein komisches Gefühl. Ich wandte mich ab, drehte mich wieder um, machte dann einen Bogen um die Kreidestriche, trat ans Fenster und schaute auf Park und Fluß.

Und dann erkannte ich, was in der Diele an mir genagt hatte. Etwas hatte gefehlt, wie mir vage bewußt wurde.

Der Kitzel war weg. Der kleine Adrenalinstoß, den ich immer empfinde, wenn ich eine Schwelle uneingeladen quere, fehlte einfach. Ich war als Einbrecher gekommen, hatte mir mit Schlauheit und Geschick Zugang verschafft, konnte aber weder Triumph noch Freude empfinden.

Es war nämlich die Wohnung meines alten Freundes, der kürzlich

hier gestorben war, und das nahm mir den Spaß.
Ich sah versonnen auf New Jersey in der Ferne – da gehört es auch hin. Seit ich die Wohnung betreten hatte, war der Himmel dunkler geworden. Es sah nach Regen aus, was bedeutete, daß der Hof um den Mond recht gehabt hatte oder auch nicht, je nachdem, was er ankündigen soll.
Nun, da ich wußte, was mich beunruhigte, fühlte ich mich ein wenig besser. Jetzt konnte ich es vergessen und beginnen, die Toten auszurauben.

Was ich selbstverständlich nicht tat. Ich hatte lediglich vor zu retten, was rechtmäßig mein war – oder unrechtmäßig, wenn Sie kleinlich sein wollen. Unter keinen Umständen konnte die Münze als Abels Besitz gelten; er hatte sie lediglich auf Kommission erhalten und von mir weder gestohlen noch gekauft.
Brauchte ich sie also nur noch zu finden.
Ich hätte natürlich die Methode der Vandalen anwenden können, die uns bei den Colcannons zuvorgekommen waren. Am schnellsten durchsucht man einen Raum, indem man alles auseinanderreißt und sich um die Trümmer nicht kümmert. Damit aber hätte ich aller Welt vor Augen geführt, daß hier jemand auf der Pirsch gewesen war, und welchen Sinn hatte das? Das hätte mich zwar nicht zu stören brauchen, aber ich bin halt von Natur aus ordentlich und vor allem nicht geneigt, das Haus eines verschiedenen Freundes zu schänden.
Auch Abel war ein Ordnungsfanatiker gewesen. Alles hatte seinen Platz und lag auch dort, und ich gab mir die größte Mühe, es wieder dort hinzustellen, wo ich es gefunden hatte.
Dies machte die Prozedur unbeschreiblich schwierig. Die sprichwörtliche Nadel im Heuhaufen zu suchen, wäre vergleichsweise ein Kinderspiel gewesen. Den Anfang machte ich bei den nächstliegenden Stellen, an denen Leute Dinge verstecken, auch jene Leute, von denen man annehmen könnte, sie wüßten es besser. Der Spülkasten der Toilette enthielt aber nur Wasser, die hohlen Röhren des Handtuchhalters, den ich im Bad von der Wand abschraubte, nur Luft, und der Mehlbehälter nur Mehl. Ich zog Schubladen heraus, um zu sehen, was an ihre Rück- oder Unterseiten geklebt war. Ich durchsuchte Kleiderschränke und Anzugtaschen, steckte die Hände in Schuhe und Stiefel, guckte unter Läufer und Teppiche.
Ich könnte nun seitenlang meine Suchaktion weiterbeschreiben,

aber was soll's? Drei Dinge, die ich nicht fand, waren der Stein der Weisen, der Gral und das Goldene Vlies. Ein viertes war der V-Nickel.
Allerdings kam mir eine ganze Reihe anderer interessanter Gegenstände unter. Ich fand Bücher in verschiedenen Sprachen, bis zu tausend Dollar wert. Sie zu entdecken, war keine große Leistung; sie gehörten zu Abel Crowes Bibliothek und standen offen im Regal.
Ich schaute hinter jedes Buch und blätterte jeden Band durch, fand in Hobbes' *Leviathan* alte Briefmarken aus Malta und Zypern und in *Sartor Resartus* von Thomas Carlyle fünfhundert Pfund Sterling. In einem hohen Regal entdeckte ich hinter Gedichtbänden von Byron und Shelley Münzen, die vermutlich sassanidisch waren.
Im Schlafzimmer standen zwei Telefone, eins auf dem Nachttisch, das andere auf der Frisierkommode gegenüber. Das kam mir übertrieben vor. Ich schaute genauer hin. Beide waren angeschlossen, aber der Apparat auf der Frisierkommode schien nicht zu funktionieren. So schraubte ich die Bodenplatte ab und stellte fest, daß das Ding ausgeschlachtet worden war und anstelle der Bauteile nun ein Bündel Fünfziger und Hunderter enthielt. Ich zählte bis zwanzigtausend und schätzte dann, daß ich rund dreiundzwanzigtausend Dollar vor mir hatte. Danach stopfte ich das Geld zurück und schraubte das Telefon wieder zu.
Das vermittelt einen ungefähren Eindruck von den Entdeckungen, die ich machte. Ich stieß immer wieder auf Wertsachen, was im Haus eines gutsituierten und kultivierten Hehlers auch nicht überraschend war. Ich fand weiteres Bargeld, Briefmarken und Münzen, dazu allerhand Schmuck, einschließlich der Uhr und des Ohrgehänges aus dem Colcannon-Einbruch. (Sie lagen in einem Klimakasten unter den Zigarren. Ich wurde ganz aufgeregt, als ich auf sie stieß, da ich hoffte, der Nickel sei in der Nähe, was aber nicht der Fall war. Niemals hatte ich Abel eine Zigarre rauchen sehen.)
In der Küche nahm ich mir ein Stück Sachertorte. Abgesehen davon und einem Glas Milch, das ich trank, nahm ich aus Abel Crowes Apartment nichts mit.
Ich dachte schon daran. Jedesmal, wenn ich auf etwas besonders Verlockendes stieß, war die Versuchung da, ich schaffte es aber einfach nicht, obwohl es recht simpel zu rechtfertigen gewesen wäre. Soweit ich wußte, hatte Abel keine Erben hinterlassen. Sollte doch einer auftauchen, würde er wahrscheinlich die Hälfte der Sachen, mit denen die Wohnung vollgestopft war, nie zu Gesicht

bekommen. Die Bibliothek würde en bloc an einen Antiquar gehen, der die Bücher mit einem hübschen Profit einzeln weiterverkaufen würde, ohne die Werte, die manche enthielten, überhaupt gewahr zu werden. Uhr und Ohrgehänge mußten in den Besitz des ersten Zigarrenrauchers übergehen, der hier hereinmarschiert kam, während die dreiundzwanzigtausend für immer im Telefon bleiben würden. Was wird aus Telefonen, wenn jemand stirbt? Gehen sie zurück an die Telefongesellschaft? Und wenn sie nicht funktionieren, werden sie dann repariert? Wer immer an diesem hier herumzuschrauben begann, hatte die größte Überraschung seines Lebens vor sich.
Warum bediente ich mich dann nicht?
Ich mußte wohl feststellen, daß ich nicht bereit war, die Toten zu berauben. Jedenfalls nicht einen toten Freund. Alles in allem fiel mir kein logisches Argument dafür ein. Die Toten mußte es doch sehr viel weniger stören als die Lebenden. Wenn sie es nicht mitnehmen können, kann es ihnen doch gleich sein, wo es landet. Und wie oft werden die Toten gefleddert. Polizisten tun das unablässig. Wenn in der Bowery ein alter Penner abkratzt, teilen sich die Beamten erst einmal das Bargeld, das sie bei ihm gefunden haben. Zugestandenermaßen stelle ich an mich selbst höhere Ansprüche als an Polizisten, aber so hohe nun auch wieder nicht. Es fiel mir schwer, das Geld liegenzulassen. Wenn ich irgendwo einbreche, nehme ich grundsätzlich alles Bargeld mit, das sich so findet. Selbst wenn ich das Haus aus einem anderen Grund betreten habe, stecke ich Geld fast automatisch ein. Man denkt nicht darüber nach. Man tut's einfach.
Diesmal aber nicht. Seltsamerweise hätte ich beinahe die Piaget-Uhr und die Smaragdgehänge mitgenommen, nicht etwa, weil sie mich reizten, sondern eher, weil sie mir fast gehörten. Immerhin hatte ich sie zusammen mit Carolyn geklaut.
Andererseits aber hatten wir unser Geld dafür bekommen. Demnach gehörten sie uns nicht mehr. Sie gehörten Abel und mußten in seiner Wohnung bleiben.
Eines der Bücher, die ich durchblätterte, war Spinozas *Ethik*, die ich ihm mitgebracht hatte, und nachdem ich die Suche hatte aufgeben müssen, nahm ich den Band und schlug ihn auf. Abel hatte noch in der letzten Nacht seines Lebens Platz im Regal für dieses Buch geschaffen. Vielleicht hatte er es erst noch einmal durchgeblättert, hier und dort angelesen.
»Es mag sich leicht ereignen«, las ich, *»daß ein eitler Mann hoffärtig*

wird und sich einbildet, allen angenehm zu sein, wo er doch in Wirklichkeit nichts als eine allgemeine Plage ist.«
Beim Gehen steckte ich das Buch ein. Warum, weiß ich nicht. Es war Abels Besitz – geschenkt ist geschenkt –, aber irgendwie fühlte ich mich berechtigt, es zurückzufordern.
Anscheinend kann ich es nicht ertragen, einen Ort mit leeren Händen zu verlassen.

13

Ich hätte ja auf die Gefahr hin, daß der Aufzugführer immer noch Dienst hatte und ungewöhnlich aufmerksam war, die Treppen bis zu Murray Feinsingers Stockwerk benutzen können, aber gerade als ich mich dem Aufzug näherte, hielt mich eine ältere Frau mit einem Nicken und einem Lächeln an. Sie trug eine schwarze Persianerjacke und hatte einen winzigen Hund auf dem Arm. Könnte ein Malteserhündchen gewesen sein. Carolyn hätte ihn mit einem Blick identifiziert.
»Sie kommen in den Regen«, sagte sie zu mir. »Gehen Sie zurück und holen Sie Ihren Regenmantel.«
»Ich bin sowieso schon zu spät dran.«
»Ich habe einen Regenmantel aus Kunststoff«, meinte sie. »Den trage ich immer gefaltet in der Handtasche bei mir. Sie sind doch der junge Stettiner, nicht wahr? Wie geht's Ihrer Mutter?«
»Oh, ganz gut.«
»Was macht ihre Halsentzündung?«
»Die ist schon viel besser.«
»Das hört man gern«, erwiderte sie und kraulte ihr Hündchen hinterm Ohr. »Es tut ihr bestimmt gut, Sie für ein paar Tage bei sich zu haben. Wie lange sind Sie denn hier? Nur übers Wochenende oder länger?«
»So lange es geht.«
»Wie lieb von Ihnen.« Der Aufzug kam, die Tür ging auf. Ich folgte ihr hinein. Es war immer noch derselbe Führer, aber sein Blick verriet nicht, daß er mich wiedererkannte. »Sie erinnern sich bestimmt nicht mehr an mich«, sagte die Frau. »Ich bin Mrs. Pomerance aus 11-J.«
»Aber natürlich kenne ich Sie noch, Mrs. Pomerance.«
»Ihrer Mutter geht es also besser. Wann habe ich nur zuletzt mit ihr

gesprochen? Wie schade um ihren Bruder. Ihr Onkel natürlich.« Was war dem passiert? »Jaja«, bemerkte ich und packte Spinoza fester, »so etwas kann passieren.«
»Es war das Herz, nicht wahr?«
»Jaja, sein Herz.«
»Wir müssen alle einmal gehen, und das war vielleicht nicht die schlimmste Art. Sie haben doch bestimmt von unserem Nachbarn gehört, Mr. Crowe aus 11-D?«
»Ja, das war doch erst kürzlich, nicht?«
»Vorgestern, heißt es. Wissen Sie, was die Leute über ihn sagen? Daß er Dieben ihre Beute abkaufte! Das stand in der Zeitung. Stellen Sie sich vor, in diesem Haus, nach Mietergemeinschaft und Umbau und allem möglichen, lebte ein Mann, der von Dieben kaufte. Und dann in seiner eigenen Wohnung erschlagen wurde.«
»Entsetzlich.«
Wir hatten das Erdgeschoß erreicht und gingen miteinander durch die Halle. Kurz vor dem Ausgang blieb sie stehen, nahm ihr Hündchen an die Leine und zog einen gefalteten Regenmantel aus Kunststoff aus ihrer Handtasche. »Den trage ich einfach überm Arm«, erklärte sie. »Wenn es zu regnen anfängt, brauche ich nicht erst nach ihm zu suchen. Ach, dieser Mr. Crowe – das gibt einem schon zu denken. So ein netter Mann, hatte im Aufzug immer ein freundliches Wort für einen übrig. Er mag kriminell gewesen sein, aber trotzdem ein guter Nachbar.«
Wir schlenderten am Portier vorbei, zögerten unter der Markise. Der Hund zerrte an der Leine, ihn zog es heftig zum Riverside Park. Mich zog es ebenso heftig nach Osten.
»Tja«, meinte ich, »er war halt ein Hehler.«
»Genau, das ist das rechte Wort. Ein Hehler.«
»Aber offensichtlich ein guter Mensch. Wer will da schon den ersten Stein werfen?«

Es rentierte sich nicht mehr, zurück in die Buchhandlung zu gehen. Es war schon nach Ladenschluß, als ich Abels Wohnung verließ. Auf dem Broadway nahm ich einen Bus, weil ich mit Spinoza unterm Arm nicht in den Regen geraten wollte. Der Regen ließ sich immer noch Zeit, als ich in der 72. Straße ausstieg und heimging. Im Briefkasten nichts als Rechnungen und Wurfsendungen. Ich trug alles nach oben, warf die Offerten jener, die mir etwas andrehen wollten, weg und legte die Schriebe der anderen, die bezahlt werden wollten, ab. Über Erwerb und Ausgaben vergeuden wir

unsere Kräfte, dachte ich und stellte Spinoza neben Wordsworth ins Regal.
Dann wählte ich die Nummer von Carolyns Wohnung. Niemand meldete sich. Ich rief in der Narrowback-Galerie an. Jared kam an den Apparat und sagte, seine Mutter sei ausgegangen. Im Hundesalon geriet ich an Carolyns Anrufbeantworter. Eine Nachricht hinterließ ich nicht.
Ich legte den Hörer auf, und ehe ich mich drei Schritte vom Apparat entfernt hatte, läutete es. Ich nahm ab und sagte »Hallo«. Ich wollte gerade zu einem zweiten Hallo ansetzen, als es an meinem Ohr klickte.
Falsch gewählt. Oder mein Anrufer der vergangenen Nacht. Oder eine Freundin, die im letzten Augenblick entschieden hatte, daß sie heute abend lieber doch nicht mit mir reden wollte. Oder jemand, der nur feststellen wollte, ob ich daheim war.
Oder nichts dergleichen.
Ich holte einen Regenschirm und ging zur Tür. Das Telefon klingelte wieder. Ich ging hinaus und schloß hinter mir ab. Das Geklingel folgte mir durch den Hausgang.

Nicht weit vom Broadway aß ich einen großen Teller Spaghetti und einen großen grünen Salat. Abgesehen von Milch und Kuchen in Abels Wohnung hatte ich seit dem Frühstück nichts zu mir genommen. Ich war hungrig, wütend, einsam und müde und konnte im Augenblick nur gegen die erste Empfindung etwas tun. Danach bestellte ich mir eine kleine Portion Tortoni – selten das interessante Dessert, das man sich erhofft –, und dazu trank ich vier Tassen pechschwarzen Espresso, jeweils mit einem Schuß Pernod. Als ich das Lokal verließ, fegte das Koffein durch meine Adern und brachte mich wieder in Schwung. Hungrig und müde war ich nicht mehr, und ich hatte auch fast vergessen, worüber ich wütend gewesen war. Einsam fühlte ich mich noch immer, konnte aber damit leben.
Ich ging durch den Regen nach Hause. Da kein Mond zu sehen war, wußte ich auch nicht, ob er einen Hof hatte oder nicht. Als ich mein Haus betrat, begrüßte mich der gewöhnlich sture Portier mit Namen. Zuvor, als ich heimgekommen und dann zum Essen ausgegangen war, hatte er mich ignoriert. Er und Felix, sein Kollege, sind ein seltsames Paar, der eine träger als der andere, und der dritte Türsteher, der die Nachtschicht schiebt, ist niemals nüchtern. Jemand sollte sie einmal alle drei zur Grundausbildung

in Haus Riverside Drive Ecke 89. Straße schicken.
Als ich durch die Vorhalle ging, erhob sich eine Frau von dem geblümten Sessel. Sie mochte achtundzwanzig sein. Eine Mähne aus losen schwarzen Locken fiel ihr bis knapp über die Schultern. Ihr Gesicht war ein auf dem Kopf stehendes Dreieck, das sich über einen schmalen Mund zu einem spitzen Kinn verjüngte. Ihre Lippen glänzten grellrot, und wenn die Wimpern echt waren, mußte ihr Wachstum mit Kunstdünger stimuliert worden sein.
»Mr. Rhodenbarr?« sagte sie. »Ich muß Sie sprechen.«
Hm, damit war des Portiers Begrüßung erklärt. »Ja, bitte?«
»Es ist ziemlich wichtig. Wie wär es, wenn wir nach oben gingen? In Ihre Wohnung?«
Sie klimperte mit ihren unglaublichen Wimpern. Darüber nahmen zwei dünne schwarze Kurven die Stelle der Brauen ein, die Gott ihr gegeben hatte. Wahrlich, ich sage euch: Wem seine Augenbrauen ein Ärgernis sind, der reiße sie aus.
Sie sah aus wie der Traum eines Masochisten, ins Bild gesetzt von der fiebrigen Feder eines pubertären Comic-Zeichners. Schwarze Schuhe mit hohen, spitzen Absätzen und Riemen um die Fesseln. Hautenge, schwarzglänzende Hosen aus Vinyl. Eine blutrote Bluse aus einem glänzenden Kunstfaserstoff, so eng und anschmiegsam, daß man keinen Moment lang vergessen konnte, daß der Mensch zur Gattung der Säugetiere gehört.
Ein eingerollter schwarzroter Schirm. Eine schwarzglänzende Handtasche, die genau zu den Hosen paßte. Goldene Ohrringe. Die Smaragde, die wir bei den Colcannons gefunden und an Abel weiterverkauft hatten, mochten, von diesen Ohrläppchen baumelnd, prächtig aussehen, dachte ich. Ob ich wohl rasch gehen und sie holen sollte?
»In meiner Wohnung«, sagte ich.
»Ginge das?«
»Warum nicht?«
Im Aufzug bekam ich eine volle Dosis ihres Parfüms. Es enthielt eine Menge Moschus und Patschuli, und der Effekt war erotisch und billig zugleich. Ich konnte mich des Verdachts nicht erwehren, daß es sich überhaupt nicht um Parfüm handelte, sondern daß sie mit diesem Geruch auf die Welt gekommen war.
Der Aufzug hielt auf meinem Stockwerk. Die Tür öffnete sich. Wir gingen durch den schmalen Korridor. Ich stellte mir vor, wie alle meine Nachbarn jetzt ein Auge an den Spion drückten, um zu sehen, was der Nachbar Einbrecher sich für die Nacht geangelt

hatte. Als wir an Mrs. Heschs Tür vorbeikamen, bildete ich mir ein, sie mißbilligend zischen zu hören.
Wir hatten im Aufzug kein Wort gewechselt und schwiegen auch im Korridor. Am liebsten hätte ich großgetan und die Tür ohne Schlüssel aufgemacht, beherrschte mich aber und öffnete die diversen Schlösser auf konventionelle Weise. Drinnen knipste ich geschäftig Lampen an und wünschte mir nur, ich hätte nach Denises Besuch das Bettlaken gewechselt. Nicht daß mein Gast den Eindruck erweckte, als hätte sie etwas dagegen, sich in einem Bett zu suhlen, in dem kürzlich eine andere Frau gelegen hatte, aber trotzdem.
»Wie wär's mit einem Glas«, schlug ich vor. »Was kann ich Ihnen zurechtmachen?«
»Nichts.«
»Kaffee? Tee?«
Sie schüttelte den Kopf.
»Nehmen Sie doch Platz. Machen Sie es sich bequem. Und ich weiß auch noch nicht, wie Sie heißen.«
Ich glaube kaum, jemals zuvorkommender gewesen zu sein, aber ich konnte einfach nicht anders. Sie war auffällig und ordinär und völlig unwiderstehlich, und ich konnte mich nicht entsinnen, jemals in meinem Leben so erregt gewesen zu sein. Ich mußte mich beherrschen, um nicht auf allen vieren zu gehen und in den Teppich zu beißen.
Sie setzte sich weder hin, noch nannte sie ihren Namen. Ihre Miene umwölkte sich kurz, dann senkte sie den Blick und griff in ihre Handtasche.
Heraus kam eine Pistole.
»Du Scheißkerl«, zischte sie. »Rühr dich bloß nicht vom Fleck, sonst leg ich dich um.«

14

Ich rührte mich nicht vom Fleck, sie blieb, wo sie war, und auch die Pistole blieb, wo sie war – in ihrer Hand. Sie wackelte ein bißchen, aber nicht zu sehr, und zielte direkt auf mich.
Wie eine Kanone sah sie nicht gerade aus. Waffen, die in Büchern auf Detektive gerichtet werden, sehen grundsätzlich wie Kanonen aus, und von ihren Mündungsöffnungen sagt man gern, sie glichen

Höhlen. Die Pistole war unbestreitbar klein und hatte gerade die richtigen Proportionen für ihre schmale Hand. Letztere, wie mir nun auffiel, war wohlgeformt, und der Nagellack paßte im Ton genau zu Lippenstift und Bluse. Die Waffe war selbstverständlich schwarz, eine mattschwarze, flache, automatische Pistole, deren Lauf höchstens fünf Zentimeter maß. Alles an dieser Dame war rot oder schwarz. Ihr Lieblingsautor mußte Stendhal sein.

Das Telefon ging. Ihr Blick zuckte hinüber zum Apparat, dann wieder zurück zu mir. »Ich gehe besser dran«, meinte ich.

»Eine Bewegung, und ich schieße.«

»Es könnte aber wichtig sein. Wenn's nun der Goldregen ist?«

Bildete ich es mir nur ein, oder hatte sich ihr Finger wirklich am Abzug gekrümmt? Das Telefon klingelte weiter. Sie aber war mit dem Hinsehen fertig, und ich war nicht in der Lage, etwas anderes anzuschauen als die Pistole.

Ich mag Waffen nicht. Es sind raffinierte kleine Maschinen, gebaut nur zu dem einen Zweck des Menschentötens, was ich widerlich finde. Waffen machen mich nervös, und da ich ihnen nach Möglichkeit aus dem Weg gehe, verstehe ich auch nicht viel von ihnen. Ich wußte allerdings, daß Revolver Trommeln haben und sich daher für russisches Roulett eignen, wohingegen automatische Pistolen des Typs, den mein Gast in der Hand hielt, mit einem Sicherungshebel ausgestattet sind. Dieser, wenn betätigt, blockiert den Abzug und macht das Abfeuern der Waffe unmöglich.

Am Ende des Laufs konnte ich etwas sehen, das ein Sicherungshebel sein mochte. Und ich hatte genug gelesen, um zu wissen, daß Personen, die im Umgang mit Waffen nicht sehr erfahren sind, gelegentlich vergessen, sie zu entsichern. Wenn ich nun wußte, ob sie entsichert war oder nicht, konnte ich vielleicht –

»Sie ist geladen«, sagte sie. »Nur keine Angst.«

»Ich habe keine Angst.«

»Ihnen ist aber irgend etwas durch den Kopf gegangen.« Dann sagte sie: »Oh!« und entsicherte die Pistole mit dem Daumen. »Bitte. Versuchen Sie bloß keine Tricks. Klar?«

»Sicher. Wenn Sie das Ding nur vielleicht anderswo hinhalten könnten –«

»Ich will aber nicht anderswo hinschießen. Ich will auf Sie schießen können.«

»Sagen Sie doch so was nicht.« Das Telefon war verstummt. »Ich kenne Sie noch nicht einmal. Ich weiß gar nicht, wie Sie heißen.«

»Was macht das für einen Unterschied?«

»Ich dachte nur –«
»Ich bin Marilyn.«
»Ah, das wäre immerhin ein Anfang.« Ich bemühte mich um mein gewinnendstes Lächeln. »Ich heiße Bernie.«
»Ich weiß, wer Sie sind. Aber Sie wissen immer noch nicht, wer ich bin.«
»Sie sind Marilyn.«
»Ich bin Marilyn Margate.«
»Doch nicht etwa die Schauspielerin?«
»Was für eine Schauspielerin?«
Ich zuckte die Achseln. »Keine Ahnung. Sie sagten Ihren Namen nur so, als erwarteten Sie von mir, daß ich ihn kenne. Tu ich aber nicht. Ist es vielleicht möglich, daß Sie an den falschen Bernie Rhodenbarr geraten sind? Ich weiß, es ist ein ungewöhnlicher Name, aber vielleicht gibt es nicht nur einen von uns. Ich heiße Bernard *Grimes* Rhodenbarr. Grimes war der Mädchenname meiner Mutter, wie Bouvier oder Flanders und so –«
»Dreckskerl!«
»Hab ich was Falsches gesagt?«
»Da haben wir's ja! Bouvier. Flanders. Sie haben Wanda umgebracht.« Diesmal bildete ich es mir nicht ein; ihr Finger krümmte sich tatsächlich um den Abzug. Und das Ding begann langsam wirklich wie eine Kanone auszusehen, und seine Mündung wie das schwarze Loch von Kalkutta.
»Moment«, sagte ich. »Sie machen einen schweren Fehler. Ich habe noch nie in meinem Leben jemandem etwas zuleide getan. Es stört mich schon, wenn ich auf eine Küchenschabe trete. Ich habe Gandhi Gewaltlosigkeit beigebracht. Verglichen mit mir war Albert Schweitzer ein tollwütiger Killer. Ich –«
»Hören Sie auf zu sabbern.«
Ich hielt den Mund.
»Sie wissen also nicht, wer ich bin?« meinte sie. »Na, ich dachte, mein Nachname würde Ihnen etwas sagen. Rabbit Margate ist mein Bruder.«
»Rabbit Margate.«
»Genau.«
»Ich weiß nicht, wer das ist.«
»George Edward Margate, aber alle nennen ihn Rabbit. Gestern nachmittag wurde er wegen Mordes und Einbruchs verhaftet. Die Polizei behauptet, er hätte Dienstag nacht Wanda Colcannon ermordet. Mein Bruder hat noch nie jemanden getötet.«

»Ich auch nicht. Sehen Sie doch mal –«
»Ruhe. Entweder haben Sie es getan, oder Sie wissen, wer es war. Und Sie werden es auch gestehen. Meinen Sie vielleicht, ich lasse meinen Bruder ins Gefängnis wandern für einen Mord, den er nicht begangen hat? Entweder packen Sie jetzt aus, oder ich schieße Sie tot.«

Wieder ging das Telefon. Sie schenkte ihm überhaupt keine Beachtung, und ich fragte mich, wer das sein konnte.
War wohl nicht so wichtig. Das Läuten hörte auf. »George Edward Margate, auch Rabbit genannt«, sagte ich zu ihr. »Sie sind also seine Schwester Marilyn.«
»Sie kennen ihn also doch!«
»Nein. Seinen Namen habe ich von Ihnen zum erstenmal gehört. Jetzt weiß ich aber, wer er ist. Er brach am Dienstag bei den Colcannons ein und ließ das Radio an.«
»Und Sie waren auch da. Sie haben es gerade eingestanden.«
»Und Rabbit war dort, stimmt's?«
Ihre Miene wurde mißtrauisch. »Seit wann stellen Sie denn die Fragen? Sie sind doch nicht von der Polizei.«
»Nein, aber ich bin auch nicht der Mörder. Ich habe am Dienstag niemanden umgebracht. Und Ihr Bruder auch nicht.«
»Sie sagen selbst, daß er es nicht war.«
»Genau. Er brach aber ein – durch das Oberlicht im Schlafzimmer. War er allein?«
»Nein. He, langsam, was stellen Sie mir dauernd Fragen? Ich brauche Ihnen doch nicht zu sagen, wo er war und mit wem?«
»Sie brauchen überhaupt nichts zu sagen. Immer mit der Ruhe, Marilyn, Rabbit ist kein Mörder.« Ich holte Luft. Die Zeit für entwaffnende Offenheit schien gekommen zu sein. »Ich war nämlich selbst dort, nachdem Rabbit und sein Partner verschwunden waren. Als er mit seinem Freund ausräumte, waren die Colcannons nicht zu Hause, und sie kamen auch nicht zurück, als ich in ihrem Haus war.«
»Das können Sie nicht beweisen.«
»Niemand kann beweisen, daß ich überhaupt dort war. Ich aber kann beweisen, daß ich den Colcannons nicht begegnet bin, denn Herbert Colcannon hat mich heute früh durch einen Einwegspiegel eingehend betrachtet, konnte mich aber nicht identifizieren.«
Sie nickte langsam. »Ja, das sagten sie: Es gäbe einen zweiten Verdächtigen namens Rhodenbarr, aber den mußten sie laufenlas-

sen, weil Colcannon ihn noch nie gesehen hatte. Meinen Bruder Rabbit konnte er aber identifizieren. Dabei weiß ich, daß er ihn noch nie gesehen hat. So dachte ich mir, es läge ein Irrtum vor oder Sie hätten jemanden geschmiert. Jedenfalls sitzt mein Bruder in der Tinte wegen einer Sache, mit der er nichts zu tun hat, und da dachte ich mir, wenn ich den Schuldigen finde –«

»Der bin ich aber nicht, Marilyn.«

»Wer dann?«

»Kann ich nicht sagen.«

»Ich auch nicht, und –« Sie schwieg abrupt und schaute die Pistole in ihrer Hand an. »Die ist geladen.«

»Dachte ich mir.«

»Ich hätte Sie beinahe erschossen. Als ob damit Rabbit geholfen wäre.«

»Passen Sie auf, ich will –«

Lautes Klopfen an der Tür!

Keine Frage, wer diesmal klopfte. Ich legte einen Finger an die Lippen, trat dann auf sie zu und flüsterte ihr ins Ohr: »Cops!« Ich wies zur Badezimmertür, und sie vergeudete keine Zeit mit Fragen, sondern verschwand mit ihrer Pistole in der Hand im Bad, gerade als mein neuester unangemeldeter Gast erneut an die Tür hämmerte.

Ich fragte, wer es sei. »Der, mit dem du gerechnet hast, Bernie. Los, mach auf.«

Ich schloß auf und ließ Ray Kirschmann herein. Er trug den Anzug, den er gestern angehabt hatte, und da er jetzt feucht war, saß er noch schlechter. »Puh, Regen«, stieß er hervor, nahm seinen Hut ab und hielt ihn schräg, so daß alles Wasser, das sich in der Krempe angesammelt hatte, auf meinen Boden platschte.

»Danke«, meinte ich.

»Was?«

»Ich hatte Ärger mit meinem Parkett, weil es zu trocken war, und hoffte, daß jemand vorbeikommt und es wässert. Vielleicht rufst du aber das nächste Mal erst an, Ray.«

»Hab ich getan. Du warst besetzt.«

»Komisch. Ich war gar nicht am Apparat.« Womöglich hatte er telefoniert, als jemand anders versuchte, mich zu erreichen. »Was führt dich hierher?«

»Meine Herzensgüte«, erwiderte er. »Dieser Tage tue ich dir einen Gefallen nach dem anderen. Zweimal habe ich dich zu deinem Laden gefahren. Und heute abend komme ich vorbei, um zu

berichten, daß du sauber bist, was den Fall Colcannon betrifft. Einen der Täter haben sie bereits geschnappt.«
»Wirklich?«
Er nickte. »Einen gewissen George Margate. Junger Kerl, hat aber schon 'ne ganze Latte. Zwei-, dreimal wegen Einbruchs gesessen. War zwar noch nie gewalttätig, aber du kennst ja diese jungen Typen. Charakterlich nicht gerade gefestigt. Vielleicht war es sein Partner, oder sie standen unter Drogeneinfluß. In seinem Kühlschrank haben wir einen Beutel Marihuana gefunden.«
»Schockierend.«
»Auf das Gras kommt es nicht so an. Interessanter ist, was wir bei ihm gefunden haben. Er hatte eine Zweizimmerwohnung in der Tenth Avenue, nicht weit von der Mietskaserne, in der er aufwuchs. Ziemlich heruntergekommene Gegend, nur daß man sie jetzt Clinton nennen muß, damit die Leute vergessen, daß es ein Slum ist. Wir haben die Wohnung durchsucht und Colcannons halben Hausrat gefunden. Ein zwölfteiliges Silberservice mit Schüsseln und Platten. Ist ein Vermögen wert.«
»Ich erinnere mich an eine Zeit, da war es kaum stehlenswert«, sagte ich, von Nostalgie ergriffen. »Dann stieg es von einsneunundzwanzig die Unze auf vierzig Dollar. Früher war sogar *Gold* mal billiger.«
»Irgendwer dreht am Silbermarkt ein großes Rad. Ach ja, Pelze haben wir auch gefunden, bodenlange Nerzmäntel, Marderjacken und was sonst noch. Alles stand auf der Liste, die Colcannon uns gegeben hatte, sogar die Kürschneretiketten waren noch drin. Insgesamt haben wir die Hälfte der als fehlend gemeldeten Sachen aufgetrieben, dazu noch anderen Kram, den er gar nicht aufgeschrieben hatte. Wer hat schon eine komplette Liste aller seiner Habseligkeiten? Wir nehmen an, daß die Burschen die Beute geteilt haben und daß der Rest bei Margates Partner liegt, falls er noch nicht verkauft ist.«
»Wer ist der Partner?«
»Das wissen wir noch nicht. Margate wird schon mit seinem Namen herausrücken, wenn ihm dämmert, daß er sich nur so eine milde Strafe einhandeln kann, aber im Augenblick mimt er den James Cagney im Knast.«
»Wie seid ihr auf ihn gekommen, Ray?«
»Auf die übliche Weise. Jemand hat gesungen. Vielleicht hat er in einer Bar herumgeprotzt und mit Geld um sich geworfen. Jemand hat zwei und zwei addiert. In seiner Gegend ist jeder dritte ein

Spitzel. Außerdem war der Colcannon-Job ganz in der Nähe.«
Ich nickte. »Nett von dir, Ray, daß du vorbeigekommen bist, um mir Bescheid zu sagen. Ich weiß das wirklich zu schätzen.«
»Ehrlich gesagt bin ich aus demselben Grund hier wie das letzte Mal. Ich kam vorbei, um bei dir aufs Klo zu gehen.«
»Das funktioniert nicht.«
»Na so was.« Er ging weiter auf die Tür zu. »Manchmal repariert sich so was von selbst. Vielleicht sehe ich mal nach. Mein Onkel, der Klempner, hat mir früher so dies und das beigebracht.«
Hatte sie abgeschlossen? Ich hielt den Atem an, als er am Knopf drehte und die Tür verschlossen fand.
»Die Tür klemmt«, murrte er.
»Muß am Wetter liegen.«
»Jaja, ist ziemlich feucht. Komm schon, als pensionierter Einbrecher mußt du doch in der Lage sein, deine eigene Badezimmertür zu knacken.«
»Man kommt aus der Übung.«
»Wie wahr.« Er ging zum Fenster und starrte hinaus in die Finsternis. »Wenn das Wetter nicht so miserabel wäre, könnte man bestimmt das Trade Center sehen.«
»Könnte man.«
»Und der alte Abel Crowe hatte eine Aussicht über ganz Jersey. Sind doch immer die Gauner, die die Wohnungen mit dem schönsten Blick haben. Wenn ich aus meinem Fenster gucke, sehe ich Mrs. Houlihans Wäscheleine. Bernie, ich will unbedingt die Fälle Colcannon und Crowe lösen. Bei Crowe haben wir überhaupt keine Spur, nicht den geringsten Hinweis. Niemand weiß etwas.«
»Was weiß Rabbit denn von Abel?« Himmel, warum nannte ich ihn so?
»Rabbit?« Er runzelte die Stirn, zwinkerte. »Ich sagte doch, der spielt den harten Brocken à la Cagney. Den Namen hat er bestimmt noch nicht gehört, aber schließlich gibt es noch einen Partner. Obwohl wir noch nicht wissen, wer er ist.«
»Und?«
»Du könntest mir verraten, Bernie, ob jemand versucht haben könnte, Abel Crowe Schmuck und Silber zu verkaufen.«
Darüber dachte ich nach oder bemühte mich zumindest, diesen Eindruck zu erwecken. »Pelze nahm Abel nie«, sagte ich. »Marken, Münzen, Schmuck – das war sein Gebiet. Gewöhnliches Silber interessierte ihn nicht. Das mochte sich seit der Preissteigerung geändert haben, aber wer braucht heutzutage einen Hehler für

Silber? Man trägt das Zeug einfach zu einem Laden, wo sie Silber nach Gewicht kaufen und einschmelzen. Nein, ich kann mir nicht vorstellen, daß jemand Silber in großen Mengen zu Abel geschleppt hat.«
»Ja, so hatte ich auch gedacht. Wer ist bei dir im Bad, Bernie?«
»Greta Garbo.«
»Die wollte wohl allein sein, was?«
»Das sagte sie jedenfalls zu mir.«
»Na, wird wohl stimmen. Ich weiß übrigens, daß es nicht die Dame ist, die letzte Nacht hier war. Keine Stummel im Aschenbecher. Und ein anderes Parfüm. Diese Sorte habe ich hier noch nie gerochen.«
»Äh-hemm. Es wird langsam spät, Ray.«
»Früher wird's nie, was? Bernie, was hast du aus Colcannons Safe geholt?«
»An dem war ich nie dran.«
»Er schrieb zwei Gegenstände auf, die im Safe lagen. Eine Uhr und Schmuck. Ein Paar Ohrringe, glaube ich. Die fanden sich nicht bei Margate. Wäre doch komisch, wenn wir die im Riverside Drive entdeckten.«
»Ich weiß nicht, worauf du hinauswillst.«
»Ich kann dir sagen, Bernie, das weiß ich die meiste Zeit selbst nicht. Ich stochere bloß herum und sehe, was dabei herauskommt. Wie beim Puzzle – man experimentiert.«
»Hört sich faszinierend an.«
»Ist es auch. Woher kennst du eigentlich Margate?«
»Ich kenne ihn gar nicht. Hier stimmt dein Puzzle nicht. Stochere mal anderswo.«
»Komisch, ich hätte schwören können, daß ich auf der richtigen Spur war. Woher weißt du eigentlich, daß man ihn Rabbit nennt?«
»So hast du ihn genannt, Ray.«
»Glaube ich aber nicht. Ich habe ihn George genannt.«
»Ja, als du ihn zum erstenmal erwähntest. Später hast du ihn Rabbit genannt.«
Er schüttelte den Kopf. »Glaube ich immer noch nicht. Ich habe ihn absichtlich nicht Rabbit genannt, weil ich sehen wollte, wie du reagierst.«
»Du mußt dich versprochen haben.«
»Oder du.« Er nahm seinen Hut ab, bog die Krempe zurecht, setzte ihn wieder auf. »Na, dann zieh ich mal ab, Bernie. Kannst die kleine Lady wieder aus dem Bad lassen. Heutzutage braucht man doch

nicht so verschämt zu sein.« Er seufzte. »Hehler und Einbrecher, die haben die schönsten Aussichten und massenhaft Frauen. Die einzige Frau, die du in meinem Bad findest, ist meine Alte, und wenn ich aus dem Fenster gucke und nicht Mrs. Houlihans Wäsche sehe, kommt mir Mrs. Houlihan selbst vor Augen, und wenn man mir die Wahl zwischen beiden läßt, gucke ich mir lieber die Wäsche an. Kein Honigschlecken, das kann ich dir sagen.«

»Hast mein volles Mitgefühl.«

»Hab ich auch erwartet. Bernie, es täte mir wirklich leid, wenn du wegen Colcannon stolpern würdest. Rabbit haben wir schon, warum willst du dafür sitzen? Weißt du, was ich meine?«

Ich schwieg.

»Und wenn für meine viele Mühe ein bißchen was herausspringt, vergesse ich vielleicht ein paar Kleinigkeiten, die mir untergekommen sind. Weißt du, was ich meine?«

Ich wußte wohl, was er meinte.

Nachdem Ray gegangen war, schloß ich ab. Dann blieb ich eine ganze Weile an der Tür stehen, öffnete die Schlösser wieder und zog die Tür weit genug auf, um den Korridor entlang bis zur Aufzugtür schauen zu können. Sofern er nicht so gewitzt gewesen war, um die Ecke zu verschwinden, war er weg.

Ich schloß also wieder zu und ging zur Badezimmertür, um Marilyn zu sagen, die Luft sei rein.

Sie hatte fast alles mitbekommen. Nachdem wir uns ausgesprochen hatten, schien sie mir zu glauben, daß ich nichts mit dem Mord an Wanda Colcannon zu tun gehabt hatte. Doch sie wußte, daß Rabbit ebenso unschuldig war, und wollte ihm aus der Klemme helfen.

»Und sein Partner?« fragte ich. »Mit wie vielen hat Rabbit denn gearbeitet?«

»Nur mit einem.«

»Und wissen Sie, wer das war?«

»Ich weiß nicht, ob ich das verraten soll.«

»Ich werde es jedenfalls nicht weitersagen. Und die Polizei kennt ihn wahrscheinlich ohnehin, wenn er nicht schon längst in Haft ist.«

»Rabbit würde ihn nicht verpfeifen.«

»Warum nicht?« wandte ich ein. »Die meisten Leute fangen früher oder später an zu reden. Und selbst wenn Rabbit die härteste Nuß seit G. Gordon Liddy ist, erwischt die Polizei seinen Partner so, wie sie Rabbit geschnappt hat – ein Spitzel in der Nachbarschaft macht sich einen Reim und ruft die Cops.«

»Warum wollen Sie denn wissen, wer es war?«
»Weil er womöglich die Beute mit Rabbit teilte und dann zurückging, um sich noch einmal am Safe zu versuchen. Vielleicht sogar mit einer dritten Person.«
»Ach so.« Sie legte einen Finger an ihr spitzes Kinn. Ihre Augen hatten, wie mir auffiel, das viele Make-up gar nicht nötig. Sie waren schon von Natur aus groß genug. »Das traue ich Harlan aber nicht zu.«
»Harlan?«
»Harlan Reese. Er war mit Rabbit zusammen. Ich glaube nicht, daß Harlan allein zurückging, ohne Rabbit etwas zu sagen.«
»Vielleicht gingen sie gemeinsam zurück.«
»Sie glauben immer noch, daß Rabbit sie umgebracht hat.«
»Das habe ich nicht behauptet. Wie können Sie aber so sicher sein, daß Harlan es nicht war?«
»Harlan kehrte jedenfalls nicht ins Haus der Colcannons zurück. Das kann ich mit Bestimmtheit sagen.«
Das ließ ich hingehen. Wir sprachen über die dritte Partie Einbrecher, über die Carolyn und ich spekuliert hatten, und als ich die Theorie erklärte, kam sie mir so knifflig vor wie das Unterfangen, den dritten Mörder in *Macbeth* zu entlarven. Ein paar streunende Vandalen, die müßig auf der Suche nach Beute über die Dächer hüpften, ganz zufällig auf ein zerschlagenes Oberlicht stießen, zu kriminellem Behufe mal hineinschauten und auf dem Weg nach draußen einen kleinen Mord verübten – vor einer Weile hatte ich das alles recht überzeugend gefunden. Nun schien es mir auf einer Plausibilitätsskala einen Platz zwischen Weihnachtsmann und Osterhase einzunehmen.
Ray hatte nämlich ganz recht, wenngleich aus den falschen Gründen. Irgendwo waren die Mordfälle Crowe und Colcannon miteinander verkettet. Und Rabbit Margate konnte der Mordanklage nur entgehen, wenn jemand den wahren Täter präsentierte, was die Polizei nicht tun würde, da sie ja bereits sicher war, den richtigen Mann zu haben.
Und wenn Rabbit nicht entlastet wurde, saß ich in der Tinte, denn Rabbits Schwester wußte, daß ich in Colcannons Haus gewesen war, und Ray wußte, daß ich von Rabbit schon gehört haben mußte, ehe er seinen Namen erwähnte – kurz, Ray hatte den Verdacht, daß ich mit Colcannon und Crowe etwas zu tun hatte, und früher oder später mußte er auf diesen Verdacht hin in Aktion treten.
Zuallererst einmal konnte er Abels Wohnung ebenso gründlich

durchsuchen, wie ich es getan hatte. Das Geld im Telefon und die seltenen Marken in den Büchern würde er wohl übersehen, die Uhr und das Ohrgehänge unter den Zigarren aber kaum. Wenn er die fand, würde er die ganze Wohnung noch einmal auf Fingerabdrükke untersuchen lassen.
Und dann würde es wirklich heiß für mich. Da man nach der Auffindung von Abels Leiche bereits nach Abdrücken gesucht hatte, war es mir überflüssig erschienen, mich erst groß mit Handschuhen herumzuschlagen, und, hm, außerdem hatte ich vergessen, ein Paar mitzubringen, was bedeutete, daß überall in der verdammten Wohnung meine Tätzchen prangten. Ein Mord war damit zwar noch nicht bewiesen (immerhin waren die Abdrücke bei der ersten Inspektion nicht dagewesen), aber sie mußten eindeutig darauf hinweisen, daß ich Abel *nach* seinem Tod einen Besuch abgestattet hatte. Und wie sollte ich das erklären?
Ich nahm den Hörer ab und wählte Carolyns Nummer. Keine Antwort. Ich rief bei Denise an und erfuhr von Jared, sie sei noch nicht heimgekommen. Irgend etwas stimmte nicht mit den Telefonen, ging es mir durch den Sinn, denn ich rief immer wieder Leute an und wurde angerufen, aber zum Sprechen schien niemand zu kommen. Mein Leben wurde zum Symbol für das Versagen der Kommunikation im Zeitalter der Entfremdung.
Ich wählte 246-4200. Es meldete sich jemand, und ich lauschte eine Minute lang, ohne ein Wort zu sagen. Dann legte ich auf und wandte mich an Marilyn, die mich seltsam ansah.
»Sie haben ja gar nichts gesagt«, meinte sie.
»Stimmt. Ich werde Ihnen helfen.«
»Wie denn?«
»Indem ich die Polizei dazu bringe, Rabbit freizulassen.«
»Wie wollen Sie das schaffen?«
»Indem ich herausfinde, wer der dritte Einbrecher war. Indem ich in Erfahrung bringe, wer Wanda Colcannon ermordet hat.«
Ich fürchtete schon, sie könnte fragen, wie ich das denn zu bewerkstelligen gedächte, denn ich hätte ihr die Antwort schuldig bleiben müssen. Statt dessen aber wollte sie wissen, weshalb.
»Mein letzter Anruf ging an die Telefonseelsorge«, erklärte ich. »›Das Gebet des Tages‹, vom Band.«
»Irre komisch.«
»Ich meine das ernst. Heute lautete das Gebet ungefähr so: ›O Herr, laß mich heute etwas tun, was ich noch nie versucht habe. Zeige mir, wie ich einem Mitmenschen zu Diensten sein kann.‹ Es ging

noch eine Zeitlang so weiter, aber das war der Kernpunkt.«
Sie zog ihre aufgemalten Augenbrauen hoch. »Ausgerechnet die Telefonseelsorge«, murrte sie.
»Rufen Sie selbst an, wenn Sie mir nicht glauben.«
»Und deshalb wollen Sie Rabbit helfen.«
»Es ist ein Motiv. Reicht das nicht?«
»Muß wohl«, gab sie mürrisch zurück.

15

Am liebsten wäre Marilyn sofort gegangen. Sie wollte einen Anwalt aufsuchen, der vielleicht erreichen konnte, daß Rabbit gegen Kaution freigelassen wurde. Außerdem meinte sie, sie müsse sich Harlan Reese einmal vorknöpfen. Dann, nachdem ich sie vor Ray Kirschmann gewarnt hatte, der womöglich unten in der Halle wartete oder draußen auf der Straße lauerte, machte sie eine Kehrtwendung.
»Au wei, da bleibe ich vielleicht lieber hier.«
Ich schaute sie an, eine Vision in *rouge et noir*, atmete ihren Duft ein und lauschte erstaunt meiner eigenen Stimme, die ihr sagte, das sei keine so gute Idee. »Sie haben Dinge zu erledigen«, sprach ich, »und ich auch. Zudem könnte Ray fies werden und mit Haussuchungsbefehl und Stemmeisen zurückkommen, und dann wäre selbst die Badezimmertür nicht mehr sakrosankt. Nur die Pistole sollten Sie vielleicht hierlassen.«
Sie schüttelte den Kopf. »Die gehört mir nicht. Meine Chefin hat sie in der Schublade, falls wir mal überfallen werden. Aber wer soll schon einen Schönheitssalon überfallen?«
»Arbeiten Sie dort?«
Sie nickte. »In Magdas Salon. Magda, das ist die Chefin. Außerdem arbeiten dort noch vier Mädchen. Morgen früh lege ich die Pistole wieder zurück.«
»Ist auch besser so. Denn wenn die Polizei sie in Ihrer Handtasche fände –«
»Au wei.«
Wir standen nun draußen im Korridor, und ich schloß gerade das letzte Schloß ab, als das Telefon klingelte. Ich knirschte mit den Zähnen. Wenn ich nun alles wieder aufgeschlossen hätte und zum Apparat gerannt wäre, würde der Anrufer schon wieder aufgelegt

haben, und wenn nicht, wollte er mir bestimmt ein Abonnement für irgendein idiotisches Magazin verkaufen. Zum Teufel damit. Wir fuhren mit dem Aufzug am Erdgeschoß vorbei in den Keller. Durch die Wäscherei und einen schwachbeleuchteten Gang erreichten wir den Hinterausgang. Ich hielt ihr die Tür auf, sie erklomm die paar Stufen zur Straße, spannte ihren schwarzroten Schirm auf und verschwand in der Nacht.

In meiner Wohnung blieb ich beim Telefon stehen, stierte es finster an und fragte mich, wie oft es während meiner Abwesenheit wohl geläutet hatte. Jetzt war es natürlich stumm. Ich wählte Carolyns Nummer und war nicht überrascht, als sich niemand meldete.
Die Wirkung der vier Täßchen Espresso begann nachzulassen, und ich goß mir einen kräftigen Schuß Scotch ein, um sie ganz zu verscheuchen. Ich stellte ihn weg, holte mir dann ein größeres Glas aus dem Küchenschrank, kippte drei Finger Scotch hinein und gab vier Finger Milch dazu. Das ist der perfekte Schlaftrunk – die Milch tut dem Magen gut, der Scotch zerfrißt die Leber.
Das Telefon ging.
Ich setzte darauf zu, zwang mich dann, erst einmal Luft zu holen, ehe ich abnahm. Eine Männerstimme, die ich vor fast zweiundzwanzig Stunden schon einmal gehört hatte, sagte barsch, »Rhodenbarr? Ich will den Nickel haben.«
»Wer will den nicht?«
»Was soll das heißen?«
»Alle Welt will ihn haben. Ich bekäme ihn selbst gerne in die Finger.«
»Versuchen Sie bloß nicht, mich auf den Arm zu nehmen. Ich weiß, daß die Münze bei Ihnen ist.«
»Sie war bei mir. Inzwischen ist sie aber anderswo.«
Nun entstand eine Pause. Fast glaubte ich schon, er hätte aufgelegt, aber dann sagte er: »Sie lügen.«
»Nein. Glauben Sie denn im Ernst, ich trüge sie in der Hosentasche mit den Hausschlüsseln und dem Christophorus-Amulett herum? So etwas Wertvolles hebt man auch nicht im Haus auf, wo hier in dieser Stadt so viel eingebrochen wird.«
Meine letzte Bemerkung bewegte ihn nicht einmal zu einem kleinen Glucksen. »Haben Sie Zugang zu der Münze?«
»Sie ist für mich erreichbar.«
»Dann holen Sie sie sofort«, drängte er. »Nennen Sie Ihren Preis, arrangieren wir ein Treffen. Ich bin die ganze Nacht über

frei, und –«
»Von mir kann ich das leider nicht sagen«, unterbrach ich. »Wenn ich nicht genug Schlaf bekomme, habe ich morgens schlechte Laune. Außerdem käme ich um diese Nachtzeit ohnehin nicht an die Münze heran, selbst wenn ich wollte. Verschieben wir unsere Verhandlungen also auf morgen.«
»Um welche Zeit?«
»Schwer zu sagen. Geben Sie mir eine Nummer, unter der ich Sie erreichen kann.«
Diesmal lachte er. »Lieber nicht, Rhodenbarr. Es ist besser, wenn ich weiterhin bei Ihnen anrufe. Schätzen Sie, wie lange Sie brauchen, um an die Münze heranzukommen, kehren Sie dann zur abgemachten Zeit in Ihre Wohnung zurück, und dann rufe ich Sie an. Sagen Sie mir nur die Uhrzeit.«
Mit anderen Worten: Begib dich zu einem bestimmten Zeitpunkt an einen bestimmten Ort, mit der Münze in der Hand. »Kommt mir ungelegen«, erwiderte ich. »Wissen Sie was? Sie können mich morgen nachmittag nach zwei unter einer anderen Nummer erreichen.«
»Wie lautet die?«
Ich nannte ihm die Nummer von Carolyns Anschluß. Carolyn ist Untermieterin in einer Wohnung, die der Mietpreiskontrolle unterliegt, und da ihr Hausherr Nathan Aranow nach wie vor Hauptmieter ist, gilt er auch als Inhaber des Telefonanschlusses. (Die Hälfte der New Yorker Bevölkerung hat sich so arrangiert. Die andere, dümmere Hälfte zahlt 500 Dollar für ein Zimmer mit Kochnische auf dem freien Markt.) Ich bezweifelte, daß er anhand der Nummer Namen und Adresse herausbekommen konnte, und wenn doch, wie sollte er Nathan Aranow ausfindig machen? Carolyn schickte ihrem Vermieter einfach jeden Monat einen Scheck, und im übrigen war Nathan Aranow vor Jahren bei einer Überschwemmung ums Leben gekommen.
Er wiederholte die Nummer. »Und was die Münze betrifft – wer außer Ihnen weiß, daß Sie sie haben?«
»Niemand.«
»Hatten Sie einen Komplizen?«
»Ich arbeite grundsätzlich allein.«
»Und Sie haben mit niemandem gesprochen?«
»Ich habe mit Mengen von Leuten gesprochen, aber nicht über die Münze.«
»Es weiß also niemand, daß Sie sie haben.«

»Soviel ich weiß, nicht«, gab ich zurück. »Es weiß auch niemand, daß sie fehlt. Außer Ihnen, mir und Herbert Franklin Colcannon, und ich bezweifle, daß der etwas verraten hat.« Sonst wäre nämlich Ray Kirschmann einer halben Million Dollar auf der Spur, und ihm wäre bei seinem Besuch der Geifer von den Lefzen auf meinen Teppich getrieft. »Mag sein, daß er den Diebstahl nicht gemeldet hat. Entweder war die Münze nicht versichert, oder er hatte andere Gründe.«

»Ich bin sicher, daß er es nicht gemeldet hat.«

»Rabbit könnte natürlich singen.«

»Rabbit?«

»George Edward Margate. Ist das nicht der Stümper, den Sie auf Colcannons Haus angesetzt haben? Sie hätten sich jemanden nehmen sollen, der sich mit Safes auskennt. Der Nickel sollte wohl Ihr Finderlohn sein.«

Er lachte in sich hinein. »Raffiniert«, meinte er. »Ich hätte mich gleich an Sie wenden sollen.«

»Allerdings. Darf ich Sie nach Ihrem Namen fragen?«

»Vorerst noch nicht. Ich rufe morgen um zwei an. Der Anschluß ist in Greenwich Village, nicht wahr?«

»Ich habe eine Buchhandlung in der östlichen 11. Straße. Dort gibt es zwei Anschlüsse. Einer steht im Telefonbuch, der andere nicht. Sie haben die inoffizielle Nummer.«

»Soll ich nicht einfach im Laden vorbeikommen?«

»Lieber nicht«, sagte ich. »Rufen Sie um zwei an.«

Ich legte auf und kehrte zurück zu meinem Scotch mit Milch. Die Milch war lauwarm, aber das soll ja von Vorteil sein, wenn man einzuschlafen versucht. Ich setzte mich hin, trank einen Schluck und sagte mir, daß ich heute allerhand zusammengelogen hatte. Na, das Gebet der Telefonseelsorge hatte von falsch Zeugnis reden nichts erwähnt. Immerhin war ich nur meinem Nächsten zu Diensten.

Das Telefon klingelte, Als ich abhob, war Carolyn dran. »Ich versuche schon die ganze Nacht, dich zu erreichen«, sagte sie. »Was treibst du eigentlich, Bernie? Entweder ging niemand dran, oder die Leitung war besetzt. Gelegentlich habe ich mich auch verwählt. Was hat sich getan?«

»Alles.«

»Brauchst du eine Brille?«

»Wie bitte?«

»Wolltest du nicht zum Augenarzt?«
»Ach ja, sicher.«
»Na und? Brauchst du eine Brille?«
»Nein, aber er hat mir geraten, nicht mehr im Dunkeln zu lesen.«
»Das hätte ich dir auch sagen können. Geht's dir gut? Du klingst so komisch.«
Sie klang ziemlich beschickert, aber ich machte mir nicht die Mühe, das zu erwähnen. »Laß nur«, meinte ich. »Ich bin nur todmüde. Es hat sich allerhand getan, aber ich kann jetzt nicht reden.«
»Hast du Gesellschaft?«
»Ja«, antwortete ich, aber dann fiel mir ein, daß ich besser mit dem Lügen aufhörte, ehe mir die Nase zu wachsen begann. »Nein«, sagte ich.
»Das eine oder andere mußte es ja sein. Was stimmt nun?«
»Ich bin allein«, gestand ich, »kann aber offenbar nicht mehr klar denken. Bist du daheim?«
»Nein, ich ziehe in den Bars herum. Wieso?«
»Gehst du später heim?«
»Ja, es sei denn, ich lese was Interessantes auf, was im Augenblick aber eher unwahrscheinlich ist. Wieso?«
»Bist du morgen früh zu Hause? Oder gehst du in den Salon?«
»Bernie, ich arbeite samstags nicht mehr, seit ich mein Einkommen mit gelegentlichen Einbrüchen aufbessern kann.«
»Geh morgen früh bitte in den Salon, nimm deinen Anrufbeantworter und bring ihn in deine Wohnung.«
»Wozu denn das?«
»Ich komme um zehn herum vorbei und erzähle dir alles.«
»Das will ich aber auch hoffen.«

Ich legte auf. Es klingelte wieder. Diesmal war es Denise, die endlich heimgekommen war und zurückrief. Ich fragte sie, ob sie um halb zwei Lust auf Gesellschaft hätte.
»Es ist schon fast halb zwei«, erwiderte sie.
»Morgen nachmittag, meine ich. Kann ich für ein paar Minuten vorbeikommen?«
»Klar. Nur für ein paar Minuten?«
»Höchstens eine Stunde.«
»Hätte ich mir ja denken können. Sag mal, ist das eine neue Dimension unserer in ständiger Entwicklung begriffenen Beziehung? Willst du vielleicht im voraus eine schnelle Nummer buchen?«

»Nein«, sagte ich. »Ich komme zwischen halb und dreiviertel zwei vorbei und erkläre dir alles.«
»Ich kann's kaum erwarten.«

Ich legte auf und zog mich aus. Ehe ich bei den Socken angelangt war, schrillte das Telefon.
Ich seufzte und nahm ab. Eine Frauenstimme, die britisch klang, sagte: »Wie war das bitte noch einmal?«
»Was?«
»Spricht dort Bernard Rhodenbarr?«
»Ja.«
»Ich dachte schon, ich hätte aus Versehen eine falsche Nummer gewählt. ›Es kommt doch immer gleich knüppeldick‹, haben Sie gesagt.«
»Wirklich? Tut mir leid, das ist mir so herausgerutscht.«
»Tut mir leid, daß ich so spät noch anrufe, aber ich konnte Sie nicht früher erreichen. Mein Name ist Jessica Garland. Ich weiß nicht, ob Ihnen das etwas sagt.«
»So aus dem Stegreif nicht, aber im Augenblick ist mein Verstand nicht besonders wach.«
»Oh, ich dachte, mein Großvater hätte ihn erwähnt, Mr. Rhodenbarr.«
»Ihr Großvater?«
»Abel Crowe.«
Für einen Augenblick mochte mir der Unterkiefer weggesackt sein. Dann fing ich mich. »Ich wußte gar nicht, daß Abel eine Enkelin hatte. Ich dachte, er sei Junggeselle gewesen.«
»Genau kann ich das auch nicht sagen. Mit meiner Großmutter war er jedenfalls nicht verheiratet. Sie kam ursprünglich aus Budapest, und die beiden lernten sich vor dem Krieg in Wien kennen. Nach dem Anschluß 1938 floh sie aus Österreich, nur mit meiner Mutter auf dem Arm und den Kleidern, die sie am Leib hatte. Großvaters Abschiedsgeschenk war ein kleines Vermögen in Gestalt seltener Briefmarken, die sie im Mantelfutter eingenäht trug. Sie ging nach Antwerpen, wo sie die Marken verkaufte, und von dort aus nach London, wo sie bei einem Bombenangriff ums Leben kam. Großvater wurde ins Konzentrationslager gesperrt und überlebte.«
»Und Ihre Mutter?«
»Mutter war fünf oder sechs, als meine Großmutter umkam. Sie wurde von Nachbarn aufgenommen und wuchs auf wie eine Engländerin. Sie heiratete früh, bekam bald ihr erstes Kind, nämlich

mich, und nahm an, ihr Vater sei im KZ oder im Krieg umgekommen. Erst vor sechs Jahren erfuhr sie, daß dem nicht so war. Ich rede entsetzlich viel, nicht wahr? Hoffentlich stört Sie das nicht zu sehr.«
»Ganz im Gegenteil, ich finde es beruhigend.«
»Oh, gut. Ja, und Großvater tauchte eines Tages in Croydon bei uns auf, buchstäblich auf der Schwelle. Es gab zwar ein frohes Wiedersehen, aber bald stellten die beiden fest, daß sie einander herzlich wenig zu sagen hatten. Aus meiner Mutter war eine ziemlich durchschnittliche Vorstadthausfrau geworden, während Großvater – na, Sie wissen ja, was er für ein Leben führte.«
»Ja.«
»So kehrte er in die Staaten zurück. Er schrieb zwar Briefe, aber die waren eher an mich und meinen Bruder als an Mutter gerichtet. Ich habe einen jüngeren Bruder, müssen Sie wissen. Vor zwei Jahren schlug er in einem Brief vor, ich solle doch einmal versuchen, eine Zeitlang in Amerika zu leben, und dieser Vorschlag kam gerade zur rechten Zeit. Ich gab meine ekelhafte Stellung auf, trennte mich von meinem langweiligen Freund und bestieg eine von Freddie Lakers DC-10. Tja, und seitdem bin ich hier.«
»In New York?«
»In Brooklyn, Cobble Hill. Die Stellung, die ich jetzt habe, ist nicht ekelhaft und der Mann, mit dem ich zusammenlebe, alles andere als langweilig, und Heimweh habe ich kaum jemals. O je, ich schwatze und schwatze. Schreiben Sie das körperlicher und geistiger Erschöpfung zu. Ich rufe aber aus einem ganz bestimmten Grund an.«
»Das war mir von Anfang an klar.«
»Wie nett von Ihnen. Großvater sprach oft von Ihnen, und zwar nicht nur als ... sagen wir ... Geschäftspartner.«
»Sagen wir das ruhig.«
»Sondern auch als Freund. Und nun, da er tot ist, was Sie natürlich wissen, bin ich diejenige, die alles zu regeln hat. Ich weiß nun nicht, wie er sein Begräbnis haben wollte, da er über solche Dinge niemals sprach. Die Polizei hält ihn im Leichenschauhaus fest, und ich habe keine Ahnung, wann sie ihn freigibt. Wenn es endlich soweit ist, werde ich ein kleines Begräbnis im engsten Kreis arrangieren, aber in der Zwischenzeit, meine ich, wäre doch eine Art Gedenkfeier angemessen, finden Sie nicht auch?«
»Gewiß.«
»Ich habe sogar schon etwas in die Wege geleitet. Am Sonntag findet in der Erlöserkirche in der Henry Street in Cobble Hill eine Feier statt. Wir treffen uns am Nachmittag um halb drei. Ein

Gottesdienst wird es nicht, da Großvater kein religiöser Mensch war. Er hatte aber eine spirituelle Seite. Hat er die Ihnen jemals offenbart?«

»Ich weiß, was er gerne las.«

»Ja, alle die großen Moralphilosophen. Jerry, der Mann, mit dem ich lebe, will bei der Zeremonie etwas vorlesen. Er mochte Großvater sehr gerne. Auch ich werde wahrscheinlich etwas lesen. Vielleicht wollen auch Sie etwas zu der Feier beitragen, Mr. Rhodenbarr.«

»Sagen Sie ruhig Bernie zu mir. Ja, ich finde bestimmt etwas.«

»Oder sagen Sie ein paar Worte. Wie Sie wollen.« Nun zögerte sie. »Noch etwas. Ich besuchte Großvater alle paar Wochen, und wir standen einander recht nahe, doch seine... Geschäftsfreunde erwähnte er nie. Ich weiß nur, daß Sie sein Freund waren, und kenne auch einige andere, die in diese Kategorie gehören. Vielleicht fallen Ihnen aber noch ein paar Personen ein, die zu der Feier kommen würden.«

»Möglich.«

»Warum laden Sie nicht einfach alle ein, die Ihrer Meinung nach kommen sollten? Darf ich das Ihnen überlassen?«

»Gut.«

»Ich habe schon mit einigen Leuten in seinem Haus gesprochen, und eine Frau wird in der Halle eine Ankündigung aushängen. Tut mir leid, daß ich Sie so lange aufgehalten habe, Mr. Rhodenbarr, aber –«

»Bernie.«

»Gut, Bernie. Es ist spät, ich bin müde. Sonntag um halb drei also? Und Sie laden ein, wen Sie wollen?«

»Abgemacht«, sagte ich. »Und ich bringe auch etwas zum Vorlesen mit.«

Ich schrieb mir Kirche und Uhrzeit auf. Carolyn würde sicher kommen. Wer noch?

Ich stieg ins Bett und überlegte, wer sonst an einer Gedenkfeier für Abel Crowe würde teilnehmen wollen. Viele Einbrecher kenne ich nicht, da ich schon seit langem die Gesellschaft gesetzestreuer Bürger bevorzuge, und daher wußte ich nicht, wer Abels Freunde waren. Würde Ray Kirschmann sich die Mühe machen? Ich dachte darüber nach und kam zu einem positiven Ergebnis.

Ich ließ meine Gedanken schweifen. Abel hatte also eine Enkelin. Wie alt mochte Jessica Garland sein? Ihre Mutter mußte um 1936 herum geboren worden sein, und wenn sie früh geheiratet und bald ein Kind bekommen hatte, lag man bei vierundzwanzig oder

fünfundzwanzig wohl richtig. Ich konnte mir gut vorstellen, wie Abel eine junge Frau in diesem Alter verwöhnte, ihr charmante Lügengeschichten über das alte Wien erzählte und sie mit Strudel und Baisers traktierte.
Und mir gegenüber hatte er sie nicht einmal erwähnt, der alte Fuchs.

Ich war schon fast eingeschlafen, als ein Gedanke mich wieder in den Wachzustand zurückbrachte. Ich stieg aus dem Bett, suchte eine Nummer heraus, wählte. Es läutete viermal, ehe ein Mann sich meldete.
Ich lauschte stumm, als hätte ich die Telefonseelsorge mit dem Gebet des Tages an der Leitung. Der Mann, der sich gemeldet hatte, rief ein paarmal griesgrämig: »Hallo?« Im Hintergrund lief Musik, gelegentlich bellte ein Hund. Dann legte er auf – der Mann, vermute ich, nicht der Hund –, und ich ging zurück ins Bett.

16

Zwischen all den späten Anrufen hatte ich wenigstens Gelegenheit gehabt, meinen Wecker zu stellen, der nun, am frühen Morgen, wie verrückt lostobte. Ich stand auf, duschte und rasierte mich benommen, machte mir eine Tasse Kaffee, stellte dann das Radio an, aß zwei Scheiben Toast mit Marmelade, trank noch eine Tasse Kaffee, zog die Vorhänge beiseite und warf einen schiefen Blick auf die Morgendämmerung.
Die gab sich vielversprechend, selbst für einen schiefen Blick. Im Osten hingen noch immer dunkle Wolken vor der gerade aufgegangenen Sonne. Im Westen aber war es klar. Ein Wind blies aus dieser Richtung und fegte das Wetter von gestern hinaus über den Atlantik, wo es meiner Meinung nach auch hingehörte. Der Himmel über dem Hudson war eindeutig blau getönt.
Ich schenkte mir noch eine Tasse Kaffee ein, setzte mich mit Telefon und Telefonbuch in meinen bequemsten Sessel, musterte wehmütig meine zu schmalen Füße und ließ meine Finger die Arbeit übernehmen.
Mein erster Anruf galt der American Numismatic Society. Ich stellte mich als James Klavin von der *New York Times* vor und erklärte, ich schriebe einen Artikel über den 1913er V-Nickel und

hätte gerne mehr über die Geschichte der Münze gewußt. Entspreche es zum Beispiel der Wahrheit, daß nur fünf Exemplare existierten? Sei bekannt, wo sich diese Exemplare im Augenblick befänden? Könnte man mir sagen, wann ein Exemplar zuletzt den Besitzer gewechselt habe und zu welchem Preis?
Der Presse gegenüber gibt sich fast jeder hilfsbereit. Man braucht sich nur als Reporter auszugeben und kann den Leuten endlose, zeitraubende und impertinente Fragen stellen, ohne daß sie murren – sie bitten einen nur, ihren Namen richtig zu schreiben. Der Mann, mit dem ich sprach, ein gewisser Mr. Skeffington, bat mich um ein wenig Geduld und wollte zurückrufen. Ich aber blieb lieber zehn Minuten an der Leitung, trank Kaffee und wackelte mit den Fußzehen, derweil er umherhuschte und mir die Laufarbeit abnahm.
Nach einer Weile kam er wieder an den Apparat und erzählte mir mehr, als ich eigentlich wissen wollte, wiederholte vieles, was ich schon am Dienstag von Abel erfahren hatte. Es gab in der Tat fünf Exemplare, vier in öffentlichen Sammlungen und eines in Privatbesitz. Er war in der Lage, mir die Namen der vier Institute und des Privatsammlers zu nennen.
Zum Wert hatte er weniger zu sagen. Die ANS ist ein eher akademischer Verein, der sich mehr mit gelehrten Dingen wie dem historischen Kontext der Numismatik abgibt als mit schnödem Profit. Die letzte Transaktion, zu der Mr. Skeffington Unterlagen besaß, hatte 1976 stattgefunden – für hundertdreißigtausend Dollar. Abel zufolge hatte eine Münze seitdem zu einem wesentlich höheren Preis den Besitzer gewechselt.
Ich rief nacheinander die vier Museen an. Der Kurator für Münzen und Medaillen im Smithsonian Institute war ein Gentleman mit trockener Stimme und Doppelnamen. »Die Münze steht permanent zur Schau und ist überaus beliebt«, erklärte er. »Welche Auskunft kann ich Ihnen zu diesem Stück geben?«
»Ich wollte mich nur davon überzeugen, daß sie noch bei Ihnen liegt.«
Er lachte trocken. »Aber sicher. Bisher brauchten wir sie noch nicht auszugeben. Da man für einen Nickel heutzutage ohnehin nicht viel bekommt, werden wir diesen vorerst auch behalten.«
Eine Dame vom Bostoner Museum der schönen Künste bestätigte, daß ein 1913er V-Nickel eine der Attraktionen der Münzabteilung sei. »Er ist ein hochwichtiges und wertvolles Stück«, verkündete sie und klang, als läse sie das aus dem Katalog ab, »über das wir zu

unserer Befriedigung verfügen.«
Ein stellvertretender Kurator vom Technischen Museum Cincinnati war ebenso froh, Nickel Nummer drei seit den Dreißigern in den Beständen zu haben. »Der 1913er Nickel ist der Star unserer Sammlung. Soviel ich weiß, besteht keine Absicht, ihn zu veräußern. Besonders bei den Kindern ist er sehr beliebt. Es würde mich nicht wundern, wenn ihn jemand in diesem Augenblick bestaunte.«
Nickel Nummer vier hatte bis vor einem guten Jahr dem Museum der historischen Gesellschaft von Baltimore gehört, erfuhr ich von einer Frau, die dort arbeitete. Dann aber hatte sich eine Stiftung in Philadelphia erboten, die Münze gegen ein wertvolles historisches Porträt einzutauschen, ein Angebot, das man in Baltimore nicht ausschlagen konnte.
Die Stiftung in Philadelphia nannte sich »Galerie für amerikanische und internationale Numismatik«, und der Herr, mit dem ich sprach, stellte sich als Milo Hracec vor und buchstabierte seinen Namen. Er sei der zweite Mann, erklärte er; sein Chef, Howard Pitterman, habe samstags frei.
Hracec bestätigte, daß die Galerie einen 1913er Nickel besaß. »Er gehört zu unserer Serie amerikanischer Münzen. Serien werden immer beliebter, da sich kaum noch ein Amateursammler eine komplette Reihe aller Münzen nach Datum und Prägemarke leisten kann. Dies spielt allerdings für uns keine Rolle, da Mr. Ruslander uns großzügig die Mittel für unsere Akquisitionen zur Verfügung stellt.«
»Wer ist Mr. Ruslander?«
»Mr. Ruslander ist Inhaber der Liberty-Bell-Münzanstalt. Vermutlich sind Ihnen die Sammlersätze dieser Firma bekannt.«
Und ob. Ebenso wie die Franklin-Münze, ebenfalls in Philadelphia, war Liberty Bell auf Serien zeitgenössischer Gedenkmünzen spezialisiert, die sie mit großem Werbeaufwand und verdeckten Hinweisen auf spätere Wertsteigerung an Sammler losschlug. Eine derartige Bauernfängerei hatte es auf dem Münzmarkt schon immer gegeben, und mehr als einmal hatte ich solche Sätze in den Schubladen ihrer Besitzer als nicht stehlenswert liegengelassen.
Ruslander hatte, wie ich erfuhr, vor drei Jahren die Galerie für amerikanische und internationale Numismatik gegründet und ihr sowohl seine Privatsammlung als auch eine beträchtliche Summe Geldes gestiftet. Und die US-Serie, in der sich auch der 1913er V-Nickel befand, war die Hauptattraktion der Galerie. Als ich mit Mr. Hracec fertig war, mußte ich in Stillwater, Oklahoma, anrufen,

wo ich mit einem Mann namens Dale Arnott sprach. Offenbar gehörte Mr. Arnott ein Gutteil von Payne County. Er hielt sich Rinderherden auf seinen Ländereien und scheuchte sie hin und wieder beiseite, um Platz für eine Ölquelle zu machen. Er hatte den Nickel in der Tat 1976 für hundertdreißigtausend Dollar erstanden und zwei Jahre später für zweihunderttausend weiterverkauft.

»Ich hatte meinen Spaß an dem Ding«, sagte er.»Bei Numismatiker-Kongressen holte ich ihn einfach aus der Tasche, um an der Bar zu knobeln, wer die nächste Runde bezahlt. Den Leuten sind die Augen aus dem Kopf gefallen. Für mich war's nicht mehr als ein Nickel, also warum nicht damit knobeln?«

»Mußten Sie nicht befürchten, daß er an Wert verlor?«

»Ach wo. Prägefrisch war er nämlich ohnehin nicht. Die vier anderen sind wohl in besserem Zustand. Als mir dann jemand einen ordentlichen Preis bot, schlug ich ihm vor, er solle auf zweihunderttausend erhöhen und den Fünfer gleich mitnehmen. Ich könnte Ihnen seinen Namen nennen, weiß aber nicht, ob ihm das recht wäre.«

Ich fragte, ob dieser Käufer die Münze noch immer besaß.

»Tja, ich habe mir gerade gedacht, wie einfach es ist, sich am Telefon als Reporter auszugeben. Ich will Ihnen nicht zu nahe treten, aber falls Sie nur herausfinden wollen, ob die Münze zum Verkauf steht –«

»Ich will nur wissen, ob er sie noch hat. Ob sie verkäuflich ist oder nicht, ist mir gleich.«

»Dann geben Sie mir eine Nummer, unter der ich Sie in einer Stunde erreichen kann. Ich will sehen, was ich in Erfahrung bringen kann.«

Ich nannte ihm Carolyns Nummer.

Nun rief ich noch in Washington, Boston, Cincinnati und Philadelphia an. Die nächsten Anrufe galten wieder der ANS und einer Zeitschrift namens *Coin World*. Am Ende hatten meine Finger so viel Arbeit geleistet, daß ich anfing, mir Sorgen zu machen. Immerhin waren meine Hände fraglos schmal – seltsam, war mir bisher noch nie aufgefallen. Und meine Zeigefinger waren zweifellos länger als meine Daumen.

Was das bedeutete, war sonnenklar. Ich hatte Mortons Hand und wußte nur zu gut, wo das hinführen konnte. Schmerzen in den Handflächen. Überbeine an den Handgelenken. Sehnenscheidenentzündung im Unterarm. Und früher oder später, die gefürchtete

Telefonistenschulter.
Ich legte auf und machte, daß ich aus dem Haus kam.

17

Bei Carolyn schneite ich um die Mittagszeit herein. Ich hatte eine Katze auf dem Schoß, eine Tasse Kaffee zur Hand und tat mein Bestes, um die Gastgeberin mit dem aktuellen Stand der Dinge vertraut zu machen.
Die Tatsache, daß Carolyn mal wieder einen Kater hatte, erleichterte mir die Arbeit.
»Ich kann nur nicht verwinden, daß du ohne mich in Abels Wohnung gegangen bist«, murrte sie.
»Zusammen wären wir nicht hineingekommen. Es war riskant und besser für einen Einzelgänger. Tut mir leid, Carolyn. Wir sind Partner, und ich wollte dich auch auf dem laufenden halten, aber eine Zeitlang ging es ziemlich hektisch zu. Ich war nicht sicher, ob ich überhaupt zu Abels Wohnung würde vordringen können, und als es dann klappte, schlug ich einfach zu. Verzeih mir.«
Eine Weile saß sie schweigend da. Dann sagte sie: »Laß das, Ubi.« Sie meinte ihren Kater, der sich am Sofa die Krallen wetzte. Sein Kumpan auf meinem Schoß schnurrte selbstgerecht.
»Nützt trotzdem nichts«, knurrte Carolyn.
»Meine Entschuldigung?«
»Ja. Ich habe immer noch einen Riesenkater. Aber über den komme ich schon weg. Wer hat Wanda umgebracht?«
»Kann ich nicht mit Sicherheit sagen.«
»Und Abel?«
»Auch da habe ich noch keine eindeutige Antwort.«
»Zum –«
Das Telefon ging. Ich schob Archie von meinem Schoß und nahm ab. Es war Mr. Arnott aus Stillwater, Oklahoma. »Der Mann, der meinen Nickel gekauft hat, will anonym bleiben«, sagte er. »Keine Ahnung, vor wem er Angst hat, ob vor Einbrechern oder dem Finanzamt. Auf jeden Fall ist die Münze nicht zu verkaufen. Er hat sie und will sie auch behalten.«
»Soll mir recht sein«, erwiderte ich. »Kaufe ich mir lieber ein Gemälde.«
»Daß Sie Reporter sind, habe ich Ihnen nicht eine Minute ge-

glaubt.«
Ich unterrichtete Carolyn über das Gespräch. »Arnotts Münze liegt also nach wie vor bei dem unbekannten Käufer«, erklärte ich. »Wie auch immer, das Exemplar war kurz in Umlauf und kann daher nicht mit dem identisch sein, das wir aus Colcannons Haus mitnahmen und zu Abel trugen.«
Sie zog die Stirn kraus. »Insgesamt gab es fünf Nickel.«
»Stimmt.«
»Nun liegt einer in Washington, einer in Boston, einer in Cincinnati, einer in – Philadelphia?«
»Genau.«
»Und einen hat dein Freund in Oklahoma an einen Unbekannten verkauft – Colcannon. Kann er aber nicht, weil die Münze in Umlauf war, Colcannons aber prägefrisch.«
»Korrekt.«
»Es gibt also fünf Nickel *plus* Colcannons Exemplar.«
»Jawohl.«
»Das Colcannon nicht mehr hat, das du bei Abel nicht finden konntest.«
»So ist es.«
»Demnach muß der Nickel, den wir gestohlen haben, eine Fälschung gewesen sein.«
»Denkbar.«
»Bist du da nicht sicher?«
»Nein. Ich glaube, daß er echt ist.«
»Dann existieren also tatsächlich sechs Exemplare.«
»Nein, nur fünf.«
Sie saß einen Augenblick lang verblüfft da und hob dann verzweifelt die Hände. »Bernie, laß den Quatsch. Mir brummt der Schädel, mein Verstand ist umnebelt. Mach mir das Ganze bitte klar, aber so, daß ich es auch verstehen kann.«
Ich erklärte es ihr. Ganz simpel.
»Ach so«, staunte sie.
»Na, leuchtet das ein? Ist es wasserdicht?«
»Ich glaube schon. Und was ist mit den Fragen, die ich dir vorhin gestellt habe? Ein dritter Einbrecher hat Wanda ermordet. Weißt du, wer das war?«
»Ich habe so eine Ahnung.«
»Hast du auch eine Ahnung, wer Abel umgebracht hat?«
»Ja, eine blasse. Ich bin aber noch nicht sicher und kann es auch noch nicht beweisen.«

»Verrat's mir trotzdem, Bernie.«
»Im Augenblick stelle ich nur ungern laut Spekulationen an.«
»Warum? Weil der Überraschungseffekt verlorengeht? Komm schon, du bist mir etwas schuldig. Wer hat Wanda und Abel getötet?«
Ich gab auf und sagte es ihr.

Anschließend schlossen wir den Anrufbeantworter an, und ich sprach eine kurze Nachricht auf Band, in der ich Anrufern mitteilte, ich sei unter Denises Nummer zu erreichen. Ich holte meinen Aktenkoffer aus Carolyns Kleiderschrank, wo er noch immer dem Chagall Gesellschaft leistete, und dann fuhren wir zum Hundesalon. Als wir wieder herauskamen, war der Aktenkoffer ein winziges bißchen schwerer. Wir nahmen ein Taxi zu Denises Galerie.
Jegliches Vergnügen, das Denise bei meinem Anblick empfunden haben mochte, wurde von ihrer Reaktion auf Carolyn völlig weggewischt. Das Entsetzen in ihrem Gesicht war nicht zu übersehen.
»Ach, die Hundefrau«, stöhnte sie. »Ich kann mich gar nicht an Ihren Namen erinnern.«
»Sie heißt Carolyn«, mischte ich mich rasch ein, aber Carolyn hatte bereits hochnäsig verkündet, »Sie können ›Mrs. Kaiser‹ zu mir sagen.« Mir wurde klar, daß dies ein langer Nachmittag werden würde, und ich war froh, mich bald verziehen zu können.
»Ich habe Sie erst gar nicht wiedererkannt«, stichelte nun Denise. »So klein hatte ich Sie nicht im Gedächtnis. Anfangs hielt ich Sie für ein Kind.«
»Das kommt von meiner unschuldsvollen Art«, versetzte Carolyn und baute sich mit den Händen in den Hüften vor einem besonders grellen Gemälde auf. »Malen muß ja irren Spaß machen, wenn es nach nichts auszusehen braucht. Da kann man so einfach mit der Farbe rumschmieren, nicht?«
So ging das weiter, und ich hätte es vielleicht sogar genossen, wären die Kontrahentinnen nicht meine besten Freundinnen gewesen. Glücklicherweise hatte ich Besseres zu tun. Einen Schiedsrichter brauchten die beiden bestimmt nicht. Jared hatte sich für den Nachmittag verdrückt; das sprach für ein gesundes Urteil.
Um zwei Uhr klingelte das Telefon. Ich nahm ab, hielt den Hörer ans Ohr und wartete, bis ich eine bekannte Stimme hörte. Dann nickte ich kurz und gab den Hörer an Carolyn weiter.
»Der Herr, den Sie sprechen möchten, ist noch nicht hier«, sagte sie. »Bitte rufen Sie in fünfzehn Minuten noch einmal an.«

Sie legte auf und schaute mich an. Ich schnappte meinen Aktenkoffer und stand auf. »Ich ziehe los«, sagte ich. »Weißt du, was du zu sagen hast, wenn er anruft?«
»Ja. Er soll ins Café Squires, Ecke Madison Avenue und 79. Straße gehen, sich an einen Tisch im Hintergrund setzen und auf dich warten.«
»Und wenn er sich nach der Münze erkundigt?«
»Sage ich, daß du sie hast.«
»Gut.«
»Bernie, in was ziehst du mich da hinein?« fragte Denise. »Bestimmt hast du wieder irgendwo eingebrochen.«
»Carolyn wird dir alles erklären«, sagte ich und beneidete sie nicht um diese Aufgabe.

Plötzlich fuhr ich dauernd Taxi. Ein Drittel des Tages nahm die Fahrt zur Ecke 18. Straße und Ninth Avenue in Anspruch. Wir kamen aber nicht schlecht voran, und um zwei Uhr fünfzehn stand ich gegenüber dem schweren schmiedeeisernen Tor mit der Nummer 442½ auf Posten. Gerade in diesem Augenblick sollte er am Telefon sein, was auch gut möglich war, denn zehn Minuten später ging das Tor auf, und heraus kam Herbert Franklin Colcannon. Ich stand in einem schattigen Hauseingang, wo er mich nicht sehen konnte, doch er schaute erst gar nicht in meine Richtung, sondern schritt zielstrebig zur Tenth Avenue, entweder um sich ein Taxi zu nehmen, oder weil er dort seinen Wagen geparkt hatte.
Mir war das gleich. Ich wartete, bis er um die Ecke gebogen war, und joggte dann in meinen Pumas über die Straße. An diesem hellen, sonnigen Nachmittag waren viele Leute unterwegs, was mich diesmal aber nicht störte. Ich wußte genau, welcher meiner Dietriche ins Schloß des Eisentors paßte – das hatte ich bereits am Dienstag festgestellt –, und hatte so den Schlüssel schon in der Hand, als ich die Straße überquerte. Binnen weniger Sekunden hatte ich das Tor auf- und wieder hinter mir zugeschlossen.
Ich trug auch keine Gummihandschuhe. Diesmal scherte ich mich nicht um Fingerabdrücke. Wenn diese Geschichte schiefging, würden die Fetzen fliegen und Abdrücke meine geringsten Sorgen sein. Wenn alles klappte, würde niemand fragen, wo ich mit meinen Fingern gewesen war.
Als ich das Tor hinter mir hatte und im Tunnel stand, ließ ich den

Verschluß meines Aktenkoffers aufschnappen und holte die Pistole heraus.
Eklige Dinger, diese Waffen. Diese sah nach Stahl aus, faßte sich aber nicht so kalt an, da sie aus hochfestem Kunststoff bestand. Ich prüfte, ob sie geladen war, und drang im Tunnel weiter vor.
Ich wollte diese Waffe in der Hand haben, falls Astrid den Nachmittag im Garten verbrachte. Damit rechnete ich zwar nicht, aber die Hündin war scharf dressiert und ich nicht. Ich wollte ihr nicht unvorbereitet begegnen. Am Ende des Tunnels blieb ich mit der Waffe in der Hand stehen und sah mich aufmerksam im Garten um. Keine Astrid, keine Menschen. Ich schob mir die Waffe unter den Hosenbund und ging rasch über die plattenbelegte Terrasse, ohne die Tulpen und Osterglocken, den kleinen Fischteich und die Bank groß zu beachten.
Warum war ein Mann, der einen solchen Garten sein eigen nannte, hinter Phantommünzen her?
Ich erreichte den Vorplatz und drückte auf den Klingelknopf. Zwar hatte ich ihn weggehen sehen, aber woher sollte man wissen, ob er allein im Haus gewesen war? Ich legte ein Ohr an die Tür und lauschte, hörte ein Gebell, das auch so zu vernehmen gewesen wäre, und dann ein Gerumpel, das klang, als würde ein schwerer Gegenstand die Treppe herunterkollern. Eine Kommode zum Beispiel, oder ein aufgeregter Rassehund. Das Bellen wurde immer lauter. Zwischen mir und Astrid war nun nur noch eine zehn Zentimeter starke Holztür.
Die ich prompt zu öffnen begann.
Schon beim ersten Mal waren die Schlösser kein Problem gewesen. Beim zweiten Mal arbeiteten meine Finger wie von selbst. Es ging so schnell, daß jemand, der vom Vorderhaus aus zusah, hätte annehmen müssen, daß ich die Schlüssel hatte.
Ich öffnete die Tür einen winzigen Spalt. Das Bellen wurde lauter und heller. Inzwischen klang es fast tollwütig – oder es kam mir nur so vor.
Ich zog die Pistole, prüfte noch einmal die Ladung.
War das nicht irgendwie zu vermeiden? Warum machte ich nicht einfach die Tür wieder zu und verschwand? Vielleicht konnte ich zur Ecke Madison Avenue und 79. rasen, vielleicht mit Colcannon eine Übereinkunft treffen –
Keine Ausflüchte, Rhodenbarr. Ran!
Ich hob die Pistole mit der rechten Hand und hielt den Türknopf mit der linken fest. Ruckartig stieß ich die Tür auf. Der Hund – ein

riesiges schwarzes Ungetüm – wich instinktiv zurück und duckte sich dann, um mir an die Kehle zu springen.
Ich zielte und drückte ab.

18

Der Pfeil traf Astrid an der Stelle, auf die ich gezielt hatte, und blieb in ihrer linken Schulter stecken. Bouviers haben ein dichtes, lockiges Fell, und man konnte nie ganz sicher sein, ob der Pfeil womöglich abgeprallt war. Kurz befürchtete ich das, denn der Hund schien unbeeindruckt zu sein.
Dann tat der Tranquilizer seine Wirkung. Astrid hatte im Sprung schon die Vorderpfoten vom Boden gehoben, als ihr Blick plötzlich glasig, ihr Unterkiefer schlaff wurde. Ihre Pfoten zappelten in der Luft wie die des Kojoten im Zeichentrickfilm, wenn er in einen Abgrund gesprungen ist und versucht weiterzulaufen. Astrid schaffte das nicht. Sie setzte sich wieder aufs Hinterquartier, wackelte wie ein Kind auf hohen Absätzen, fiepte schließlich und kippte um.
Wie fühlt man einem Hund den Puls? Ich versuchte das tatsächlich, fummelte an dem herum, was man als Hundekenner bestimmt nicht das Handgelenk nennt, gab es dann aber auf, denn was machte es schon für einen Unterschied? Wenn sie lebte, konnte sie in Ruhe ihren Rausch ausschlafen, und wenn sie tot war, konnte auch kein Mensch etwas daran machen. Wie auch immer, mein Aktionsplan blieb unverändert.
Zudem hatte ich nicht den ganzen Tag lang Zeit.
Ich hastete die Stiegen hoch. Im Schlafzimmer herrschte wieder Ordnung. Das zerbrochene Oberlicht war mit Sperrholz verschlossen worden, und die Landschaft hing wieder an der Wand vorm Safe. Ich nahm den Schinken mit allen seinen Schäflein und rotbackigen Schäferinnen vom Haken und legte ihn aufs Bett.
An die Kombination des Safes konnte ich mich nicht mehr genau erinnern. Im Taxi hatte ich versucht, mir die Ziffern in der richtigen Reihenfolge ins Gedächtnis zu rufen, aber als ich erst einmal die Finger am Einstellrad hatte, entlastete ich meinen Verstand von dem Problem und überließ es meinen Händen, und die bewiesen ein ausgezeichnetes Gedächtnis. Ich machte den Safe auf, als hätte mir jemand die Kombination aufgeschrieben.

Fünf Minuten später – na, sagen wir lieber zehn – hängte ich die Schäflein wieder an ihren Platz. Ich erledigte noch ein, zwei Dinge, setzte mich in der Bibliothek an einen Schreibtisch und rief an der modernen Nachbildung eines alten Messingtelefons Denises Galerie an. Ich gab einen kurzen Bericht und erfuhr, daß Colcannon sich nicht gemeldet hatte, seit er von Carolyn zur Ecke Madison und 79. Straße geschickt worden war.
Ich fragte Carolyn, wie lange Astrid bewußtlos bleiben würde.
»Das läßt sich nur schwer sagen«, meinte sie. »Ich habe die Pistole gekauft, weil so etwas nützlich ist, sie aber selbst noch nie benutzt. Um ganz ehrlich zu sein, ich nahm nicht an, daß du sie brauchen würdest. Astrid ist immer damenhaft, wenn ich sie bade. Sie knurrt nicht einmal.«
»Vor ein paar Minuten hat sie versucht, mich aufzufressen.«
»Wahrscheinlich, weil du in ihr Territorium eingedrungen bist.«
»Carolyn, ich will nur wissen, wieviel Zeit mir noch bleibt.«
»Du solltest dich besser beeilen. Bei einem kleinen Hund wirkt das Zeug länger als bei einem großen. Und Astrid ist kein Pinscher.«
»Das kann man wohl sagen. Das Biest ist schlimmer als der Hund von Baskerville.«
»Dann sieh zu, daß du dort verschwindest, Bernie. Ein zweiter Pfeil könnte sie umbringen.«
Ich legte auf und wählte erneut, diesmal die Nummer eines Münzfernsprechers im Café Squires, Ecke Madison und 79. Straße. Die Frau, die sich meldete, bat ich, Mr. Madison an den Apparat zu holen – sie fände ihn vermutlich an einem der hinteren Tische. Kurz darauf meldete er sich. »Nun? Wo sind Sie?«
»An einem Münzfernsprecher eines Cafés, genau wie Sie. Nennen wir keine Namen, ja?«
»Warum sind Sie nicht persönlich gekommen?«
»Weil ich Angst vor Ihnen habe«, erwiderte ich. »Weil ich nicht weiß, wer Sie sind, Sie aber eine ganze Menge über mich zu wissen scheinen. Sie könnten ja gewalttätig sein. Ich will kein Risiko eingehen.«
»Haben Sie die Münze?«
»Ich habe sie heute früh abgeholt. Dabei habe ich sie im Augenblick allerdings nicht, das wäre mir zu riskant. Sie liegt aber an einem sicheren Platz und ist jederzeit greifbar. Ich rufe nun an, weil es an der Zeit ist, daß wir über den Preis reden.«
»Nennen Sie Ihren Preis.«
»Was ist sie Ihnen wert?«

»Nein, mein Herr, so geht das nicht.« Er klang nun recht zuversichtlich – im Feilschen war er bewandert. »Nennen Sie Ihren Preis, und ich sage ja oder nein.«
»Fünfzigtausend Dollar.«
»Nein.«
»Nein?«
»In der Zeitung steht, bei dem Münzdiebstahl sei eine Frau ermordet worden.«
»Schon, aber niemand weiß, daß die Münze etwas mit ihrem Tod zu tun hatte. Außer Ihnen und mir natürlich. Und ihrem Mann.«
»Eben. Ich kann Ihnen zehntausend bieten. Das ist mein letztes Wort. Ich lasse nie mit mir handeln.«
»Ich auch nicht. Zwanzigtausend.«
Schließlich einigten wir uns auf zwölftausend. Vermutlich wäre er noch höher gegangen, wenn mein Verhandlungsgeschick nicht von dem Bewußtsein, daß ich überhaupt keine Münze zu verkaufen hatte, beeinträchtigt gewesen wäre. Er versprach, das Geld in gebrauchten kleinen Scheinen mitzubringen.
»Die Übergabe erfolgt morgen«, sagte ich. »In dieser Woche ist ein Freund von mir gestorben, und morgen findet drüben in Brooklyn eine Gedächtnisfeier statt. Dort kennt mich niemand. Wie steht es mit Ihnen? Haben Sie eine große Gefolgschaft in Cobble Hill?«
»Ich fürchte nein.«
»Dann ist alles klar. Die Feier ist morgen nachmittag um halb drei in der Erlöserkirche in der Henry Street. Ich bringe die Münze in einem Umschlag mit, und wenn Sie das Geld ebenso verpacken, können wir die Übergabe arrangieren. Irgendwo muß es in der Kirche eine Toilette geben. Dort können wir uns davon überzeugen, daß es die richtige Münze ist und daß das Geld stimmt.«
»Ich sehe nicht ein, weshalb wir uns ausgerechnet in Brooklyn treffen müssen.«
»Ich muß sowieso hin, kann die Münze erst auf dem Weg zur Feier abholen und will die Übergabe in der Öffentlichkeit vornehmen. Und wenn Ihnen das nicht paßt, vergesse ich die ganze Geschichte und stecke die Münze in einen Kaugummiautomaten, denn immerhin ist dieses Millionenstück nur noch zwölftausend wert, und das ist, ehrlich gesagt, nicht gerade die Welt. Entweder tun wir es auf meine Weise oder gar nicht, was vielleicht gar keine schlechte Idee wäre.«
Es ging noch eine Weile hin und her; dann sagte ich: »Moment mal, wie erkennen wir uns denn? Wir sind uns doch noch nie

begegnet.«
»Ich erkenne Sie schon. Ich habe Ihr Bild gesehen.«
Mehr als das. Er hatte mich von Angesicht zu Angesicht gesehen, durch eine angeblich nur von einer Seite durchsichtige Scheibe. Auch ich hatte ihn gesehen, aber das wußte er nicht. So spielte ich bei der Scharade mit, wandte ein, ich sähe meinem Foto nicht sehr ähnlich, und wollte auch wissen, wie er aussähe, und warum steckten wir uns nicht einfach rote Nelken ins Knopfloch? Er stimmte zu.
»Gut, bis morgen dann«, sagte er. »Um halb drei. Ich bin froh, wenn ich das hinter mir habe, Mr. – Oh, ich hätte beinahe Ihren Namen genannt.«
»Macht nichts.«
»Wie ich schon sagte, ich bin froh, wenn ich das hinter mir habe.«
Da war er nicht der einzige.
Ich überzeugte mich davon, daß die Pistole mit einem Kunststoffpfeil geladen war, eilte nach unten und sah mir rasch Astrid an. Sie lag noch immer auf der Seite, aber ihre Brust hob und senkte sich nun deutlich. Als ich neben ihr stand, gab sie einen Klagelaut von sich und zuckte mit den Vorderpfoten. Der Pfeil lag neben ihr. Ich hob ihn auf und ließ ihn in den Aktenkoffer fallen.
Ich ging nach oben und setzte mich wieder ans Telefon, wählte drei Nummern, alle auswärts. Kein Gespräch dauerte sehr lange. Nach dem dritten ging ich wieder nach unten und fand den Hund fast wach vor, aber noch immer zu schwach zum Aufstehen. Astrid guckte mich aus verschwommenen Augen so traurig an, daß es mir schwerfiel, in ihr eine Bedrohung zu sehen. Aber ich zwang mich, an ihr Bellen und ihre Sprungbereitschaft zu denken.
Hoffentlich war sie wieder wach und munter, wenn ihr Herrchen heimkam.
Ich ging hinaus und schloß hinter mir ab, durchquerte den Garten und suchte in den Beeten vergeblich nach Nelken. Warum hatte ich keine Tulpen vorgeschlagen?
Keine Zeit für Gärten. Ich hastete durch den Tunnel, schaute nach links und rechts, schloß das Tor auf.
Es war noch so viel zu tun...

19

»Ich weiß nicht, Bernie. Hört sich so an, als hättest du da was unglaublich Kompliziertes vor.«

»Hattest du das nicht gewollt? Du weißt doch, daß ich weder mit dem Colcannon-Einbruch noch mit dem Mord an Abel Crowe was zu tun habe, schnüffelst aber trotzdem um mich herum.«

»In diesen beiden Fällen steckst du bis über beide Ohren drin, Bernie. Ich weiß nur nicht, ob mir dein Plan gefällt, das ist alles.«

Ray Kirschmann hatte dienstfrei und trug braune Gabardinehosen und ein bedrucktes Sporthemd. Die Hosen waren im Gesäß zu schlabbrig und in der Taille zu eng, das Hemd kam aus Korea, hellgrün mit dunkelgrünen Ziernähten an Kragen und Taschen. Wenn er zum Kleiderkauf doch bloß seine Frau mitnehmen würde...

»Warum zaudern, Ray? Ich gebe dir eine Chance, den Helden zu spielen, ein paar Leute zu verhaften, eine Reihe uralter Fälle aufzuklären und dir ein paar Dollar in die Tasche zu jubeln. Was willst du sonst noch? Den Drachen erschlagen und die Königstochter bumsen?«

»Drachen sind mir Wurst, Bernie.«

»An der Prinzessin fändest du auch nicht viel. Eine Erbse unterm Bett, und sie meckert die ganze Nacht.«

»Die Geschichte kenn ich auch. Erzähl mir mal von den Dollars, die da in meiner Tasche landen sollen.«

»Ein Mann ist bereit, für die Wiederbeschaffung eines Stückes eine Belohnung zu zahlen.«

»Was für ein Mann?«

»Du triffst ihn morgen.«

»Was für ein Stück?«

»Auch das erfährst du morgen.«

»Und wie soll ich es beschaffen? Klar, auch das erfahre ich morgen. Wie in den alten Hörspielen – ›Fortsetzung folgt‹. Wie hoch ist eigentlich die Belohnung?«

»Zehntausend.«

Er nickte, schürzte die Lippen. »Offiziell ist das aber nicht«, wandte er ein. »Der Kerl könnte einen Rückzieher machen.«

»Wenn es nicht offiziell ist, braucht es auch nicht gemeldet zu werden. Es ist steuerfrei. Und du mußt mit keinem Vorgesetzten teilen.«

Er guckte verschmitzt, Habgier funkelte in seinen Augen. Spinoza

mag kein gutes Wort für Raffsucht gefunden haben, aber wie sollten sich die Räder ohne sie drehen?
»Na meinetwegen«, sagte er. »Sehen wir mal, wie es läuft.«
»Hast du die Liste mitgebracht?«
Er nickte und zog einen gefalteten Bogen aus der Brusttasche seines Sporthemds. »Hier haben wir die Einbrüche, die im Lauf der vergangenen zwei Jahre auf dieselbe Weise wie der Colcannon-Job begangen wurden – die Kerle haben sich mit Gewalt Zugang verschafft und den Tatort hinterlassen, als hätte dort ein Zyklon gewütet. Und sie haben sich, wie du prophezeit hast, auf ein kleines Gebiet in Manhattan beschränkt. Du bist nicht der erste, der sich sagte, daß Rabbit Margate das nicht zum erstenmal getan hat. Wir haben ihn nach allen Regeln der Kunst ausgefragt. Zwar nicht über die letzten zwei Jahre und das Viertel, das du herausgepickt hast, aber wir haben ihn trotzdem ganz schön gegrillt.«
»Was ist dabei herausgekommen?«
»Er spielt noch immer Humphrey Bogart.«
»Gestern war es noch James Cagney.«
»Derselbe Unterschied.«
»Bringst du ihn morgen mit?«
»Das ist vorschriftswidrig. Wenn er durchbrennt, habe ich allerhand zu erklären. Aber ich will's riskieren.«
»Du weißt aber noch nicht, mit wem er zusammengearbeitet hat?«
»Bisher noch nicht. Früher oder später redet er schon.«
»Dann sehen wir uns morgen«, sagte ich und ging noch einmal Zeit und Ort mit ihm durch.
»Was soll ich außer Rabbit noch mitbringen?«
»Deine Kanone.«
»Die laß ich nie daheim.«
»Ach ja, Ray, Handschellen. Bring eine Menge Handschellen mit.«
»Klar, als wollte ich die gesamte Jesse-James-Gang verhaften. Na, in der Vergangenheit hast du ja meistens gespurt. Also mach ich mit. Kann ich sonst noch etwas für dich tun? Dich irgendwo absetzen oder die Kufen ein bißchen schmieren?«
Ich dachte darüber nach und widerstand dann der Versuchung. »Nein, danke, ich komme schon selbst zurecht.«

Marilyn Margate fand ich in ihrem Salon. Sie kämmte gerade einer hartgesichtigen Dame das unecht aussehende kastanienbraune Haar aus. »Er gibt zu, daß er mit seiner Frau schläft«, sagte die Dame gerade, »behauptet aber, er hätte überhaupt keinen Spaß dabei und täte es nur aus Pflichtgefühl. Ich weiß aber aus Erfahrung, daß einem die Männer immer so etwas vormachen. Was soll ich ihm nun glauben?«

»Ich weiß, wo Sie herkommen«, sagte Marilyn zu mir.

Als sie eine Minute Zeit hatte, zog ich sie beiseite und gab ihr einen Zettel mit Ort und Zeit der Gedenkfeier. »Es ist wichtig, daß Sie kommen«, mahnte ich. »Und bringen Sie Harlan Reese mit.«

»Harlan? Glauben Sie denn immer noch, daß er zurückging und Wanda umbrachte? Das klingt nicht nach Harlan.«

»Bringen Sie ihn einfach mit.«

»Ich weiß nicht so recht. Er geht noch nicht einmal aus seinem Zimmer und will zur Westküste abhauen, ehe die Cops ihm auf die Spur kommen. Ich glaube nicht, daß er sich wegen der Beerdigung eines alten Knackers aus Brooklyn herauswagt.«

»Überreden Sie ihn dazu. Ihr Bruder kommt auch.«

»Rabbit kommt hin? Soll das heißen, daß sie ihn rausgelassen haben?«

»Nur für die Feier. Ich habe das arrangiert.«

»Sie –?« Sie machte große Augen und sah mich respektvoll an. »Das ist ja mehr, als sein Anwalt fertiggebracht hat. Freilassung gegen Kaution wurde abgelehnt. Diesem Anwalt werde ich was erzählen.«

»Sagen Sie ihm kein Wort.«

»Gut. Meinetwegen.«

»Tauchen Sie nur morgen mit Harlan auf.«

»Wird gemacht. Wenn Rabbit da ist, komme ich auch und bringe Harlan mit.«

Ich rief bei der Narrowback-Galerie an. Denise meldete sich. »Hoffentlich bist du morgen frei«, sagte ich. »Ich möchte dich zu einer Beerdigung in Brooklyn einladen.«

»Abgemacht, ich komme. Willst du mit deiner Komplizin sprechen?«

»Ja, bitte.«

Alles liefe glatt, sagte ich, als Carolyn an die Leitung kam, wenn auch etwas hektisch. »Ich muß unbedingt zurück in Abels Haus, bat aber Ray lieber nicht um Hilfe, weil ich nicht wollte, daß er merkt, was ich vorhabe. Hast du irgendwelche Ideen?«

»Für einen Arzttermin ist es wohl zu spät.«

»Ja, Samstagabend ist das nicht so einfach.«

»Wenn ich dir irgendwie helfen kann –«

»Im Augenblick fällt mir nichts ein. Wahrscheinlich habe ich die Nacht über zu tun, vorausgesetzt, ich komme überhaupt hinein. Vielleicht schaue ich bei dir vorbei, wenn ich fertig bin.«
»Hm, ich bin heute verabredet, Bernie.«
»Macht nichts.Wir sehen uns dann morgen bei der Feier. Hast du die Adresse?« Ich wiederholte sie vorsichtshalber und bat Carolyn dann, Denise noch einmal an den Apparat zu rufen.
»Carolyn hat die Adresse für morgen. Vorausgesetzt, ihr zwei redet überhaupt miteinander.«
»Da setzt du aber allerhand voraus.«
»Jaja. Ich wollte nur sagen, daß ich heute nacht zwar einiges vorhabe, aber vielleicht irgendwann, wenn ich fertig bin, bei dir vorbeischauen könnte.«
»Hmm ...«
»Nur um dich zu besuchen.«
»Das paßt mir aber heute abend nicht so recht, Bernie.«
»Na gut, dann sehen wir uns morgen in Brooklyn.«
»Kann ich Gore und Truman mitbringen?«
»Die stehen schon auf meiner Liste.«

Unter Murray Feinsingers Nummer erreichte ich einen Anrufbeantworter, der mich aufforderte, Namen und Nummer aufs Band zu sprechen oder am Montag früh um neun zurückzurufen. Ich legte auf, ohne eine Nachricht hinterlassen zu haben, und ging im Telefonbuch von Manhattan alle Feinsingers durch, bis ich unter derselben Adresse eine Dorothy Feinsinger fand. Murray kam selbst an den Apparat.
»Dr. Feinsinger?« begann ich. »Mein Name ist Bernard Rhodenbarr. Ich war gestern nachmittag wegen meiner Füße bei Ihnen.«
»Deshalb kommen die meisten Leute zu mir, Mr. Rhodenbarr. Meine Praxis ist heute geschlossen.«
»Ich weiß nicht, ob Sie sich noch an mich erinnern. Ich hatte Mortons Fuß, und Sie wollten mir Einlagen anfertigen lassen.«
»Die sind natürlich noch nicht fertig. Das dauert zwei Wochen.«
»Ja, das ist mir klar. Ich gab Ihnen aber eine kleine Anzahlung, und –«
»Ich habe die Einlagen aber schon in Auftrag gegeben, Mr. Rhodenbarr. Gibt es irgendwelche Schwierigkeiten?«
»Nein, nein«, erwiderte ich, »aber bei mir stellte sich heute nachmittag ein plötzlicher Geldregen ein, auf der Rennbahn nämlich, und ich wollte Ihnen nur den Restbetrag geben, ehe ich ihn

vergeude. Und weil ich gerade in der Gegend bin, dachte ich mir, gehst bei Dr. Feinsinger vorbei und gibst ihm seine zweihundertsiebzig Dollar und –«

»Das ist sehr entgegenkommend von Ihnen, Mr. Rhodenbarr. Warum kommen Sie nicht am Montag vorbei?«

»Tja, Montag ist bei mir immer ein harter Tag, und außerdem ist das Geld bis dahin vielleicht weg. Kann ich nicht für eine Minute zu Ihnen hochkommen und meine Rechnung begleichen?«

»Bedaure, aber außerhalb der Sprechstunde kann ich kein Geld annehmen«, sagte er. »Ich bin in meiner Wohnung. Die Praxis ist gegenüber, und ich müßte sie erst aufschließen, eine Quittung ausstellen, den Eingang verbuchen – alles recht umständlich.«

»Ach, auf eine Quittung kommt es mir gar nicht an. Ich springe nur rasch zu Ihnen hoch, gebe Ihnen das Geld und verschwinde wieder.«

Pause. Mittlerweile mußte er sicher gewesen sein, es mit einem Irren zu tun zu haben, und wer lädt sich schon gerne einen Irren ein? Es mußte einen Weg gegeben haben, an Feinsinger heranzukommen, aber ich hatte es offensichtlich vermasselt, und alles, was ich von nun an sagte, machte die Sache nur noch schlimmer.

»Gut, komme ich halt am Montag vorbei«, meinte ich. »Hoffentlich habe ich bis dahin das Geld noch. Vielleicht stopfe ich es mir in der Zwischenzeit in die Schuhe.«

Von der Auskunft in Brooklyn erfuhr ich, daß eine J. L. Garland am Cheever Place einen Anschluß hatte. Ich wählte und bekam einen Burschen mit einer piepsigen Stimme an die Leitung. Ich verlangte Jessica zu sprechen. Sie war gleich darauf am Telefon.

»Hier Bernie Rhodenbarr«, meldete ich mich. »Ich komme morgen und wollte mich nur vergewissern, daß alles klappt. Um halb drei in der Erlöserkirche, ja?«

»Korrekt.«

»Gut. Dann wollte ich Sie nur noch bitten, zwei Leute anzurufen und einzuladen, Nachbarn Ihres Großvaters.«

»Ich habe in der Halle seines Hauses schon eine Einladung ans Schwarze Brett gehängt, aber Sie können gerne noch einladen, wen Sie wollen.«

»Das habe ich schon getan. Ich wäre Ihnen aber dankbar, wenn Sie diese beiden Anrufe für mich erledigen könnten. Darf ich Ihnen etwas diktieren?«

Sie stimmte zu und ließ sich von mir Namen, Nummern und die

jeweiligen Nachrichten geben. Dabei fiel mir ein, daß sie womöglich Zugang zu Abels Apartment hatte. Als ich sie danach fragte, verneinte sie. »Ich habe keine Schlüssel«, sagte sie, »und der Portier hat strenge Anweisung von der Polizei, niemand hineinzulassen. Wieso?«

»Nur eine Frage aus keinem besonderen Anlaß. Werden Sie diese beiden Anrufe für mich erledigen?«

»Auf der Stelle.«

Wenige Minuten später präsentierte ich mich in der Eingangshalle von Abels Haus. Der Portier war mir ebenso fremd wie ich vermutlich ihm. Er sah genauso aggressiv aus wie Astrid. Ich hoffte nur, daß ich ihn nicht mit einem Pfeil in die Schulter außer Gefecht setzen mußte.

Die Pfeilpistole hatte ich dabei, wenngleich nicht zur Hand. Sie lag in meinem Aktenkoffer, zusammen mit dem Einbruchswerkzeug, zwei neuen Gummihandschuhen ohne Handfläche und meinen Breitspur-Pumas. Ich trug zur Abwechslung schwarze Halbschuhe mit Karreespitze, schwer, lederbesohlt und nicht sonderlich bequem, aber sie paßten viel besser als Pumas oder Mokassins zu meinem schwarzen Anzug und der gedeckten Krawatte mit dem dezenten Streifen.

»Reverend Rhodenbarr«, sagte ich. »Mrs. Pomerance in 11-J erwartet mich.«

20

»Ja, er hatte europäische Manieren«, sagte Mrs. Pomerance. »Immer ein Lächeln und ein freundliches Wort. Er litt unter der Sommerhitze, und manchmal sah man ihm an, daß seine Füße schmerzten, aber man hörte nie ein Wort der Klage von ihm.«

Ich schrieb »Kavalier der alten Schule« und »beklagte sich nie« in mein kleines Notizbuch, sah auf und erwischte Mrs. Pomerance, wie sie mich verstohlen von der Seite ansah. Sie wußte nicht, woher sie mich kannte, und das schien sie verrückt zu machen. Da ich eindeutig der Geistliche aus Brooklyn war, den Jessica Garland angemeldet hatte, der entgegenkommende Mensch, der Material für die Eloge auf Abel Crowe sammelte, mochte ihr nicht aufgegangen sein, daß ich außerdem der junge Stettiner war, mit dem sie gestern eine Aufzugkabine geteilt hatte. Wenn ich aber Reverend Rhodenbarr aus Cobble Hill war, warum sah ich dann so vertraut aus?

Wir saßen in schweren Sesseln in ihrer mit Möbeln vollgestopften kleinen Wohnung, umgeben von Nippes und den Bildern ihrer Enkel, und gut zwanzig Minuten lang sprach sie Gutes über die Toten und Schlechtes über die Lebenden und wischte allen anderen Hausbewohnern geschickt eins aus. Sie lebte allein, die gute Mrs. Pomerance; ihr seliger Gatte Moe stand nun im Paradies am Zuschneidetisch.

Um halb neun lehnte ich eine zweite Tasse Kaffee ab und erhob mich. »Sie haben mir sehr geholfen«, erklärte ich wahrheitsgemäß. »Es freut mich, Sie morgen bei der Feier begrüßen zu dürfen.«

Sie brachte mich zur Tür und versicherte mir, sie würde kommen. »Ich muß unbedingt wissen, ob Sie das, was ich Ihnen erzählt habe, auch verwenden. Wissen Sie was? Sie erinnern mich an den jungen Stettiner.«

»Wie bitte? Den jungen Stettiner?«

»Ja, kennen Sie ihn denn?«

Ich schüttelte den Kopf. »Aber man sagt mir nicht zum erstenmal, daß eine Ähnlichkeit besteht.«

Sie machte hinter mir die Tür zu und schloß ab. Ich ging den Korridor hinunter, öffnete Abels Schnappschloß und betrat seine Wohnung.

Dann machte ich Licht. Normalerweise hätte ich erst die Vorhänge zugezogen, aber da die nächsten Häuser am anderen Flußufer lagen, würde wohl niemand etwas merken.

Ich schnüffelte ein wenig herum, aber längst nicht so gründlich wie am Vortag. Im Schlafzimmer kramte ich im Kleiderschrank und stattete dem Klimakasten einen zweiten Besuch ab. Anschließend stöberte ich in den Regalen – nicht etwa auf der Suche nach versteckter Beute, sondern nach Lesestoff.

Jetzt hatte ich Lust auf meinen Robert-B.-Parker-Krimi. Wie gern hätte ich herausgefunden, was der alte Spenser so trieb, der offensichtlich in der Lage war, ohne Einlagen zu joggen und Gewichte zu stemmen, ohne sich einen Bruch zuzuziehen, doch Unterhaltungsliteratur war hier schwerer zu finden als ein 1913er V-Nickel. Viele Bücher, die mich interessiert hätten, schieden aus, weil ich kein Deutsch, Französich oder Latein konnte. Schließlich entschied ich mich für Schopenhauer, den ich ebenso tiefgründig

wie schwer verdaulich fand. Gerne hätte ich eine Platte aufgelegt, doch schien mir das Licht schon Risiko genug.
Der alte Armagnac hätte mir jetzt gutgetan, aber ich trank statt dessen ein Glas Milch. Irgendwann zwischen zehn und elf löschte ich das Licht im Wohnzimmer, ging ins Schlafzimmer und zog mich aus.
Sein Bett war ordentlich glatt gezogen. Er mußte es wohl selbst gemacht haben, als er am letzten Morgen seines Lebens aufgestanden war. Ich stellte den Wecker auf halb drei, kroch unter die Decke, knipste die Nachttischlampe aus und schlief ein.

Der Wecker schrillte mitten in meinen Traum hinein. Worum es in diesem Traum ging, habe ich vergessen, aber das Klingeln des Weckers wurde zum Rasseln einer Alarmanlage. Im Traum fummelte ich verzweifelt nach dem Schalter, ehe ich zu mir kam und nach dem tatsächlichen Wecker griff, der inzwischen halb abgelaufen war.
Gut gemacht, Rhodenbarr. Ich blieb ein paar Minuten lang in der Finsternis sitzen, lauschte aufmerksam, hoffte, daß niemand Notiz von dem Getöse genommen hatte. Vermutlich hatte es niemand gehört. Diese alten Häuser sind ziemlich schalldicht. Ich knipste die Lampe an, stand auf und zog mich an.
Diesmal wählte ich anstelle der schwarzen Treter meine Pumas. Und Gummihandschuhe.
Ich verließ Abels Wohnung und lehnte die Tür nur an. Dann schlich ich den Korridor entlang, am Aufzug vorbei zum Treppenhaus und sieben Stockwerke tiefer zu Apartment 4-B.
Kein Licht fiel durch die Türritze. Drinnen kein Geräusch. Nur ein Schloß, das zu knacken ein Kinderspiel war. Ich trat ein.
Zehn Minuten später kam ich wieder heraus und schloß hinter mir ab. Ich erklomm sieben Stockwerke, ging zurück in Abels Wohnung, schloß ab und legte mich wieder ins Bett.
Ich wachte auf, ehe der Wecker loslegen konnte. Nach einer kurzen Dusche fand ich einen Rasierapparat und schabte mir die Wangen. Es war eigenartig, in dieser Wohnung zu leben, als sei man in das Leben eines alten Freundes geschlüpft, das dieser gerade erst hatte fahrenlassen müssen, doch ich zerbrach mir den Kopf nicht zu lange darüber. Ich machte mir eine Tasse Pulverkaffee, leerte sie und zog mich an, schlüpfte wieder in die schweren schwarzen Schuhe und packte die Pumas zusammen mit einem Buch, das ich ausgewählt hatte, in den Aktenkoffer.

Weder der Aufzugführer noch der Portier würdigte mich eines zweiten Blickes. Zwar hatten sie mich hier noch nie gesehen, aber ich ging zu einer zivilen Zeit, und selbst in einem verknöcherten alten Apartmenthaus am Riverside Drive mußte es Mieter beiderlei Geschlechts geben, die hin und wieder einmal einen Fremden die Nacht über bei sich behielten und bei Sonnenaufgang wegschickten.

Der Salon Magda lag in der Ninth Avenue, neben einem Restaurant namens Chelsea Commons. Er war um diese Zeit selbstverständlich geschlossen und wie meine Buchhandlung mit einer Stahljalousie versehen. Vor der Tür sicherte ein Vorhängeschloß das Gitter. Und da stand ich nun, voll im Blickfeld der vorbeigehenden Passanten, und kitzelte das Vorhängeschloß mit einem Stück Federstahl, bis es aufsprang.

Niemand kümmerte sich um mich. Es war heller Tag, und ich war ein gutgekleideter, offenbar respektabler Mann. Wer mir zuschaute, mußte annehmen, ich benutze einen richtigen Schlüssel. Kleinigkeit.

Auch das Türschloß bereitete keine Schwierigkeiten. Es nahm zwar etwas mehr Zeit in Anspruch, war aber nicht besonders kompliziert.

Dann öffnete ich die Ladentür, und die Alarmanlage legte los.

Tja, so was kann passieren, im Leben wie im Traum. Mir war die Alarmanlage schon aufgefallen, als ich am Vortag Marilyn Margate einen Besuch abgestattet hatte, und ich hatte mich lange genug umsehen können, um an der Wand neben dem ersten Sessel den Schalter auszumachen. Ich marschierte in den Salon, legte den Schalter um und brachte das schrille Heulen zum Verstummen.

Alles blieb ruhig. Vermutlich waren die Nachbarn an diesen Lärm gewöhnt. Ladeninhaber lösen immer wieder ihre Alarmanlagen aus, wenn sie aufmachen. Nur wenn es mitten in der Nacht losheult oder lange Zeit nicht abgestellt wird, greifen Leute nach dem Telefonhörer und rufen die Polizei.

Und welcher Idiot würde auch schon in einen Schönheitssalon einbrechen?

Ich verbrachte eine gute halbe Stunde in diesem. Als ich mich wieder empfahl, war drinnen alles noch so wie zuvor, abgesehen von der Alarmanlage, die ich nicht wieder einschaltete, weil ich befürchtete, sie beim Hinausgehen wieder auszulösen. Das Geld in der Kasse ließ ich liegen – nur ein paar Rollen Wechselgeld und ein

Dutzend Eindollarscheine. Auch die Pistole, die Marilyn auf mich gerichtet hatte, ließ ich in der Schublade der Chefin liegen.
Ich wischte alle Flächen ab, die ich berührt haben konnte – Gummihandschuhe paßten nicht so recht zu meiner Aufmachung. Dann schloß ich hinter mir ab, ließ die Jalousie herunter und das Schnappschloß einrasten.

Bei Carolyn meldete sich niemand. Ich wollte schon Denise anrufen, überlegte es mir aber anders. Ich schlenderte die 23. Straße entlang und las die Bronzeschilder am Chelsea Hotel, die nicht die Namen von Orthopäden und Kinderärzten, sondern von Autoren trugen, die hier einmal gewohnt hatten – Thomas Wolfe, Dylan Thomas. In einem Café in Greenwich Village genehmigte ich mir ein ausgiebiges Frühstück – Spiegeleier, Speck, Orangensaft, frische Brötchen, eine Kanne Kaffee. Ich kaufte mir die Sonntagsausgabe der *New York Times*, warf die Teile weg, die sowieso kein Mensch liest, und trug den Rest zum Washington Square. Dort setzte ich mich auf eine Bank, ignorierte all die entgegenkommenden jungen Männer, die mir jede der modernen Menschheit bekannte bewußtseinsverändernde Chemikalie anboten, und las die Zeitung, betrachtete Menschen, Tauben und hin und wieder ein possierliches graues Eichhörnchen. Kinder turnten auf Klettergerüsten herum. Junge Mütter schoben Kinderwagen. Jugendliche spielten Frisbee. Penner bettelten. Säufer torkelten. Schachspieler schoben Bauern herum, derweil Kiebitze die Köpfe schüttelten und mißbilligend schnalzten. Leute führten Hunde spazieren, die sich nicht um die Verbotsschilder kümmerten und die Fußwege besudelten. Dealer priesen ihre Waren ebenso eifrig an wie die Straßenhändler, die Hot dogs, Eis, Cassata, Gasballons und vegetarische Imbisse feilboten. Ich entdeckte meinen Lieblingsverkäufer, einen Schwarzen, der große, flauschige, gelbe Enten mit grell orangefarbenen Schnäbeln verhökert, die lächerlichsten Dinger, die mir je untergekommen sind, aber er wird sie los.

Vom Park ging ich zu Fuß zur U-Bahn und war kurz vor zwei in der Erlöserkirche von Cobble Hill. Dort lernte ich Jessica Garland und ihren Freund kennen. Er hieß Clay Merriman und war ein großer Schlaks, der nur aus Knien, Ellbogen und einem bleckenden Grinsen zu bestehen schien. Ich erklärte ihnen, was ich vorhatte. Er kapierte nicht gleich, aber Jessica schaltete sofort. Warum auch nicht? Immerhin war sie Abels Enkelin.

Wir sahen uns den Raum an, in dem die Feier stattfinden sollte. Ich sagte ihr, wo sie die Gäste hinzusetzen hatte, sofern sie sich nicht selbst einen Platz suchten. Dann ließ ich sie zusammen mit Clay die Gäste begrüßen, während ich mir die Zeit in einem kleinen Raum vertrieb, der sonst wohl dem Geistlichen als Sakristei diente. Die Tür war natürlich abgeschlossen, aber man kann sich ja vorstellen, was für ein Schloß in die Tür einer Sakristei eingebaut wird.
Um halb drei erklang Orgelmusik vom Tonband. Inzwischen sollten eigentlich alle Gäste eingetroffen sein, doch da Nachzügler eben sind, wie man sie nennt, begann die Feier mit zehnminütiger Verspätung. Ich ging derweil in der Sakristei auf und ab, wie es wohl der Geistliche tut, wenn er seine Predigt probt.
Dann war die Zeit gekommen. Ich nahm zwei Bücher aus meinem Aktenkoffer, ließ die Verschlüsse wieder zuschnappen und stellte ihn in eine Ecke. Ich verließ den Raum und ging den Korridor entlang zur Halle, in der sich eine ansehnliche Gemeinde versammelt hatte. Durch einen Seitengang schritt ich nach vorne, erklomm ein niedriges Podest und nahm meinen Platz am Rednerpult ein. Ich sah mir alle die Leute an und holte tief Luft.

21

»Guten Tag und willkommen«, begann ich. »Mein Name ist Bernard Rhodenbarr. Wie wir alle bin ich hier, weil ich ein Freund von Abel Crowe war. Letzte Woche wurde unser Freund und Nachbar in seiner eigenen Wohnung erschlagen, und wir haben uns hier zusammengefunden, um seiner zu gedenken.«
Ich warf einen Blick über meine Zuhörerschaft. Viele fremde Gesichter in der Menge – die älteren gehörten wohl zu Abels Nachbarn aus dem Haus am Riverside Drive, die jüngeren vermutlich zu Jessicas Freunden aus Cobble Hill. Einige Leute erkannte ich. In der zweiten Reihe entdeckte ich Mrs Pomerance und gleich dahinter meinen jovialen Fußspezialisten. Links saß Ray Kirschmann neben einem jungen Mann, der wohl George Edward Margate sein mußte. Seine Schwester Marilyn saß ganz rechts in der ersten Reihe, ganz züchtig in schwarzem Rock und dunkelgrauem Pullover. Ihr Nachbar, ein rundgesichtiger, klobiger Flegel war bestimmt Harlan Reese. Denise und Carolyn hatten ganz hinten nebeneinander Platz genommen. Carolyn trug ihren Blazer. Denise

hatte einen Pulli an, aber ich konnte nicht sehen, ob sie in Hosen oder in einem Rock gekommen war.
Als Hauptleidtragende saß Jessica Garland in der Mitte der ersten Reihe, neben sich Clay Merriman. Schade, daß wir uns nicht alle schon einmal vor diesem traurigen Anlaß begegnet waren. Abel hätte uns an einem Abend einladen können, Clay und Jessica und Carolyn und mich, und wir hätten uns mit Süßigkeiten vollgestopft, während er uns mit Geschichten aus Europa zwischen den Kriegen unterhielt. Seltsamerweise hatte er aber nie erwähnt, daß er eine Enkelin hatte.
In der dritten Reihe rechts saßen drei Herren in dunklen Anzügen nebeneinander. Der mittlere war groß und kahlköpfig, hatte eine lange Nase und schmale Lippen. Neben ihm saß der älteste des Trios, ein Gentleman von ungefähr sechzig, der breite Schultern, schneeweißes Haar und einen weißen Schnauzbart hatte. Der dritte, am Mittelgang, war ein kleiner, zierlich gebauter Bursche mit Kartoffelnase und einer starken Brille.
Ich hatte sie noch nie zuvor gesehen, war aber ziemlich sicher zu wissen, wer sie waren. Ich hielt inne und schaute den Mann in der Mitte an. Seine ernste Miene veränderte sich nicht, aber er nickte kurz und deutlich.
Am anderen Ende der zweiten Reihe saß ein weiterer Mann, den ich kannte. Ovales Gesicht, kurzer Schnauzbart, schiefergraues Haar, kleiner Mund und kleine Nase – ich hatte ihn natürlich schon zuvor gesehen –, und Jessica hatte gewußt, wo sie ihn unterzubringen hatte, da Herbert Franklin Colcannon zuvorkommenderweise eine rote Nelke im Knopfloch trug.
Und ich hatte mich gerade der Gemeinde vorgestellt. Colcannon wußte also, wer ich war.

»Wir hören, daß unser guter Freund seinen Lebensunterhalt mit dem Erwerb und Verkauf von Diebesgut bestritt«, begann ich, »ich jedoch kenne ihn in einer anderen Eigenschaft – als Philosophen. Da Abel Crowe die Schriften von Spinoza ganz besonders schätzte, möchte ich nun zu seinem Gedenken eine kurze Passage vorlesen.«
Ich las aus dem ledergebundenen Band, den wir Abel geschenkt hatten – eben jenes Exemplar, das ich am Freitag zurückgeholt und in der folgenden Nacht in meinen Aktenkoffer gepackt hatte. Ich las zwei kurze Abschnitte aus dem Kapitel »Über Ursprung und Natur der Emotionen«. Es war recht trockene Prosa. Mein Publikum kam mir nicht sehr aufmerksam vor.

Ich klappte Spinoza zu, legte das Buch aufs Rednerpult und schlug den zweiten Band auf, den ich mitgebracht hatte.
»Dieses Buch gehörte Abel«, erklärte ich. »Ausgewählte Schriften von Thomas Hobbes. Hier ist eine Passage aus dem *Leviathan*, von ihm selbst unterstrichen. ›In der menschlichen Natur finden wir drei hauptsächliche Gründe für Streitigkeiten. Erstens: den Existenzkampf; zweitens: Mangel an Selbstvertrauen; drittens: Ruhmsucht. Der erste läßt die Menschen übereinander herfallen aus gewinnsüchtiger Absicht, der zweite aus Bedürfnis nach Sicherheit, der dritte um der Ehre willen.‹«
Ich legte Hobbes neben Spinoza. »Abel Crowe wurde aus Gewinnsucht getötet«, verkündete ich. »Und der Mörder ist unter uns. In diesem Raum.«
Das blieb nicht ohne Wirkung. Die ganze Menge schien gleichzeitig nach Luft zu schnappen. Mein Blick blieb kurz auf Carolyn und Denise haften. Sie hatten gewußt, was kam, waren aber von meiner Enthüllung trotzdem so betroffen, daß sie näher zusammenrückten, so als hätte sie dieser dramatische Augenblick ihre gegenseitige Abneigung vergessen lassen.
»Abel wurde wegen eines Nickels ermordet«, fuhr ich fort. »Tag für Tag werden Menschen wegen Bagatellsummen getötet, aber dieser Nickel war keine Bagatelle. Er war rund eine Viertelmillion Dollar wert.« In der Menge wurde geraunt. »Am Dienstag abend kam Abel in den Besitz dieser Münze. Zwölf Stunden später war er tot.«
Ich ließ mich nun ein wenig über die Geschichte des 1913er V-Nickels aus. »Eine dieser Münzen landete im Safe eines Mannes, der in einer umgebauten Stallung in Chelsea wohnt. Der Mann und seine Frau hatten die Stadt verlassen und wurden erst am nächsten Tag zurückerwartet. Am Dienstag abend, während ihrer Abwesenheit, schlugen zwei Einbrecher das Oberlicht ein und plünderten das Haus.«
»Wir ha'm kein' Nickel geklaut!« Köpfe fuhren herum, alles starrte Rabbit Margate an. »Wir ha'm kein' Nickel mitgenommen«, rief er, »und auch kein' Safe aufgemacht. Klar, gefunden ha'm wir den schon, aber aufgekriegt ha'm wir'n nich. Von 'nem Nickel weiß ich nix.«
»Nein, Rabbit«, warf ich ein.
»Und umgebracht ha'm wir auch keinen. Wir ha'm keinem was getan. Als wir rein sind, war keiner daheim, und als wir wieder raus sind, war noch keiner zurück. Von Mord und Nickels weiß ich nix.«

Er sank auf der Bank in sich zusammen. Ray Kirschmann flüsterte ihm etwas zu. Rabbit ließ die Schultern hängen. Ich weiß zwar nicht, was Ray gesagt hatte, aber vermutlich hatte er darauf hingewiesen, daß Rabbit gerade vor Gott und aller Welt den Einbruch gestanden hatte.

»Das stimmt«, sagte ich. »Die ersten Einbrecher, Rabbit Margate und Harlan Reese« – fuhr Harlan nicht zusammen, als er seinen Namen hörte? –, »gaben sich mit Diebstahl und Vandalismus zufrieden. Kurz nach ihrem Verschwinden wurde ein weiterer Einbruch begangen. Diesmal war der Einbrecher sehr viel professioneller und geschickter als Margate und Reese, ging geradewegs zum Wandsafe, öffnete ihn und nahm ein Ohrgehänge, eine wertvolle Armbanduhr und den 1913er Nickel heraus. Er brachte diese Gegenstände sofort zu Abel Crowe und überließ sie ihm in Kommission.«

Sinnlos zu erwähnen, daß wir für Gehänge und Uhr Bargeld erhalten hatten. Man brauchte diesen Leuten nicht jede Einzelheit auf die Nase zu binden.

»Während der zweite Einbrecher den Inhalt des Safes bei Abel Crowe ablieferte, kehrten der Besitzer des Nickels und seine Frau nach Hause zurück. Sie hatten, ohne daß die Einbrecher es ahnen konnten, ihre Pläne geändert und betraten nun ein Heim, das aussah, als hätten die Goten in Rom gehaust. Außerdem gerieten sie in einen dritten Einbruch hinein, und nun wurde es ernst. Mann und Frau wurden bewußtlos geschlagen und gefesselt, und als der Mann wieder zu sich kam und sich von seinen Fesseln befreit hatte, stellte er fest, daß seine Frau tot war.«

Ich warf einen Blick zu Colcannon. Er erwiderte ihn mit ausdrucksloser Miene. Ich hatte den Eindruck, daß er am liebsten ganz woanders gewesen wäre und sich wohl auch sagte, daß er heute nachmittag keine Gelegenheit bekommen würde, seine Münze zurückzukaufen.

»Selbstverständlich verständigte der Besitzer der Münze die Polizei. Man gab ihm Gelegenheit, sich den zweiten Einbrecher zu betrachten, aber er konnte ihn nicht identifizieren. Später identifizierte er eindeutig einen der Teilnehmer am ersten Einbruch.«

»Der wollte mich doch nur reinhängen«, rief Rabbit Margate. »Mich hat er noch nie gesehen.«

»Nennen wir das lieber ein Versehen«, schlug ich vor. »Der Herr stand unter starkem Streß. Er hatte seine Frau verloren, sein Haus war brutal ausgeplündert worden, und es fehlte eine Münze, die

ein Vermögen wert war...«
»Und hier haben wir ein interessantes Detail«, fuhr ich fort und schaute wieder zu Colcannon hinüber. »Bei der Polizei hat er die Münze nie erwähnt. Man muß den Verlust eines Gegenstands der Polizei melden, ehe man von seiner Versicherung Entschädigung fordern kann, aber in diesem Fall war das nebensächlich, denn die Münze war nicht versichert, und zwar aus gutem Grund. Der Herr war nämlich nicht ihr rechtmäßiger Besitzer.«
»Jetzt reicht es aber!« Das war Colcannon, der mich wirklich überraschte, vom Rest der Versammlung ganz zu schweigen. Er war aufgesprungen und funkelte mich an. »Ich weiß selbst nicht, weshalb ich mich habe hierherlocken lassen. Den verstorbenen Mr. Crowe kannte ich überhaupt nicht. Ich wurde unter falschen Vorspiegelungen hierhergebracht. Jawohl, ich habe den Verlust eines 1913er V-Nickels nicht gemeldet und dieses Stück auch nicht versichern lassen, aber aus einem ganz anderen Grund als dem von Ihnen genannten. Ich hatte eine solche Münze nämlich nie in meinem Besitz.«
»Das habe ich selbst eine Zeitlang geglaubt«, gestand ich zu. »Gewiß, ich wußte, daß Sie eine hatten, hielt sie aber für eine Fälschung. So spürte ich alle fünf V-Nickel auf, um festzustellen, welchen Sie erworben hatten, und erfuhr, daß sie alle an ihrem Platz lagen. Vier befanden sich in Museen, der fünfte in Privatbesitz. Letzterer war kurz in Umlauf gewesen, leicht von den anderen zu unterscheiden und eindeutig nicht das Exemplar, das ich aus Ihrem Safe nahm.«
Wieder Schnaufen und Raunen – ich hatte meine Anonymität aufgegeben, und nun wußten alle, wer den zweiten Einbruch begangen hatte. Tja, so was kommt vor.
»Diese Münze sah ich mir aber ganz genau an und kam zu dem Schluß, daß es keine Fälschung sein konnte. So stellte ich weitere Nachforschungen an, riet ein paar Museumsleuten, ihre Münzen einmal unter die Lupe zu nehmen, und von den vieren berichteten drei, es sei alles in bester Ordnung. Das vierte Museum aber hatte eine Fälschung in der Vitrine.«
Ich sah zu den drei Herren in den dunklen Anzügen hinüber. Der am Mittelgang, der kleine, kartoffelnasige Bursche mit der starken Brille, war Milo Hracec, der auf sein Stichwort reagierte. »Es war keine üble Fälschung«, erklärte er. »Sie war aus einem prägefrischen Exemplar des Jahres 1903 hergestellt worden. Man entfernte die Null und lötete eine Eins auf. Es war saubere Arbeit, und es

wäre niemandem, der in unsere Vitrinen schaut, aufgefallen, doch als echt verkaufen ließ sich diese Münze nie.«
Der Weißhaarige räusperte sich. »Ich heiße Gordon Ruslander«, verkündete er. »Als Mr. Hracec mir von seiner Entdeckung berichtete, überzeugte ich mich auf der Stelle selbst. Er hatte recht – es ist keine plumpe Fälschung, aber auch nicht zu täuschend, wenn man genauer hinsieht. Auf jeden Fall ist es nicht die Münze, die ich bei der Historischen Gesellschaft Baltimore gegen ein Gemälde eintauschte. Dieses Stück war echt. Ich glaubte zwar nicht, daß dieses angesehene Institut mir eine Fälschung andrehen würde, ließ die Neuerwerbung aber trotzdem röntgen. Die Münze, die an ihren Platz gelegt wurde, braucht man erst gar nicht zu röntgen. Sie ist sichtlich unecht.«
»Was unternahmen Sie nach dieser Entdeckung?«
»Ich fuhr zum Haus meines Kurators und stellte ihn zur Rede.« Der Mann auf Ruslanders anderer Seite, der Kahlkopf mit der langen Nase, schien zusammenzuschrumpfen. »Ich wußte, daß Howard Pitterman in Schwierigkeiten war«, fuhr Ruslander fort. »Er hatte eine komplizierte Scheidung hinter sich und Pech mit seinen Wertpapieren. Wenn ich gewußt hätte, wie schlecht es ihm ging, würde ich ihm meine Hilfe angeboten haben.« Er zog die Stirn kraus. »Er aber nahm vor zwei Monaten die Angelegenheit selbst in die Hand. Er tauschte den 1913er Nickel gegen eine Fälschung aus und verkaufte dann unsere wichtigste Rarität für einen Bruchteil ihres Wertes.«
»Zwanzigtausend Dollar habe ich dafür bekommen«, sagte Howard Pitterman mit bebender Stimme. »Ich kann nicht bei Trost gewesen sein.«
»Ich weiß nicht, wer dieser Mann ist«, ließ sich Colcannon vernehmen. »Ich sehe ihn zum erstenmal in meinem Leben.«
»Wenn das der Käufer der Münze sein soll«, meinte Pitterman, »ist er nicht derjenige, der mit mir verhandelt hat. Ich verkaufte sie an einen zwielichtigen Händler in Philadelphia. Mag sein, daß er sie an Mr. Colcannon weiterveräußerte oder daß sie noch durch andere Hände ging. Ich weiß das nicht. Den Namen des Händlers könnte ich Ihnen nennen, will es aber lieber bleiben lassen, denn er würde wohl alles abstreiten und ich kann den Verkauf nicht beweisen.« Seine Stimme brach. »Ich würde ja so gerne helfen, weiß aber nicht, was ich jetzt noch tun kann.«
»Ich kenne keinen zwielichtigen Münzhändler in Philadelphia«, sagte Colcannon. »Ich kenne kaum einen reputierlichen. Von Mr.

Ruslander als Gründer der Galerie für amerikanische und internationale Numismatik und Inhaber der Liberty Bell habe ich selbstverständlich gehört, bin aber weder ihm noch einem seiner Angestellten je begegnet.«
»Warum haben Sie dann gestern bei Samuel Wilkes angerufen?«
»Den Namen habe ich noch nie gehört.«
»Er hat ein Büro beim Rittenhouse Square«, sagte ich, »handelt mit Münzen und Medaillen, und ›zwielichtig‹ ist das passende Etikett für ihn. Sie riefen ihn gestern in seiner Wohnung und in seinem Büro an und hinterließen Ihren Namen. Außerdem setzten Sie sich telefonisch mit der Galerie für amerikanische und internationale Numismatik in Verbindung. Diese Anrufe erledigten Sie von Ihrem Privatanschluß aus, und da es Ferngespräche waren, wird die Telefongesellschaft die Nummern festgehalten haben.«
Die Anrufe waren allerdings dokumentiert. Colcannon starrte mich an und versuchte herauszufinden, wie es Unterlagen zu Ferngesprächen geben konnte, die er nie geführt hatte. Jeden Augenblick mußte ihm einfallen, daß er aus seinem Haus und zur Ecke Madison Square und 79. Straße gelockt worden war. Ihm mochte vielleicht auch aufgehen, daß er während seiner Abwesenheit Besuch gehabt hatte, doch im Augenblick war er zufrieden, alles einfach abzustreiten.
»Diesen Wilkes kenne ich nicht«, sagte er. »Und ich habe weder bei ihm noch bei der Galerie angerufen.«
»Was soll das eigentlich, Bernie?« Das war Ray Kirschmann, der offenbar nicht ganz mitkam. »Gut, Crowe wurde wegen dieses Nickels ermordet, aber wen interessiert schon, wie die Münze in den Safe kam? Crowe wurde umgebracht, nachdem sie aus dem Safe entfernt worden war.«
»Jawohl«, versetzte ich, »aber entscheidend ist, daß niemand wußte, daß sie überhaupt im Safe lag. Abgesehen von dem dritten Einbrecher.«
»Wie bitte?« fragte Ray ungehalten.
»Rabbit Margate und Harlan Reese wußten nichts von dem Nikkel«, sprach ich weiter. »Sie wußten nur, daß die Colcannons über Nacht außer Haus sein würden. Das wußten sie, weil Wanda Colcannon sich im Salon Magda frisieren ließ, wo Rabbits Schwester Marilyn arbeitet. Im Lauf der letzten anderthalb Jahre wurde bei acht ihrer Kundinnen eingebrochen, wenn sie in Urlaub waren, und zwar immer auf dieselbe Weise. Das Haus wurde auf brutale Art aufgebrochen, ausgeplündert, und alles, was nicht der Mühe

wert war, wurde zerschlagen. Marilyn hielt nur die Ohren offen, wenn die Kundinnen von ihren Ferienplänen sprachen, und das reichte. Was nützt es schon, wenn man die Milch abbestellt, dem Postboten Bescheid sagt und die Innenbeleuchtung an einen Zeitschalter hängt, wenn das nette junge Ding, das einem die Dauerwellen macht, einen Einbrecher zum Bruder hat?«
Während ich dies sagte, schaute ich lieber nicht in Marilyns Richtung. Nun fiel mein Blick auf Carolyn. »Wanda Colcannon kam oft in meine Buchhandlung, wenn sie im Hundesalon in der Nähe ihre Hündin baden ließ.« Wozu Carolyn hineinziehen? »Bei ihrem letzten Besuch erwähnte sie, daß sie die Hündin außerhalb decken lassen wollte. So wußte ich, ebenso wie Margate und Reese, daß die Colcannons über Nacht wegbleiben würden.
Der dritte Einbrecher konnte das aber nicht wissen. Er wartete, bis die Colcannons heimkamen. Seit mir klar wurde, daß es einen dritten Einbrecher gegeben haben mußte, dachte ich immer wieder an den dritten Mörder in *Macbeth*. Shakespeare-Forscher haben mit ihm allerhand zu tun, denn da Shakespeare dem dritten Mörder so gut wie nichts zu sagen gab, sind die Beweise nur spärlich. Vertreter einer bestimmten Richtung sind jedenfalls der Auffassung, daß der dritte Mörder Macbeth selbst war.«
Im Raum wurde es totenstill.
»Dies war ein Hinweis aus dem Unbewußten«, fuhr ich fort, »und ich brauchte einige Zeit, ihn zu verarbeiten. Im voraus informiert konnte der dritte Einbrecher nicht gewesen sein, denn er hätte wissen müssen, daß mit den Colcannons in dieser Nacht nicht zu rechnen war. Und die Vorstellung, daß jemand zufällig an einem zerbrochenen Oberlicht vorbeikommt, kurz einsteigt und einmal schnell einen Mord begeht – nein, da scheint mir doch der Zufall zu sehr strapaziert. Mein Unbewußtes aber versuchte mir etwas zu sagen, was ich letztendlich in einen Zusammenhang bringen konnte. Ob Shakespeares dritter Mörder nun wirklich Macbeth war oder nicht, ist hier Nebensache. Der dritte Einbrecher aber war Herbert Franklin Colcannon.«
Er war aufgesprungen. »Sie sind ja nicht bei Trost!« rief er. »Wollen Sie etwa behaupten, daß ich in meinem eigenen Haus einen Einbruch inszenierte? Daß ich mir selbst eine nichtexistierende Münze stahl?«
»Nein.«
»Was wollen Sie dann?«
»Ein dritter Einbruch fand nicht statt«, erklärte ich. »Rabbit und

Harlan nahmen mit, was nicht niet- und nagelfest war, ich entfernte drei Gegenstände aus Ihrem Safe, und damit erschöpft sich die Einbrecherei dieser Nacht. Es gab keinen dritten Einbruch, keinen dritten Einbrecher und daher auch niemanden, der Sie bewußtlos schlagen und fesseln konnte. Sie selbst haben Ihre Frau ermordet.«

22

Erst sagte niemand etwas. Dann verkündete Colcannon lauthals, ich müßte den Verstand verloren haben. »Warum hören wir ihm eigentlich zu?« herrschte er. »Dieser Mann hat gerade selbst gestanden, daß er ein Einbrecher ist, und wir sitzen einfach tatenlos da und hören uns an, wie er mit den wildesten Anschuldigungen um sich wirft. Ich weiß nicht, was der Rest der Versammlung denkt, aber mir reicht es. Ich gehe.«

»Wenn Sie jetzt gehen, verpassen Sie die Erfrischungen.«

Er blähte die Nüstern und trat aus der Reihe. Dann packte ihn eine Hand am Ellbogen und zerrte ihn herum, bis er Ray Kirschmann in die Augen sah.

»Immer langsam«, sagte Kirschmann. »Warum hören wir uns nicht mal an, was Bernie zu sagen hat? Vielleicht kommt etwas Interessantes dabei heraus.«

»Nehmen Sie Ihre Hand weg!« bellte Colcannon. Sein Bellen erinnerte weniger an einen Bouvier als an einen Zwergpudel. »Wer sind Sie eigentlich?«

»Ich bin von der Polizei«, erklärte Ray freundlich, »und wenn Bernie Sie für einen Mörder hält und sich darüber ernsthaft Gedanken gemacht hat, sollte man ihn ernst nehmen. Lassen wir ihn laufen, solange er am Ball ist.«

Wohin aber? »In einer Hinsicht hat Mr. Colcannon recht«, räumte ich ein. »Ich bin ein Einbrecher. Genauer gesagt bin ich ein Buchhändler, der versucht, sich das Einbrechen abzugewöhnen. Ein Polizist bin ich aber nicht, und es wird auch die Aufgabe der Polizei sein, die Anklagepunkte gegen Colcannon wegen Mordes an seiner Frau zusammenzustellen.

Vielleicht kann ich ihr aber ein paar Tips geben. Kein schlechter Gedanke, einmal bei seinen finanziellen Verhältnissen anzufangen. Die Colcannons lebten gut und besaßen eine Menge Wertsachen, aber auch die Reichen können in finanzielle Schwierigkeiten

geraten.
Mißtrauisch machte mich zum Beispiel die gähnende Leere in ihrem Wandsafe. Eine Armbanduhr, ein Paar Ohrgehänge, eine seltene Münze, eine Handvoll Papiere – wer einen Wandsafe besitzt, nutzt ihn im allgemeinen besser aus, besonders Leute mit scharfen Hunden, die ihre Häuser für unbezwingbar halten. Gestern führte ich ein paar Telefongespräche und erfuhr, daß Mr. Colcannon in letzter Zeit Münzen, die er im Lauf der Jahre erworben hatte, abstieß.«
»Damit ist doch nichts bewiesen«, wandte Colcannon ein. »Die Interessen eines Sammlers ändern sich. Man verkauft einen Artikel, um einen anderen zu erwerben.«
»Mag sein, aber nicht in Ihrem Fall. Ich glaube, daß Sie in letzter Zeit riskant spekuliert haben – Ihr Safe enthält Aktien, die kürzlich stark im Wert gefallen sind. Außerdem glaube ich, daß Sie für den 1913er V-Nickel wesentlich mehr bezahlt haben als die zwanzigtausend, die Mr. Pitterman erhielt. Wahrscheinlich konnten Sie sich den Nickel gar nicht leisten, als er Ihnen angeboten wurde, aber Sie mußten ihn einfach haben, weil Sie ein habgieriger Mensch sind.
Sie erstanden also den Nickel und bezahlten ihn teuer zu einem Zeitpunkt, an dem Sie auf der Suche nach flüssigen Mitteln waren, um Ihre Verbindlichkeiten zu begleichen. Dann fuhren Sie mit der Hündin zum Züchter – noch eine Ausgabe, die sich allerdings rentieren würde, wenn die Hündin geworfen hatte – und eilten zurück nach New York, anstatt über Nacht in Pennsylvania zu bleiben. Mag sein, daß Sie im Theater oder beim Abendessen mit Ihrer Frau Streit bekamen. Das wird die Polizei schon herausfinden, wenn sie sich ein wenig umhört.
Aber das ist nebensächlich. Sie betraten mit Ihrer Frau das Haus und stellten fest, daß eingebrochen worden war. Vielleicht hatten Sie vorgehabt, einige der Wertgegenstände, die nun fehlten, zu Geld zu machen. Vielleicht waren Sie unterversichert. Vermutlich war Ihnen gar nicht eingefallen, die Versicherungssumme für Ihr Silber zu erhöhen, und nun hatten Diebe in der Nacht Ihre Hoffnung auf einen schönen Wertzuwachs zunichte gemacht.
Und vielleicht entschlüpfte Ihrer Frau gerade in diesem Augenblick eine spitze Bemerkung, die das Faß zum Überlaufen brachte. Oder fiel Ihnen die Police der Lebensversicherung ein, die ich in Ihrem Safe fand? Eine halbe Million Dollar im Todesfall eines Ehegatten, das Doppelte bei Unfalltod. Zuerst schlugen Sie im Zorn zu, aber

dann wurde Ihnen klar, was durch den Tod Ihrer Frau zu gewinnen war. Sie schauten sich einmal in Ihrem verwüsteten Haus um und erkannten augenblicklich, daß der Einbruch gut als Hintergrund für einen Mord dienen konnte. Die Wahrheit erfahren wir vermutlich erst, wenn Sie gestanden haben, Mr. Colcannon, was Sie sicher tun werden, denn Amateure gestehen fast immer. Und Sie sind ein Amateur. Ihre Raffgier ist professionell, aber als Mörder sind Sie ein blutiger Amateur.«

Ich hatte erwartet, daß er auf der Polizeiwache gestehen würde, nicht vor der versammelten Gemeinde. Doch nun legte sich ein Schatten über seine Züge, und ich schwieg, um ihm Zeit zu lassen. Seine Unterlippe bebte. Dann zuckte es an seiner Schläfe. »Ich wollte sie nicht töten«, sagte er.

Ich schaute Ray an, Ray guckte zurück, und ein Lächeln blühte in seinem Gesicht auf.

»Ich schlug sie nur einmal. Es war wirklich nur ein Unfall. Sie fiel über mich her, machte mir Vorwürfe. Sie konnte ja so gemein sein. Geheiratet hat sie mich natürlich nur meines Geldes wegen. Das war kein Geheimnis. Aber nun, da das Geld knapp wurde –« Er seufzte. »Ich habe nur einmal hingelangt, sie fiel hin und muß mit dem Kopf auf einen harten Gegenstand am Boden geschlagen sein.«

Nett gebracht. Ich hatte das Bild einer Frau gesehen, die systematisch totgeprügelt worden war, schwieg aber. Später würde ihn die Polizei aufknacken wie eine Kokosnuß.

»Dann fühlte ich ihren Puls und merkte, daß sie tot war«, fuhr er fort, »und sagte mir, jetzt ist auch dein Leben erledigt, aber dann kam mir der Gedanke, es den Einbrechern in die Schuhe zu schieben. So fesselte ich sie und gab mir selbst eins über den Schädel, was nicht einfach ist, wenn es echt aussehen soll, aber ich schaffte es. Nachdem alles soweit war, rief ich die Polizei. Erst glaubte ich, man würde mich verhören, bis ich zusammenbrach, aber die Beamten sahen sich nur einmal um, wußten, daß das Haus ausgeraubt worden war, und gaben sich damit zufrieden.«

Ray verdrehte die Augen. Einige seiner Kollegen, vermutete ich, würden allerhand zu hören bekommen.

»Abel Crowe habe ich aber nicht getötet.« Unvermittelt war Colcannon ganz rechtschaffene Empörung. »Darum geht es hier doch, oder? Ich kannte ihn überhaupt nicht.«

»Nein«, stimmte ich zu. »Das waren Sie nicht.«

»Ich wußte noch nicht einmal, daß er meine Münze hatte. Ich

dachte, die läge bei Ihnen. Aus diesem Grund bin ich überhaupt hierhergekommen. Wie können Sie mich also des Mordes an Abel Crowe beschuldigen?«
»Das will ich gar nicht.«
»Aber –«
Ich schaute in die Runde, betrachtete unsere Gäste. Alle waren wie gebannt. Ich sah den Mörder direkt an und entdeckte nur die Faszination, die in allen Gesichtern zu lesen stand.
»Mein erster Gedanke war, daß Abel einen Kaufinteressenten, der sich die Münze ansehen wollte, eingeladen hatte und von diesem erschlagen worden war. Aber war das der erste Schritt, den Abel unternommen hätte?«
Ich schüttelte den Kopf, beantwortete meine Frage selbst. »Nein, Abel hatte gerade eine Münze im Wert einer sechsstelligen Summe erhalten. Sie kam von einem Dieb, der sie einem Mann gestohlen hatte, von dem nicht bekannt war, daß er sie besaß. Ehe Abel irgend etwas mit der Münze anfing, mußte er feststellen, ob sie echt war oder nicht. Mr. Ruslander erwarb die Münze von einem angesehenen Museum, ergriff aber trotzdem die normalen Vorsichtsmaßnahmen und ließ sie röntgen. Abel wäre mit einem Stück von zweifelhafter Herkunft nicht weniger vorsichtig gewesen.
Abel sagte damals, daß dies der erste Schritt sein würde. ›Zu einer günstigeren Tageszeit könnte ich die Echtheit der Münze bestätigen, ohne das Haus zu verlassen‹ – so drückte er sich aus. Ich nahm an, daß er damit meinte, ein Experte könne vorbeikommen und die Echtheit der Münze feststellen, aber Numismatiker machen gewöhnlich keine nächtlichen Hausbesuche.
Nein, das hatte er ganz und gar nicht im Sinn.
Er wollte sagen, daß jemand im Haus wohnte, mit dessen Hilfe die Münze geprüft werden konnte. Erst dachte ich, er habe einen Münzfachmann zum Nachbarn, verwarf dann aber diese Idee, denn Abel konnte nicht daran gelegen sein, daß ein Experte wußte, daß er das Stück hatte. Der 1913er V-Nickel ist zu selten und zu berühmt, und die wirklichen Experten auf diesem Gebiet sind viel zu integer, um eine gestohlene Münze zu begutachten und Schweigen zu bewahren.
Nein, was Abel brauchte, war nicht der Rat eines Fachmanns, sondern eine Röntgenaufnahme.«
Ich musterte mein Publikum. Der Mörder verzog keine Miene. Schon begann ich an meinen Schlußfolgerungen zu zweifeln, aber Carolyn nickte angestrengt. Sie war meinen Gedankengängen

gefolgt.
»Wohin geht man, wenn man eine Röntgenaufnahme gemacht haben will? In ein Laboratorium? In die Poliklinik? Zum Radiologen? Dazu hätte Abel das Haus verlassen müssen. Zum Zahnarzt? Im Haus hat ein Dr. Grieg seine Praxis. Er ist auf Wurzelbehandlungen spezialisiert.«
»Stimmt«, bestätigte Mrs. Pomerance. »Bei ihm tat es auch nicht weh, aber er setzt ein Vermögen um.«
»Grieg ist auch nicht schlimmer als die anderen Mediziner«, warf jemand ein. »Die verlangen alle ein Vermögen.«
»Abel trug ein Gebiß«, sagte ich, »und brauchte deshalb Dr. Griegs Dienste nicht in Anspruch zu nehmen, zu welchen Preisen auch immer. Als Dr. Griegs Patient scheidet Abel also aus.
Abel war aber Patient eines anderen Mieters im Haus, der auch einen Röntgenapparat besaß. Sie müssen wissen, daß Abel Fußbeschwerden hatte, teils wegen seines Übergewichts. Die Schuhe in seinem Kleiderschrank sind alle maßgefertigt und haben spezielle Einlagen, die man nicht fertig kaufen kann.«
Ich warf dem Mörder einen Blick zu. Sein Gesicht war nicht mehr ausdruckslos. Sein Blick verriet Angst. Ob seine Lippen zitterten, konnte ich nicht erkennen, da er Schnauz- und Spitzbart trug.
»Abel war ein Patient von Dr. Murray Feinsinger«, fuhr ich fort. »Seinem Krankenblatt ist zu entnehmen, daß er die Praxis häufig besuchte. Noch am Morgen seines Todestages hatte er einen Termin.«
»Unsinn!« rief Feinsinger. »Er hatte keinen Termin. Mein Patient war er schon, das ist wahr, und außerdem mein Freund. Deshalb bin ich auch hier, um an einer Gedenkfeier teilzunehmen. Was soll das hier sein, eine Inquisition? Am Tag seines Todes hatte er jedenfalls keinen Termin bei mir.«
»Komisch, es steht aber in Ihrem Terminkalender und auf seiner Karteikarte.« Diese Eintragungen existierten erst seit dem Vormittag, aber was machte das schon für einen Unterschied? »Es war nicht das erste Mal, daß er Ihren Röntgenapparat zu nichtmedizinischen Zwecken benutzte, nicht wahr?«
Feinsinger hob die Schultern. »Vielleicht nicht. Hin und wieder schaute er herein und fragte, ob er den Apparat benutzen dürfte. Da er ein Freund und Patient war, hatte ich dagegen nichts einzuwenden. Jedenfalls war er an diesem Vormittag nicht bei mir – und falls doch, sprach er nur mit meiner Sprechstundenhilfe. Getötet habe ich ihn jedenfalls nicht.«

»Nein, zu diesem Zeitpunkt noch nicht. Sie warteten, bis Ihr Wartezimmer während der Mittagspause leer war. Dann gingen sie nach oben, und er ließ Sie natürlich ohne Zögern ein. Sie fragten, ob Sie sich die Münze einmal ansehen könnten, er holte sie heraus, Sie schlugen ihn tot und nahmen sie.«
»Warum denn? Geld habe ich genug. Meine Praxis geht besser als je zuvor. Ein Münzsammler bin ich auch nicht. Warum sollte ich den Mann töten?«
»Aus Habsucht«, erwiderte ich. »Nicht mehr und nicht weniger. Sie sind kein Münzsammler, aber man braucht keiner zu sein, um zu wissen, daß ein 1913er V-Nickel ein Vermögen wert ist. Und der Umsatzzuwachs in Ihrer Praxis hat Ihnen nur Appetit auf ein Luxusleben gemacht, das haben Sie mir selbst erzählt, als Sie mir die Einlagen anmaßen.«
»Das können Sie nicht beweisen«, sagte er. »Sie können überhaupt nichts beweisen.«
»Die Beweise muß die Polizei finden«, gab ich zurück. »Und ich glaube nicht, daß ihr das sehr schwer fallen wird. Sie haben nämlich nicht nur den Nickel an sich genommen, sondern auch die anderen Gegenstände, die ich aus Colcannons Safe holte – das Smaragdgehänge und die Piaget-Uhr. Es würde mich gar nicht überraschen, wenn sie irgendwo in Ihrer Praxis auftauchen würden.«
Er starrte mich an. »Die haben Sie dort versteckt!«
»Wie käme ich dazu? Sie haben Abel noch mehr abgenommen. Sie ließen auch seine Wohnungsschlüssel mitgehen, damit Sie hinter sich abschließen konnten. Das verzögerte die Entdeckung der Leiche und half Ihnen beim Verwischen Ihrer Spuren. Man hätte aber annehmen sollen, daß Sie klug genug waren, sich der Schlüssel zu entledigen.«
»Habe ich auch«, entfuhr es ihm. Dann schüttelte er heftig den Kopf. »Nein, ich habe keine Schlüssel mitgenommen. Ich habe ihn nicht umgebracht, ich habe weder Münzen noch Schmuck oder Schlüssel genommen.«
»Weggeworfen haben Sie sie jedenfalls nicht, denn sie liegen zusammen mit den Ohrringen und der Uhr in der verschlossenen mittleren Schublade Ihres Schreibtischs.« Das stimmte. Zwar lag dort nicht der Schlüsselbund, den er weggeworfen hatte, aber wer sollte das wissen?
Er jedenfalls. »Diese Dinge haben Sie hineingelegt!« schrie er. »Sie wollen mir einen Mord in die Schuhe schieben!«
»Den Nickel etwa auch?«

»Den werden Sie bei mir nicht finden.«
»Sind Sie da ganz sicher? Und wenn die Polizei bei Ihnen eine gründliche Haussuchung veranstaltet? Das Unterste zuoberst kehrt und genau weiß, wonach sie sucht?«
Er dachte darüber nach und hatte offensichtlich eine höhere Meinung von den Fähigkeiten der Polizei als ich, denn ehe jemand wußte, was geschah, hatte er seinen Stuhl zurückgestoßen und rannte zur Tür.
Ray hatte fast sofort seine Waffe in der Hand, stand aber am falschen Platz und fand Menschen in seinem Schußfeld, die aufgesprungen waren und wirr durcheinanderriefen. Ich hätte ihn ja laufenlassen können – weit wäre er auch mit Einlagen nicht gekommen.
Statt dessen griff ich unter mein Jackett und zog meine Pistole. Ich befahl ihm stehenzubleiben, und als er weiterrannte, betäubte ich den Kerl.

23

»Was wir jetzt brauchen, ist ein Irish Coffee«, sagte Carolyn, »und der ist bei McBell am besten.«
Inzwischen hatten sich Tumult und Getöse gelegt, die Helden und Gefangenen waren abgezogen. Die Helden waren in diesem Fall Ray Kirschmann und zwei Recken vom nächsten Revier gewesen, die er gerufen hatte, um ihm bei der Bändigung der Gefangenen zu helfen. Von denen gab es genug – Murray Feinsinger, Herbert Franklin Colcannon, George Edward »Rabbit« Margate und, nicht zu vergessen, Marilyn Margate und Harlan Reese.
Jessica und Clay wollten uns mit dem Großteil der Gemeinde in ihre Wohnung einladen, aber wir lehnten ab und versprachen, ein andermal zu kommen. Auch mit der Dreierdelegation aus Philadelphia gaben wir uns nicht lange ab. Es hatte den Anschein, als würde keine Anzeige gegen Howard Pitterman erhoben, der anscheinend ein erstklassiger Kurator war, wenn er seinem Arbeitgeber nicht gerade die Rinder stahl. Milo Hracec konnte sich wohl auf einen Bonus gefaßt machen, und Ray durfte eine Belohnung in Höhe von zehntausend Dollar einstecken, sobald die Münze ihrem rechtmäßigen Besitzer zurückgegeben worden war. Normalerweise müßte die Münze zwar als Beweisstück beschlagnahmt werden,

aber gelegentlich läßt sich so etwas regeln, wenn der richtige Polizist entsprechend motiviert ist. Gordon Ruslander war bereit, für die entsprechende Motivation zu sorgen.
Wir fuhren im Taxi über die Brooklyn Bridge und genossen an diesem herrlichen Sonntag die prächtige Aussicht. Ich saß zwischen Denise und Carolyn und sagte mir, wie glücklich ich doch dran war. Ich hatte zwei Mordfälle aufgeklärt. Ich hatte vor einer ganzen Menschenmenge einen Einbruch gestanden und brauchte mir keine Sorgen zu machen, daß Anklage erhoben wurde. Ich fuhr mit meiner Freundin auf der einen und meinem besten Kumpel auf der anderen Seite nach Manhattan, und die beiden hatten sogar aufgehört zu sticheln. Was wollte ich mehr?

Carolyn hatte recht gehabt. Der Irish Coffee war genau, was wir brauchten. Und wie er sich gehörte – der Kaffee kräftig und schwarz und mit braunem Zucker gesüßt, der irische Whisky nicht zu knapp, das Ganze gekrönt nicht von einem weißen Papp, der aussah, als käme er aus der Rasierschaumdose, sondern von echter, handgeschlagener Sahne. Wir tranken eine Runde, dann noch eine, bis ich anfing, zur Feier des Tages ein gemeinsames Abendessen vorzuschlagen, es sei denn, jemand hätte etwas anderes vor...
»Mist«, meinte Denise. Da saßen wir drei an einem winzigen Tisch, auf dem gerade Platz für drei Gläser und einen großen Aschenbecher war, den sie fast vollgeraucht hatte. Sie drückte nun eine Virginia Slim aus und schob ihren Stuhl zurück. »Ich halte das nicht mehr aus«, sagte sie.
»Was ist denn los?«
»Ich gehe aus dem Leim, das ist alles. Ihr zwei beredet euch mal. Ich gehe jetzt lieber heim, damit mein Sohn nicht vergißt, wie ich aussehe. Unterhaltet euch gut, und du kannst später bei mir vorbeikommen, klar?«
»Schaff ich wohl«, meinte ich.
Sie sprach aber nicht mit mir. Sie schaute Carolyn an, die zögerte und dann hastig nickte.
»Na denn«, sagte Denise. Sie nahm ihre Handtasche, holte tief Luft, stützte sich mit einer Hand auf den Tisch und küßte Carolyn leicht auf den Mund. Dann stolzierte sie mit knallroten Wangen hinaus.

Ein paar Minuten lang sagte niemand ein Wort. Schließlich lenkte Carolyn den Blick des Kellners auf sich und bestellte einen Martini. Ich erwog, mir auch einen kommen zu lassen, hatte aber plötzlich

keine Lust mehr. Vor mir stand noch die Hälfte meines zweiten Irish Coffee, aber auch nach dem stand mir der Sinn nicht mehr.
»Woher wußtest du eigentlich, daß diese ganze Einbruchsserie von Marilyn Margate eingefädelt wurde?« fragte Carolyn dann.
»Weil ich mir sagte, daß sie Mrs. Colcannon kennen mußte. Als sie mit einer Pistole in der Handtasche bei mir auftauchte und mich des Mordes bezichtigte, nannte sie die Frau ›Wanda‹. Erst dachte ich, sie seien befreundet, aber wer schickt seiner Freundin schon die Einbrecher auf den Hals?
Dann, als ich ihrem Salon einen Besuch abstattete, bekam ich mit, wie eine Kundin sich über ganz persönliche Dinge aussprach, und erkannte, daß Frauen ihren Friseusen alles erzählen. So ließ ich mir von Ray eine Liste aller ähnlichen und unaufgeklärten Einbrüche in der Umgebung des Salons geben.«
»Und als du heute früh dort eingedrungen bist, hast du die entsprechenden Namen im Terminkalender gefunden. War das denn unbedingt notwendig? Hättest du nicht einfach die Betroffenen anrufen und fragen können, wo sie sich die Haare legen lassen?«
»Das habe ich erwogen. Aber damit wäre nicht bewiesen, daß Wanda ebenfalls Kundin war. Außerdem wollte ich nach der Pistole sehen.«
»Welcher Pistole?«
»Der Waffe, mit der Marilyn bei mir anrückte. Zu meiner Erleichterung fand ich sie in einer Schublade, denn wenn sie noch in ihrer Handtasche gewesen wäre, hätte sie sie womöglich gezogen, als ich sie in ihrer Rolle als Komplizin von Rabbit und Harlan bloßstellte.«
»Ah, ich verstehe.«
»Ach ja, Carolyn –«
»Au wei. Du willst bestimmt über Denise reden.«
»Ja, Carolyn. Was läuft da eigentlich?«
Sie trank ihren Martini aus, sah sich vergeblich nach dem Kellner um, gab dann auf und stellte ihr Glas wieder ab. »Ich weiß wirklich nicht, wie das passiert ist, Bernie. Geplant habe ich es bestimmt nicht.«
»Du hast sie noch nicht einmal gemocht.«
»Nicht gemocht? Ich konnte sie nicht ausstehen!«
»Und sie war auch nicht gerade verrückt nach dir.«
»Sie verachtete mich, fand mich abscheulich. Hielt mich für einen Zwerg, der nach nassem Hund riecht.«

»Und du hast sie dürr und schlaksig gefunden.«
»Na, da habe ich mich halt geirrt.«
»Und wie fing das an?«
»Keine Ahnung, Bernie.« Der Kellner kam vorbeigesegelt. Carolyn packte ihn am Jackett und drückte ihm ihr leeres Glas in die Hand. »Ein Notfall«, sagte sie, und dann zu mir: »Ich weiß wirklich nicht, wie es passiert ist. Zu Anfang zwangen wir uns gestern, einander zu tolerieren, aber es lag etwas in der Luft, das spürten wir beide, doch ich wollte es nicht zur Kenntnis nehmen, weil mir nicht danach zumute war. Erstens war sie deine Freundin, zweitens war sie nicht schwul.«
»Und?«
»Tja, sie wurde immer aufgekratzter und angeregter, und du kennst mich ja, Bernie, ich kann allem widerstehen, bloß nicht der Versuchung. Schließlich hat sie angefangen, und –«
»Denise hat angefangen? Ich hatte keine Ahnung, daß sie lesbische Neigungen hat.«
»Hat sie auch nicht. Wahrscheinlich war sie nur neugierig. Aber jetzt gefällt es ihr so gut, daß sie mit mir weitermachen will. Die Liebesaffäre des Jahrhunderts ist es aber nicht, Bernie, und wenn du glaubst, daß sie unser Verhältnis ruiniert, will ich sie sausenlassen. Frauen gibt's überall, aber wo finde ich einen neuen besten Freund?«
»Schon gut, Carolyn.«
»Von wegen gut. Das ist der reinste Wahnsinn.«
»Mach dir keinen Kummer. So wild war meine Geschichte mit Denise auch wieder nicht. Vor ein paar Tagen besuchte ich sie hauptsächlich, weil ich ein Alibi brauchte. Mußt du ihr aber nicht unbedingt auf die Nase binden.«
»Das weiß sie schon längst. Bernie, hoffentlich bist du mir nicht böse.«
»Ich bin mir nicht ganz im klaren, was ich von all dem halten soll. In erster Linie bin ich verwirrt. Kennst du die Geschichte von dem Mann, dessen Frau gestorben ist und der sich bei der Beerdigung untröstlich gibt, bis ein guter Freund ihn beiseite nimmt und ihm erklärt, wie er darüber wegkommen kann?«
»Klingt bekannt. Weiter.«
»›Der Schmerz und die Trauer legen sich‹, sagt der Freund, ›nach ein paar Monaten lernst du wieder eine Frau kennen, verliebst dich in sie, ihr geht miteinander ins Bett und fangt gemeinsam ein neues Leben an.‹ Und der trauernde Witwer erwidert: ›Klar, weiß ich ja

alles, aber was fang ich heute nacht an?‹«
»Bernie, du bist mir doch nicht ernsthaft böse?«
»Selbstverständlich nicht.«
»Sind wir immer noch Kumpel?«
»Klar.«
»Bin ich immer noch deine Komplizin?«
»Kannst dich drauf verlassen.«
»Dann ist ja alles in Ordnung.«
»Ja, alles ist in Ordnung. Aber was fang ich heute nacht an?«
»Gute Frage«, meinte sie und stand auf. »Ich weiß jedenfalls, was ich heute nacht tu.«
»Viel Vergnügen. Und schöne Grüße an Denise.«
Nachdem sie gegangen war, bezahlte ich die Rechnung, legte ein Trinkgeld auf den Teller und ging spazieren.
Eigentlich hatte ich nicht vorgehabt, zum Washington Square zu gehen, aber meine Füße trugen mich einfach hin. Ich setzte mich auf eine Bank, fand aber aus unerfindlichen Gründen keine Ruhe und sah mich nach einer anderen Bleibe um. Ich schaute den Straßenverkäufern zu, den Trinkern und Junkies, den jungen Müttern und den Joggern, die keuchend zwischen den Spaziergängern ihre Kreise zogen. Ich betrachtete mir die Kinder und fragte mich nicht zum erstenmal, wo die ihre Energie hernahmen.
Ich war noch immer ruhelos. Zur Abwechslung hatte ich einmal mehr Energie als die Kinder und wußte nicht wohin damit. Ich trug einen Anzug und einen Aktenkoffer, meine Schuhe waren zu weit, und außerdem hatte ich Mortons Fuß, aber das machte nichts.
Ich klemmte mir den Aktenkoffer unter den Arm und fing an zu joggen.

Hier hätte die Geschichte wohl ein Ende finden können, wenn nicht ein paar Tage später Jessica Garland mit den beiden Büchern, aus denen ich bei der Gedenkfeier vorgelesen hatte, bei mir in der Buchhandlung aufgetaucht wäre. Sie interessiere sich nicht besonders für Moralphilosophie, meinte sie, und ob ich die beiden Bände als Erinnerungsstücke an Abel annehmen würde?
»Hoffentlich komme ich selbst auch bald an seine Sachen heran«, meinte sie. »Er hat anscheinend kein Testament hinterlassen, und ich muß erst beweisen, daß ich seine Enkelin bin. Mutter hat in England Briefe von ihm an mich, aber ich weiß noch nicht, ob die als Beweis gelten. Auf jeden Fall wird es lange dauern, bis sein Nachlaß freigegeben wird. Und bis dahin komme ich nicht in seine

Wohnung hinein.«
»Selbst wenn Sie ihn beerben«, gab ich zu bedenken, »wird sie erst von Profis durchsucht. Ich fürchte, daß Abel viele Sachen hatte, die ihm nicht rechtmäßig gehörten. Sie können nur hoffen, daß die Polizei nicht alles findet. Cops und Finanzamt werden allerhand abräumen, aber ein paar Dinge übersehen. Es würde mich zum Beispiel überraschen, wenn sie das Geld im Telefon fänden.« Sie guckte mich verblüfft an. Ich erklärte ihr, was ich meinte, und berichtete auch von den anderen Schätzen, die hier und dort versteckt lagen.
»Die verschwinden bestimmt, ehe ich sie zu sehen bekomme«, sagte sie.
»Vermutlich.« Nicht jedem widerstrebte es so wie mir, die Toten zu berauben. »Vielleicht läßt Sie der Portier hinein. Sie könnten wenigstens das Geld aus dem Telefon nehmen.«
»Ich habe es schon versucht, aber die Sicherheitsmaßnahmen in diesem Haus sind sehr strikt.« Sie zog die Stirn kraus. »Glauben Sie, daß Sie hineinkommen? Das ist doch Ihr Fach, oder? Und ich wäre bereit, Ihnen die Hälfte dessen zu überlassen, was Sie aus der Wohnung retten. Ich habe das Gefühl, daß ich sonst nichts zu sehen bekomme, wenn Polizei und Finanzamt ihre Arbeit getan haben und die Erbschaftssteuer bezahlt ist. Meinen Sie nicht, daß Sie da etwas tun könnten? Diebstahl wäre es ja im Grunde nicht.«
»Es ist unmöglich, in dieses Haus hineinzukommen.«
»Ich weiß.«
»Aber einen Weg gibt es immer«, fuhr ich fort. »Immer. Es gibt immer einen Weg, ein Schloß zu knacken, am Portier vorbeizukommen, einen Safe aufzumachen. Wenn man einfallsreich und entschlossen ist, gibt es immer einen Weg.«
»Sie wollen es also tun.«
Ich bemühte mich, so auszusehen, als dächte ich darüber nach, aber wem wollte ich etwas vormachen? »Ja«, sagte ich. »Ich werd's wohl versuchen.«

Frederik Forsyth

Die Akte ODESSA

Roman. Aus dem Englischen von Tom Knoth.
395 Seiten. Geb.
(Auch in der Serie Piper 5522 lieferbar)

Die Hunde des Krieges

Roman. Aus dem Englischen von Norbert Wölfl.
436 Seiten. Geb.

In Irland gibt es keine Schlangen

Zehn Storys. Aus dem Englischen von Rolf und Hedda Soellner.
323 Seiten. Geb.

Der Lotse

Aus dem Englischen von Rolf und Hedda Soellner.
75 Seiten mit Illustrationen von Chris Foss.
Serie Piper 5503

Der Schakal

Roman. Aus dem Englischen von Tom Knoth.
438 Seiten. Serie Piper 5511

Des Teufels Alternative

Roman. Aus dem Englischen von Wulf Bergner.
512 Seiten. Geb.
(Auch in der Serie Piper 5545 lieferbar)

Der Unterhändler

Roman. Aus dem Englischen von Christian Spiel
526 Seiten. Geb.

Das vierte Protokoll

Roman. Aus dem Englischen von Rolf und Hedda Soellner.
500 Seiten. Geb.